BBULMEDIA

http://www.bbulmedia.com

http://www.bbulmedia.com

天山血路

천산혈로

天山血路

1

천산혈로

수(鉎) 신무협 장편 소설

뿔미디어

목 차

序

까아아악!

먹구름이 잔뜩 낀 하늘을 가득 메운 까마귀들이 기분 나쁜 소리를 내며 울고 있었다.

까마귀들이 메운 하늘 아래에는 시체들이 가득했다.

하지만 까마귀들은 시체들을 보고도 내려올 생각을 하지 못하고 하늘만 배회하고 있었다.

그 이유는 단 한 사람으로 인해서였다.

그가 입은 옷은 이미 타인의 피로 붉게 물들어 있었고, 얼굴마저 타인의 피와 살점으로 얼룩져 알아볼 수 없을 정도였다.

수백의 시체들 사이에 서 있는 그는 양손에 검을 늘어뜨린 채 하늘을 바라보고 있었다.

까마귀들이 그의 몸에 짙게 배어 있는 살기와 혈향으로
인해 본능적으로 두려움을 느껴서였다.

팟팟팟팟!

그때!

수십 명의 사람들이 허공을 밟으며 사내의 앞으로 내려섰
다.

모두가 푸른색의 무복을 입은 사내들이었다. 그들이 입고
있는 무복 왼쪽 가슴에는 모용(慕容)이라는 글이 쓰여 있었
다.

모용세가(慕容世家)의 무인들이었다.

그들은 주위에 쓰러진 시체들을 보고 눈을 찌푸리기보다
는 오히려 기뻐하는 눈빛이었다.

사내들이 좌우로 벌어지자 그들 사이로 백발이 선한 한
노인이 걸어 나왔다.

검을 들고 있는 사내가 노인을 향해 시선을 돌렸다.

노인과 시선이 마주치자 사내의 눈동자가 가느다랗게 떨
렸다.

"사부님……."

"이놈! 이게 무슨 짓이더냐!"

앞에 선 노인이 사내를 향해 호통을 쳤다.

그의 호통 소리에 함께 내려선 이들의 표정이 조금 바뀌
었다.

모두가 의외라는 표정들이었다.

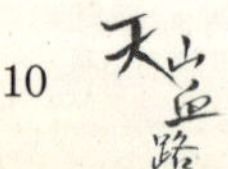

"사부님! 제자는 잘못한 것이 없습니다. 이들이 련 매를 욕보이고 죽였습니다."

련 매라는 말을 하는 순간, 꿈쩍도 하지 않을 것 같은 사내의 신형이 조금 흔들렸다.

"그리고 무공도 모르는 혁 소제도 죽였습니다."

사내는 사매와 그녀의 남편이자 아우의 복수를 한 것이었다.

"이놈!"

변명을 한다고 생각한 것인지 노인의 호통 소리가 더욱 커졌다.

"사형이 된 자로서 두 사람의 복수를 한 것이 무엇이 잘못이란 말입니까?"

사내는 노인의 호통에도 기죽지 않고 더욱 소리를 크게 내어 자신의 정당성을 주장했다.

노인의 말에 발끈해서 말하는 사내였다.

"그래! 너에게는 잘못이 없다. 이들은 죽어 마땅한 놈들이었고, 또 죽여야 하는 것이 마땅했다. 하나!"

사부라 불린 노인이 말을 멈추었다.

사내는 노인을 바라보았다.

노인과 사내 사이에 잠깐 동안 침묵이 흘렀다. 사내의 눈가가 파르르 떨었다.

"일이라는 것은 순서가 있는 법이다. 너 역시 그 사실을 모르지 않을 터!"

노인의 입에서 또다시 호통이 흘러나왔다.

"사매와 혁 소제가 죽었습니다."

입술을 깨물며 낮게 말하는 사내의 입가로 피가 타고 흘러내렸다.

"일에 순서가 있다고 하나, 이 일을 해결하기 위해서 얼마나 오랜 시간이 걸릴지 모릅니다. 아니, 무림맹에서 오랑캐라 생각하는 우리의 사정을 들어줄 것이라고 생각하십니까? 설령 무림맹이 나선다고 해도 저는 그때까지 기다릴 수가 없었습니다."

사내의 사부는 몸을 가늘게 떨었다.

"너의 행동으로 인해서 일을 더 크게 만들었음을 깨닫지 못하느냐? 혈마전을 멸문시켰으니 마교에서 가만히 있겠느냐? 너의 경솔한 행동으로 작게는 우리 세가가 멸문지화를 당할 수 있음은 물론이요, 크게는 정마대전이 일어날 수 있음을 알지 못하느냐!"

노인은 사내의 성급함과 어리석음을 질책했다. 하나 눈빛에는 자랑스러움이 깃들어 있었다.

사내는 사부의 말을 듣고 멍하니 서 있었다. 그러다 점점 무릎이 굽어졌다.

결국 사내는 노인의 앞에 무릎을 꿇고 고개를 숙인 후에 나지막하게 말했다.

"사매가…… 사매가 놈들에게 욕을 보이고 죽었단 말입니다. 혁 소제가…… 무공도 모르는 혁 소제가 사지가 잘린

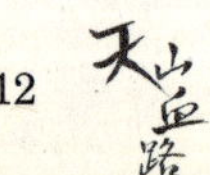

채 죽었습니다. 그걸 보고 그저 참고 있으란 말입니까? 사부님! 제가 알고 있는 것은 사매와 혁 소제가 나를 따랐고, 그들이 나를 가족처럼 대해 준 것만 알 뿐입니다.”

“이놈!”

사내의 노인의 외침에도 아랑곳없이 입을 열었다.

“저는 제 가족을 해친 사람들을 결코 용서할 수가 없습니다. 저의 가족을 해친 자들이 마교가 아니라 우리를 오랑캐라 무시하는 저 무림 전체라 할지라도 나의 가족을 위해서 싸울 것입니다. 그것이 저의 의지입니다.”

노인을 올려다보는 사내의 눈은 단호했다. 그의 단호한 눈빛을 보는 노인의 눈에는 자랑스러움이 담겨 있었다.

“허헛! 내가 살성을 키웠구나.”

하나 그의 마음과는 다른 말이 입에서 나왔다..

“사부님!”

시선을 마주한 채 두 사람의 대화가 끊어졌다. 입을 먼저 연 사람은 사부였다.

“너와의 연을 끊을 것이다. 다시는 나의 눈앞에 나타나지 마라.”

“사부님!”

사내는 절연을 한다는 말에 놀라 사부를 불렀지만, 노인은 단호했다.

“가자!”

사내의 사부가 몸을 돌려 땅을 박차고 허공으로 솟구쳤다.

"하린, 자네가 아버님을 이해하게. 여기 오시면서 자네 자랑을 그리도 하셨다네. 그러니 잠시 자숙을 하고 있으면 아버님께서 다시 부를 것이네."

사내의 사부를 따라온 자들이 몸을 돌려 땅을 박차고 허공으로 신형을 솟구쳤다.

사내는 사부와의 대화에서 허탈함을 느꼈다.

"가족의 복수를 위해 이들을 벤 내가 그 무엇을 그리 크게 잘못했단 말입니까! 잘못이라면 세가에 힘이 없다는 것이 아닙니까!"

사내의 절규 아닌 절규가 하늘을 가득 메웠다.

모용세가(慕容世家)

　요령성은 중원의 북동쪽 가장 끝에 위치한 성으로, 중원 땅이라고 하나 이민족들이 삶의 터전을 잡고 살아가는 곳이기도 했다.

　진시황이 대륙을 통일하기 전에는 연나라가 자리를 잡고 성세를 떨쳤던 곳이기도 했다.

　중원 땅이되 이민족이 더 많이 살고 있는 요령성은 중원인들조차 오랑캐의 땅이라 배척을 하는 성이었다.

　그러한 요령성을 오랜 세월 동안 지켜 온 한 가문이 있었는데, 사람들은 그 가문을 모용세가라 불렀다.

　중원인들은 오랑캐의 가문이라 천시를 하지만, 사실 모용세가는 연나라 왕족의 피를 이어받은, 혈통있는 가문이었다.

　또한 요령 땅은 지리적으로 중원의 국경과 마주한 길림을 비롯해 그 위로 흑룡강과 대초원 등, 많은 외세와 인접해 있기에 모용세가는 군부와 협력하며 북방을 지키는 가문이기도 했다.

한데 그러한 가문에 크나큰 위기가 닥친 것이었다.

"형님!"

모용세가의 서재에는 두 사람이 마주 보고 앉아 있었다. 많이 닮은 것으로 보아 형제인 듯했다.

모용세가를 이끌어 가고 있는 가주인 모용진과 총관인 그의 동생 모용천이었다.

"그냥 두어라."

더 이상 듣기 싫다는 투로 말했지만, 모용천은 그만둘 생각이 없는 듯 다시 입을 열었다.

"형님! 비록 하린이 방계라고는 하나 가문의 모든 무공을 대성한 아이입니다. 그건 형님께서 직접 가르쳤으니 더 잘 알고 계시지 않습니까? 그런데 어찌해 그런 아이를 내치신단 말씀입니까?"

모용천이 물었다.

모용세가에서 하린을 가장 아끼는 사람이 바로 가주인 모용진이었다. 그렇기에 그를 내린 모용진의 마음을 이해를 할 수 없어 물었다.

원래 방계의 자식들에게는 세가의 진산절예(鎭山絶藝)를 모두 가르쳐 주지 않는다.

이는 모용세가뿐만 아니라 무림에 뿌리를 내리고 있는 모

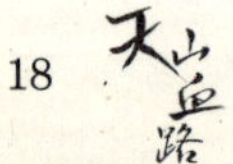

든 세가와 장원 역시 마찬가지였다.

하지만 모용세가는 하린이라고 하는 세가의 방계 자식에게 이러한 규율을 적용시키지 않고 세가의 진산절예를 모두 가르쳤다.

이는 세가의 가주와 장로들이 하린의 타고난 재능을 알아보았기 때문이다.

하린은 그러한 가주와 장로들의 기대에 부응하듯 약관의 나이에 세가의 모든 무공을 대성할 수 있었다.

어린 나이에 세가의 무공을 대성했으니 세가에서 욕심이 나는 것은 당연지사!

실전을 거치지 않은 무공은 죽은 무공이라는 가주의 뜻에 따라 오 년이라는 긴 시간 동안 군역(軍役)을 통해서 오랑캐들과 싸우며 실전 경험을 체득했다.

가주의 뜻대로 그가 오년간의 군역을 마치고 세가로 돌아왔을 땐 얼마나 강해졌는지 짐작조차 할 수 없을 정도였다.

세가의 사람들이 예상하기를 절정고수는 되지 않을까 짐작을 할 뿐이었다.

그런 하린을 가장 반긴 사람이 바로 가주인 모용진이었다.

하린은 군역을 마치고 세가에서 무사들을 가르치는 무사부의 직책을 맡아 생활하고 있었는데, 사건이 터져 버린 것이었다.

석 달 전, 모용세가주의 막내인 모용련과 그녀의 남편인 혁지석이 혈마전(血魔殿)의 무인들에게 죽은 사건이 발단이었다.

모용세가는 검으로 일어선 가문이었기에 수많은 무림의 은원을 가지고 있었지만, 혈마전과는 별다른 은원이 없었다.

다만, 정파와 마교로 양분되어 있는 무림의 이해관계를 따져 혈마전과 사이가 좋지 않을 뿐이었다.

그런데 혈마전의 무인들이 두 사람을 죽인 것이었다.

그들은 혁지석이 보는 앞에서 모용련을 강간한 후에 죽였고, 그런 뒤 무공도 모르는 그의 사지를 잘라 죽였다.

혈마전의 무인들은 모용세가가 그 사실을 알아챌까 두려워 두 사람의 시체를 짐승의 밥으로 던져 주고 증거를 인멸했다.

모용세가의 입장에서는 외출 나간 두 사람이 돌아오지 않자 사람을 풀어 찾아보았지만, 도무지 찾을 수가 없었다.

그렇게 하루가 지나고 이틀이 지나자 하린이 나선 것이었다.

모용세가에서 무공을 가르치는 하린은 두 사람에게 유독 정을 주었기에 사이가 각별했다.

결국 두 사람이 걱정되어 자신이 직접 찾아 나섰고, 군부에서 배운 추적술(追跡術)을 비롯한 정보 수집술(收集術)을 동원해 조사한 지 한 달 만에 혈마전의 무사들이 두 사람을 죽였다는 것을 알아내었다.

하린은 모용세가의 가주에게 이러한 사실을 보고했지만,

혈마전의 뒤에 마교가 있음을 알고 가주인 모용진이 쉽게 결정을 내리지 못하고 있는 사이, 하린은 참지 못하고 단신으로 혈마전에 쳐들어가서 혈마전주(血魔殿主) 왕보악을 비롯해 삼백 명의 무인들을 모두 죽여 버린 것이었다.

하린의 입장에서는 사매 모용련과 그녀의 남편인 혁지석의 복수를 한 것이지만 모용세가의 입장에서 보면 너무도 큰일이었다.

혈마전의 뒤에는 다른 세력도 아닌 마교가 버티고 있었던 것이다.

지상 최강의 단체인 마교를 혼자서 상대할 세력은 중원 그 어디에도 없었다.

혈마전이 멸문하자 마교는 기다렸다는 듯이 무림맹을 통해서 모용세가를 압박하기 시작했고, 총사인 모용수가 그 일로 인해 무림맹으로 가서 이를 해명하고 있는 중이었다.

"형님, 가문을 위해서 큰일을 한 아이입니다. 세가에서 지켜 주지 못할망정 쫓아내시다니요."

모용천이 답답해 물었다.

"그것만이 하린을 살리는 길이다."

의미 모를 말을 하는 모용진이었다. 모용천은 그게 무슨 말이냐는 듯한 시선으로 모용진을 보았다.

"나 역시 린아의 행동이 옳다고 생각하고 있다네. 아니, 세가에서 하지 못한 일을 해 주었으니 더 바랄 나위가 없다네. 하나! 린아를 가문에 둔다면 필시 무림맹에서는 내놓으라 할 것이다."

"하면……."

모용천은 그제야 모용진의 마음을 조금 이해할 수 있었다.

"나 역시 린아를 누구보다 아낀다. 하지만 그들로부터 보호하려면 세가에서 내쫓는 길뿐이다. 그렇지 않으면 마교와 무림맹은 본 가를 계속해서 압박할 것이고, 린아는 본 가를 위해서 자신의 목숨을 내놓고자 할 것이다."

모용천은 고개를 끄덕였다.

모용진은 다음 대의 모용세가를 이끌어 가야 할 소가주인 모용현룡보다 하린을 더 아끼는 사람이었다.

"가문의 무공 발전에 있어 하린은 꼭 필요한 아이이다. 그렇기에 사태가 잠잠해질 때까지 죽은 듯이 숨어 있어야 한다."

"저는 그것도 모르고 형님 원망을 많이 했습니다."

"너는 걱정 마라. 이제 힘없는 세가의 서러움을 알게 되었으니 더욱 무공 수련에 정진을 할 것이다. 그것이 바로 내가 아는 하린의 참모습이니라."

모용천은 고개를 끄덕였다.

자신이 이제까지 지켜본 바로도 하린은 스스로 노력해서 세가의 어려움을 이겨 내려고 할 것이다.

"일단 기다려 보게. 무림맹에 간 막내가 잘 처리할 것이네."

22

"알겠습니다."

◈　　◈　　◈

　하남성 정주에는 무림의 정파 연합체인 무림맹(武林盟)이 자리를 잡고 있었다.

　무림맹이 정파의 연합체라고는 하지만 태산북두(泰山北斗)라 일컫는 소림과 무당을 위시한 구파일방(九派一幇)은 무림의 큰 환란이 일어나지 않는 이상 세속의 일에 관여치 않고 있어 마교나 하오문도들에게는 반쪽짜리 정파 연합이란 말을 듣고 있는 중이었다. 하지만 그렇다고 해서 무림맹을 무시할 수 있는 이는 없었다.

　구파일방을 비롯한 소수의 문파만 제외되어 있을 뿐, 무림의 오대세가(五大世家)라 칭하는 남궁세가를 비롯한 당문, 제갈세가, 황보세가, 팽가를 위시한 중원의 많은 무가와 무림의 방파들이 무림맹에 속해 있기 때문이었다.

　무림맹은 이성(二成), 육부(六部), 오각(五閣), 칠단(七團)으로 구성이 되어 있는데, 이성은 내성(內成)과 외성(外成)을 말한다.

　내성은 무림맹을 실질적으로 이끌어 가는 무림맹의 간부들이 있는 곳이고, 외성은 무림맹의 손과 발이 되는 이들이 있는 곳이다.

　오각은 천룡각(天龍閣), 비룡각(飛龍閣), 수룡각(水龍

閣), 화룡각(火龍閣), 황룡각(黃龍閣)으로 나뉘어 있는데, 이들은 무림맹을 구성하고 있는 오대세가의 사람들로 구성되어 있었다.

천룡각은 남궁세가(南宮世家), 비룡각은 제갈세가(諸葛世家), 수룡각은 사천당가(四川唐家), 화룡각은 황보세가(皇甫世家), 황룡각은 하북팽가(河北彭家)의 사람들이 주축이 되어 있고, 실질적인 무림맹의 힘을 대표하는 집단이었다.

육부는 무림맹의 질서를 담당하는 곳으로, 무림맹주의 직속 기관인 맹주부(盟主部)를 비롯해서 맹의 어른들이 모여 있는 장로부(長老部), 무림맹의 머리라고 할 수 있는 총사부(摠司部), 살림을 담당하는 총관부(摠管部), 규율을 담당하는 형부와 정보를 담당하는 밀야부(謐夜部)로 구성이 되어 있다.

마지막으로 칠단은 무림맹의 선봉대라고 할 수 있는 무력 집단으로, 백호(白虎), 현무(玄武), 주작(朱雀), 청룡단(靑龍團)을 시작으로 질풍단(疾風團), 폭풍단(暴風團), 멸마단(滅魔團)으로 구성되어 있다.

비록 구파일방이 빠진 무림맹이라고 하지만 중원 대륙에서 무림맹의 행사가 미치지 않는 곳이 없을 정도였다.

사파의 본산이라고 할 수 있는 천산의 마교와 견주어 손색이 없을 정도로 강성한 세력인 것이다.

한데 무림맹과 마교가 균형을 이루고 평화로운 무림을 이끌어 가고 있는 가운데 중원 대륙의 끝이라고 할 수 있는 요

24

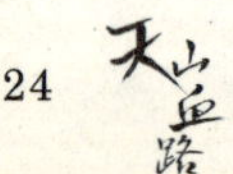

령땅에서 큰 사고가 터진 것이었다.

혈마전의 멸문!

이는 팽팽한 힘의 균형을 이루고 있는 정파와 마교의 관계가 한쪽으로 기울어 버릴 수 있는 사건이나 다름없었다. 자칫 정마대전(正魔對戰)으로 이어질 수 있는 크나큰 사고였다.

이로 인해서 무림맹의 대소사를 결정하는 무림전에는 많은 사람들이 모여 있었다.

"도대체 몇 번이나 말씀을 드려야 하는 것입니까?"

무림전이 떠나갈 만큼 큰 소리로 자신의 답답함을 이야기하는 한 사내가 있었다.

마흔 후반의 사내로, 무림인이라기보다는 학자와 같이 단아하고 고고한 모습의 사내였다.

그가 바로 모용세가의 머리인 총사 모용수였다.

혈마전의 일을 해명하기 위해서 무림맹으로 와서 사건의 전말을 이야기하는 중이었다.

몇 번이나 같은 말을 되풀이했지만, 이들은 들으려 하지도 않아 화가 나서 소리를 친 것이었다.

"만약 맹주님의 딸과 사위가 그러한 일을 당했다 한다면 맹주님께서는 그냥 참고 있을 것입니까?"

모용수는 무림맹주인 검선 학선의 눈을 직시하며 말했다.

당당했다.

이는 모용세가의 타고난 피로 인해서였다.

　모용수의 발언에 주위에 있는 이들의 표정이 일그러졌다.

　"무엄하다! 감히 맹주님 앞에서 그런 말을 하다니. 오랑캐들은 다 그리 말을 하는 것인가?"

　모용수는 고개를 돌려 방금 말을 한 무림맹의 부맹주인 도성 팽군악을 보았다.

　엄연히 중원인이지만 팽군악이 말한 것처럼 모용세가는 중원에서 오랑캐 대접을 받고 있었다.

　중원 땅이라고는 하지만 요녕을 오랑캐의 땅으로 생각하는 사람들이 많았고, 이를 입증이라고 하듯 많은 이족들의 사람들이 요령 땅에 모여 살고 있기 때문이다.

　모용수는 팽군악을 향해 조소를 지으며 말했다.

　"오랑캐들도 자신의 가족이 죽으면 복수를 할 줄 아는 법이오. 중원인은 그렇지 않소?"

　지지 않고 말하는 모용수의 모습에 팽군악이 당장에라도 쳐 죽일 듯 눈을 부라리며 말했다.

　"이놈이!"

　"그만하시오, 부맹주!"

　낮은 소리였지만 그 내용은 무림전에 모인 이들 모두에게 전달되었다.

　"맹주, 하지만……."

　팽군악이 뭐라 말을 하려고 했지만, 맹주인 검선 학선이 이를 제지했다.

　"되었네. 모용세가의 입장에서 보면 당연한 일이네."

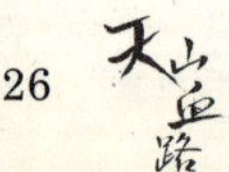

　분을 참지 못하는 팽군악을 보고 고개를 몇 번 끄덕이던 학선은 모용수를 보았다.

　"하나, 무림의 안위를 생각해 보면 자네의 가문에서 한 일은 너무도 큰일이네. 곧 마교에서 사절단이 올 것이네. 그들을 어떻게 설득을 시킬 것인가?"

　비록 낮은 목소리로 말을 하지만, 그의 목소리에는 힘이 실려 있었다.

　그의 목소리를 들은 모용수는 순간적으로 고개를 숙일 뻔했다.

　모용수는 심호흡을 한 번 한 후에 학선의 두 눈을 직시한 채 말했다.

　"먼저 시작한 쪽은 혈마전이었습니다. 그들을 설득시킬 필요가 뭐가 있겠습니까?"

　보통 사람 같았으면 압도되어 소리조차 제대로 내지 못했을 텐데 모용수는 당당하게 맹주인 학선의 시선과 마주한 채 말했다.

　"이놈!"

　그런 모용수의 태도가 마음에 들지 않는지 일장로인 황보성이 자리를 박차며 일어나 외쳤다.

　그는 황보세가의 전대 가주로, 사람들은 그를 권왕이라 불렀다.

　황보세가의 사람들은 대대로 성격이 거칠고 급한 성격을 타고나는데 황보성 역시 그러했다.

"감히 여기가 어느 안전이라고 고개를 들고 그따위 말을 지껄이는 것이냐?"

모용수는 황보성을 보았다.

많은 사람들에 둘러싸여 위압감을 느끼고 움츠릴 만한 상황임에도 불구하고 모용수는 두 어깨를 활짝 펴고 고개를 들어 황보성을 직시하며 말했다.

상대가 강압적으로 나올수록 더욱 강하게 응수하는 것이었다.

"우리가 잘못한 것이 없지 않습니까? 그리고 언제부터 무림맹에서 우리 모용세가의 일에 이리 관심을 가져 주었는지 모르겠습니다."

맹주인 학선의 눈이 좁혀졌다. 모용수의 태도가 마음에 들지 않는다는 무의식적인 표현이었다. 그뿐만 아니라 이 자리에 모인 모두의 표정이 학선과 똑같았다.

"오랑캐라 천시하던 가문이 아닙니까? 이제까지 본 가에 관심이라도 가져 보셨습니까? 검을 손에 쥔 이상 은원에서 자유롭지 못한 것이 바로 무림이 아닙니까? 본 가는 가주님의 딸과 사위의 복수를 했을 뿐입니다. 그것이 뭐가 그리 잘못되었단 말입니까? 왜? 오랑캐는 복수를 하면 안 되는 것입니까?"

모용수의 말에 모두의 얼굴이 붉어졌다.

그 순간, 무림맹의 총사인 제갈민이 모용수를 바라보았다.

자신의 생각으론 모용수가 지금처럼 여기 모인 사람들을

도발해서 좋을 것이 하나 없었다. 아니, 오히려 모인 사람들의 비위를 맞추어 도움을 얻어야 하는 것이 정상이었다.

그렇게 해야만 마교의 공격으로부터 모용세가를 지킬 수 있다.

"제가 하나 묻고자 합니다."

무림맹의 총사부를 지휘하고 있는 총사 제갈민이 말했다.

"해 보게."

"무엇 때문에 이렇게 우리를 도발하는 것인가?"

제갈민은 침착한 음성으로 천천히 모용수에게 물었다.

모용수는 제갈민을 보았다.

그의 눈을 가만히 들여다보니 뭔가 자신에게 원하는 것이 있어 보였다.

'역시 제갈세가인가?'

자신의 의도를 들킨 듯했다. 사실 모용수가 이들을 도발하는 이유는 간단했다.

하린의 존재를 숨기는 것!

무림이란 본시 그런 곳이었다.

자신보다 강한 존재를 별로 달가워하지 않는 곳이고, 그러한 자가 있으면 힘을 합쳐 제거하려고 하는 곳이 바로 무림이었다.

혈마전이 비록 변방에 자리를 잡고 있는 문파라 하지만 마교에 속한 문파였고, 문도의 수가 삼백 명이나 되는 큰 문파였다.

또한 혈마전주인 왕보악은 마교의 일백마인과 견주어도 손색이 없을 정도로 강한 고수에 속하는 자였다.

그러한 문파를 단신으로 멸문시킬 수 있는 사람이 무림에서 과연 얼마나 있을까?

기인이사(奇人異事)들이 강가의 모래알처럼 많다고 알려진 무림이지만 그러한 고수는 백 명을 넘기기는 힘들 것이다.

무림백대고수!

물론 무림맹에는 무림백대고수에 드는 자들이 스물 정도가 있지만, 과연 후기지수들 중에서 무림백대고수에 들 정도로 강한 이들이 몇 이나 있을까?

마교의 소교주가 그러할까?

남궁세가의 소주가 그러할까?

아마 없을 것이다.

그랬기에 하린의 존재를 숨기고 세가를 부각시켜 무림맹의 도움을 얻을 생각이었다.

모용수는 곧 표정을 바꾸어 제갈민을 보며 말했다.

"본 세가의 행동이 정당함을 말하고 있을 뿐입니다."

"맞네. 자네의 세가의 행동은 정당했네. 여기 있는 다른 세가에서도 그러한 일을 당했다면 그리했을 것이네. 하나 일에는 순서가 있는 법이네."

모용수는 눈살을 찌푸렸다.

"자네의 세가로 인해서 무림이 평화가 깨어진다면 어떻게

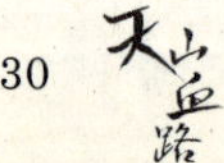

하겠나?"

'저 눈을 보니 이미 하린의 존재를 알고 있는 듯하다. 하긴 무림맹이 바보는 아니니…… . 그래도 하린을 이들에게 넘겨줄 수는 없다.'

"그로 인해서 더 많은 무림의 젊은이들이 피를 흘리고 죽어야 하네. 그 책임을 자네 세가에서 지겠는가?"

모용수는 제갈민의 말에 웃음이 나왔다.

언제부터 무림맹이 무림의 후기지수들을 생각했는가 하는 의문이 들어서였다.

"가주님의 딸과 사위가 죽었는데 두 손 놓고 가만히 있으란 말입니까?"

"그런 뜻이 아님을 자네도 알고 있을 것이라 생각하네. 자네 역시 무림맹에 사실을 알리고 맹의 차원에서 당당히 마교에 요구해 흉수들을 처리할 수 있었다는 것을 알고 있지 않은가?"

콰아앙!

모용수가 자리를 박차고 일어났다. 약한 모습을 보여 주어서는 안 되기 때문이었다.

"언제부터 무림맹이 본 가를 도와 주었습니까? 맹의 차원에서 당당하게 마교에 요구한다고 하셨습니까? 그럼 이제까지 본 세가에서 요청을 했던 수많은 일들은 왜 모른 체했습니까? 잊으셨습니까? 오랑캐의 가문이라고 무림맹의 가입조차 못하게 한 것이 누구의 뜻입니까? 그런데 이제 와서 그런 소리를 하는 것입니까? 그리고 본 세가는 무림맹의 소속이 아닙니다. 이래라 저래라 하는 것은 본 가를 무시하는 처사입니다.”

“저놈이!”

주위에서 모용수의 행동에 화가 손가락질을 하며 소리를 쳤다.

“맞네! 방금 자네가 말한 그 사실을 확인하고자 했을 뿐이네. 모용세가는 본 맹의 소속된 세가가 아니니 마교에서 사절단이 오면 자네가 한 말을 그대로 할 생각이네.”

제갈민은 목소리에 내공을 실어 말했다. 그러자 사람들이 웅성이는 가운데서도 그의 목소리가 정확하게 전달이 되었다.

순간, 웅성이던 소리가 사라졌고, 모두가 제갈민을 바라보았다.

‘당했군.’

모용수는 제갈민에게 한 방 먹었다고 생각했다.

세상 천지에 마교를 혼자 감당할 수 있는 가문은 그 어디에도 없다.

이는 태산북두라 일컫는 소림이나 무당 역시 마찬가지였다.

그렇기에 모용수 역시 도움을 받기 위해서 무림맹에 온 것이었다.

하린의 존재를 감추고 협상을 통해 약간의 손해를 본 뒤

에 무림맹의 도움을 얻을 생각이었는데, 제갈민으로 인해서
물거품이 되어 버린 것이다.

그렇다고 고개를 숙일 수는 없는 모용수였다.

"더 이상 대화를 나눌 필요가 없겠군요. 그럼!"

모용수는 무림맹의 뜻을 알았으니 더 이상 이들과 대화를
나눌 필요가 없다고 여겼다.

'곪았구나. 자신들보다 강한 존재를 인정하지 않고 배척
하다니……. 하긴 언제나 자신들이 최고라 생각하고 있는
사람들이니 남을 인정하는 것이 쉬운 일은 아니겠지.'

모용수는 몸을 돌려 무림전을 나가려고 했다.

"잠깐 기다려 보게."

그때, 맹주인 검선 학선이 입을 열었다.

"하실 말씀이라도 있으십니까?"

"이번 사건을 일으킨 그를 마교에 넘겨주면 조용히 끝날
수도 있는 일일세."

'역시 알고 있었구나. 하린이 어떤 아이인데 당신들에게
내줄까?'

모용수의 한쪽 입술 끝이 볼을 타고 올라갔다. 그 미소는
학선을 비웃는 명백한 조소였다.

"맹주께서는 자식을 죽음 속으로 내모실 수가 있습니까?"

학선은 말이 없었다.

"자식을 위해 목숨을 내어 놓는 것이 부모의 마음이 아닙
니까? 자식을 지키지 못할 바에는 차라리 모두가 죽음을 택

하는 것이 바로 모용세가입니다. 우리의 아들을 마교에 넘겨주라고 하였습니까? 세가라는 이름 아래 한 울타리에 모인 우리들입니다. 가족은 내치는 것이 아니라 지켜 주는 것이라고 배웠고, 또 알고 있습니다."

모용수의 말에 학선은 반박할 말을 찾을 수가 없었다. 몇 사람은 자신도 모르게 고개를 끄덕였다.

"어차피 무림맹의 입장에서는 좋은 일이 아닙니까? 본 세가가 무너지면 그 핑계로 마교를 칠 명분을 얻을 수 있으니 말입니다. 아, 본 세가는 무림맹의 소속이 아니니 명분은 얻지 못하는군요."

무림맹에 대한 명백한 조롱이었다.

"이놈! 여기가 어디라고 그따위 말을 지껄이느냐!"

황보성이 당장에라도 손을 쓰려는 듯 자리에서 일어나 손을 들었다.

기호지세(騎虎之勢)였다.

여기서 물러나면 더욱 볼썽사나워진다. 그렇기에 더 강하게 나갈 필요가 있었다.

"본 세가는 그렇게 쉽게 무너지지 않습니다. 본 세가가 무림맹에 도움을 얻기 위해서 왔다고 생각하시면 큰 오산입니다. 본 세가는 마교와의 싸움에서 무림맹이 개입하는 것을 원치 않는다는 말을 하고자 왔습니다. 만약 무림맹이 개입을 하면 본 세가는 무림맹 역시 적으로 간주를 할 것입니다."

모용수는 자신의 말을 끝내고는 몸을 돌려 무림전을 나가 버렸다.

"허엇!"

그 자리에 있는 무림맹의 장로들은 그의 모습에 어이가 없어 헛웃음만 나왔다. 그러다 그 웃음은 곧 분노로 바뀌었다.

"저런 방자한 놈을…… 맹주, 당장 달려가 저놈을 단숨에 쳐 죽여 맹주와 우리를 우롱한 죄를 모용세가에 물어야 할 것입니다."

"허허, 그냥 두십시오, 일장로님. 그냥 오기가 생겨 그리 말한 것입니다. 결국 다시 와서 무릎을 꿇고 도움을 청할 것입니다."

모용수의 귀에 맹주인 학선의 말이 들려왔다.

무림전을 나온 모용수는 입술을 깨물고 두 주먹을 불끈 쥐었다.

하늘을 올려다보니 먹물처럼 시커먼 구름들이 흘러가고 있는데, 요령 땅이 있는 방향이었다.

그 모습이 마치 세가의 앞날을 예견하는 듯해 불길한 생각만이 가득했다.

"가족이라면 죽음으로 내모는 것이 아니라 지켜 주는 것이다."

자신의 결정을 후회하지 않는다고 다짐을 하듯 되뇌인 모용수는 모용세가의 사람들이 쉬고 있는 곳으로 걸음을 옮겼다.

　더 이상 무림맹에 있을 이유가 없으니 이제 모용세가로
돌아가 마교와의 일전을 준비하는 것이 세가를 위해서 더
바람직한 일이었다.

　"한바탕 폭우가 쏟아지겠지. 그리고 먹구름 사이로 햇볕
이 비출 것이고, 땅은 더욱더 굳어져 단단해질 것이다. 천
년의 피를 이어 온 가문이 바로 모용세가임을 세인들은 곧
알게 될 것이다."

현존의 사냥꾼

“타앗!”

모용세가의 무사들이 연무장에서 한창 무공 수련 중이었
다.

“검을 곧게 뻗어라.”

무사들 사이에서 한 사내의 목소리가 들렸다. 사십대 후
반으로 보이는 반백의 사내였다.

일반인보다 얼굴이 조금 크고 사각 진 턱에 자란 덥수룩
한 수염이 강한 인상을 풍겼고, 옷 사이로 보이는 그의 몸
은 나이에 맞지 않게 탄탄해 보였다.

그는 모용세가의 장로 중 한 명으로, 모용우라는 이름을
가지고 있었다.

그는 장로의 신분이지만 하린이 세가를 떠난 뒤에 그가

대신해서 세가의 무사들에게 무공을 가르쳐 주거나 점검을 하며 무공 교두의 역할을 하는 중이었다.

"곧게 뻗는 검은 곧 나의 마음이 곧음을 보여 주는 것이다."

"타앗!"

무사들은 모용세가의 검술인 열혈검(熱血劍)을 배우고 있는 중이었다.

열혈검은 피를 불태울 정도로 강력한 양강의 검법으로, 남자들에게 어울리는 검법이었다.

"고수의 조건이 무엇이라고 생각하는가?"

모용우는 무사들에게 질문을 던지고 답을 말하는 식으로 무사들을 격려하는 중이었다.

"고수의 조건은 강력한 무공도, 막대한 내공도 아니다. 그럼 무엇이겠는가? 그렇다. 정확한 투로를 배우고, 그 투로에 실전을 더해 응용하는 법을 익혀 나의 것으로 만드는 것이 바로 고수의 기본 조건이다. 검을 뻗으라."

혼자 묻고 답하며 무사들을 가르치는 모용우는 자신이 익힌 것을 조금이라도 더 가르쳐 주기 위해서 노력하는 모습이었다.

"타앗!"

그런 모용우의 마음이 전달된 듯 무사들은 힘찬 기합성을 내지르며 훈련에 매진했다.

그렇게 세가의 무사들을 가르치고 있는데 식솔 한 명이

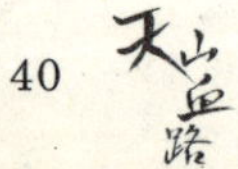

40

달려왔다.

"우 장로님!"

"무슨 일이냐?"

"무림맹으로 가신 총사님께서 돌아오셨습니다. 가주님께서 그 일로 찾으십니다."

모용우는 인상을 썼다.

총사인 모용수가 하남성 정주의 무림맹으로 간 지 한 달 정도가 지났기에 오가는 시간을 생각하면 대화가 잘 풀지 않았음을 능히 짐작할 수 있었다.

"알겠다. 내 곧 가마!"

식솔이 고개를 숙이고 되돌아가자 모용우는 무사들을 향해 소리쳤다.

"계속 연습을 하도록!"

"옛!"

몸을 돌려 세가전으로 향하는 모용우의 표정이 그리 밝은 것만은 아니었다.

모용세가의 세가전에는 가주인 모용진을 비롯해서 총관인 모용천, 총사인 모용수, 그리고 장로인 모용우와 모용성, 모용백, 그리고 모용세가의 무력 집단인 백룡대의 대주이자 모용세가의 소가주인 모용현룡이 자리하고 있었다.

무림맹과 협상을 하기 위해서 간 모용수가 송구스럽다는 표정으로 고개를 숙이며 말했다.

“죄송합니다. 하나 저는 결코 저의 결정이 틀리지 않았다고 생각합니다.”

모용수는 세가로 돌아와 무림맹에서 있던 이야기를 모두 해 주고는 자신의 결정이 옳다고 거듭 말했다.

그러자 모두의 입가에 잔잔한 미소가 생겨났다.

세가에 큰 위기가 닥쳤지만 그로 인해서 가족을 희생시켜서는 안 되기 때문이다. 아니, 그것이 당연한 일이었다.

그것이 바로 세가가 존재하는 이유였다.

“잘했다. 사실 너를 보내고도 큰 기대를 하지 않았다. 너의 말대로 저들에게는 우리 세가가 눈엣가시일 테니 말이다.”

권위의식이 강한 오대세가에서는 자신들보다 강한 존재가 나타나는 것을 달가워하지 않을 테니, 그들의 도움을 얻지 못할 것이란 걸 모용진 역시 어느 정도 예측하고 있었다.

오대세가!

어디 중원에 오대세가만 있으랴.

그럼에도 그들은 오대세가라 칭하며 자신들의 세가를 다른 세가나 장원의 위에 두고 있었다.

사실 모용세가가 변방이라는 요령 땅에 있어 그렇지, 오대세가와 비교해도 크게 뒤질 것이 없는 가문이었다. 다만 변방에 있다는 이유로 배척을 받는 것이었다.

“일이 이렇게 되었으니 먼저 세가의 아이들과 후기지수들을 모두 압록(鴨綠)의 장원으로 피신시켜야 할 것 같습니다.”

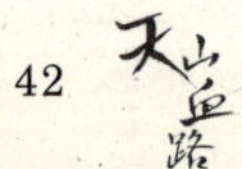

총관인 모용천의 말에 모두 고개를 끄덕였다.

아이들과 후기지수들은 세가의 동량이었다. 그들이 건제하다면 세가는 다시 일어날 수 있을 것이다.

"그래, 그래야겠지."

모용진의 목소리에서는 안타까움이 묻어났다.

오랑캐의 가문이라고 중원인들이 손가락질하지만, 자신들은 엄연히 중원에 속한 가문이며 군부를 도와 중원을 지키고 있는 무림의 세가 중 하나였다.

중원의 사람들이 이를 몰라주는 것이 참으로 아쉬웠다.

"현룡이가 후기지수(後起之秀)들과 아이들을 데리고 압록으로 피하여라."

"아버님! 소자도 남아 싸우겠습니다."

모용현룡은 모용세가의 소가주임과 동시에 모용세가의 무력 부대인 백룡대를 맡고 있었다.

그런 자신이 세가를 지키지 못하고 피한다는 것은 결코 있을 수 없는 일이었다. 아니, 오히려 다른 사람들보다 더 앞서 전장에서 싸워야 할 자신이었기에 남아 세가를 지키는 데 힘을 보태겠다고 말했다.

모용진은 그런 현룡의 마음을 잘 알고 있었지만, 어쩔 수가 없었다. 싸우는 것도 중요하지만 아이들과 후기지수들을 보호하는 일 역시 중요하기 때문이다.

"너의 마음은 잘 알고 있다. 하지만 세가에 남아서 싸우는 일보다 너에게 주어진 임무가 더 막중하다. 아이들과 후

기지수들은 세가의 미래이다. 넌 지금 세가의 미래를 보호
하는 막중한 임무를 맡아야 하는 것이니 이 아비의 말을 따
라 아이들과 후기지수들을 데리고 압록으로 피하여라.”

모용현룡은 강경한 모용진의 모습에 더 이상 남아서 싸우
겠다는 고집을 피울 수가 없어 고개를 숙였다.

자신이 고집을 피우면 더 힘들어 하는 것을 알고 있어서
였다.

“그리하겠습니다.”

“군부에 도움을 청하겠습니다.”

제일장로인 모용성이 말했다.

모용세가는 오래전부터 군부와 협력을 해서 요녕 땅을 비
롯한 국경을 지켜 왔기에 그들의 도움을 얻을 수 있을 것이
라 생각하고 말했다.

실제로 그들에게 도움을 청한다면 도움을 받을 수 있었
다.

“그렇습니다. 우리가 요녕 땅과 국경의 수비를 굳건하게
만드는 데 도움을 주었으니 그들은 우리를 외면하지 않을
것입니다.”

또 다른 장로인 모용백 역시 모용성의 의견에 찬성했다.

“마교가 아무리 강하다고 해도 군부의 힘에는 미치지 못
할 것이니 그들이 도와준다면 이번 일을 잘 마무리할 수 있
을 것입니다.”

장로들의 말에 모용진은 잠깐 생각에 잠겼다.

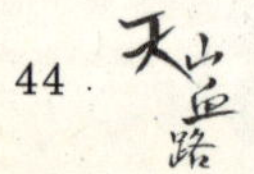

　군부의 도움을 얻을 수 있다면 좋을 것이다. 하지만 그들이 움직이는 일은 생각처럼 쉬운 게 아니었다.

　"음……."

　우선 황제의 윤허(尹許)가 있어야 하지만, 그 외에도 군부가 움직이는 데 필요한 군량미와 군수품 등…… 쉽지만은 않는 일이었다.

　자신의 가문을 위해서 친분이 있는 장수들이 움직인다면 모를까, 요녕 땅을 지키고 있는 어림황룡군(禦臨黃龍軍)이 움직이는 일은 없을 것이라 생각했다.

　결론을 내린 모용진은 고개를 가로저었다.

　"아니다. 예부터 황궁과 무림은 서로를 존중해 그 선을 그어 놓고 있었다. 아무리 본 가가 위험에 처했다고는 하나 그 선을 무너뜨릴 수는 없는 법이다."

　"하오나 형님……."

　모용천이 말을 하려고 했지만, 모용진이 먼저 입을 열었다.

　"너희들의 뜻은 알고 있다. 무엇이듯 한 번이 어려운 법이다. 우리가 군부의 힘을 빌리기 시작하면 그때부터 어려움이 있을 때마다 남에게 의지하게 될 것이다. 우리가 누구더냐?"

　모두는 입을 닫았다.

　"천 년의 피를 이어 가고 있는 왕가의 후손이 바로 본 세가인 모용세가이다."

　모두는 모용진의 말에 아무런 말도 할 수 없었다. 이는 모용세가의 마지막 남은 자존심이나 다름없었다.

　"무림의 일은 무림에서 처리하는 것이 순리이다. 본 세가가 마교와 싸우는 동안 우리가 이 요령성을 위해서 얼마나 많은 노력을 했는지 이곳 사람들은 알아줄 것이다. 그것으로 족하다."

　모두가 자신들의 생각이 짧았음을 깨닫고 고개를 숙였다. 그렇게 잠깐 동안 침묵이 흘렀다.

　침묵을 깬 사람은 장로 중 한 사람인 모용우였다.

　"하린, 이 녀석은 세가가 이렇게 되었는데 대체 어디에 박혀 있는지……."

　"그를 살리고자 내쫓았음을 알지 못했더냐! 더 이상 하린을 거론하지 마라!"

　하지만 그에 대한 모용진의 생각은 단호했다.

　"하지만 형님! 하린이 곁에 있다면 큰 도움이 되지 않겠습니까? 군역을 가기 전에 이미 초일류의 고수였습니다. 군역을 다녀온 후에는 얼마나 강해졌는지 짐작도 할 수 없는 고수가 되어 돌아오지 않았습니까? 단신으로 혈마전주 왕보악을 비롯해서 삼백 명의 혈마전의 무인들을 도륙했습니다. 무림에 그만한 무력을 가진 이가 몇이나 있겠습니까?"

　모용우가 하린에 대해서 이야기를 늘어놨지만, 사실 누구보다 그에 대해서 잘 알고 있는 사람은 세가의 가주이자 사부였던 모용진이다.

세가의 모든 무공을 대성한 하린이 있다면 분명 십만의 마교인이 쳐들어오더라도 싸워 볼 만할 것이다.

하나, 그것으로 끝이다.

싸워 볼 만하지만 결국 다 죽는다는 것은 명백한 사실이었다.

하린은 그렇게 죽어서는 안 될 아이다.

"아우의 말대로 당장은 큰 도움이 될 것이다. 하지만 그렇게 되면 세가의 미래는 없어지는 것이다. 위난(危難)이 닥쳐 압록으로 피신 가는 아이들과 후기지수들 위해서 지금 하린은 모처에서 본 가의 무공을 연구 중에 있다."

모용진의 말에 모두가 놀란 표정을 지었다.

"하린이 지금 모처에서 새로이 연구를 하고 있는 본 가의 무공이 아이들과 후기지수들에게 전해졌을 때! 그제야 본 가의 밝은 미래가 펼쳐질 것이다. 그때는 그 누구의 눈치도 보지 않고 당당하게 우리의 목소리를 낼 수 있을 것이다."

모용진의 눈빛에는 자랑스러움이 드러났고, 목소리에는 당당함이 깃들어 있었다.

"하린이 새로이 무공을 연구하고 있단 말씀입니까?"

총사인 모용천이 물었다.

"그렇다. 그것은 본 가의 모든 무공을 대성한, 오직 하린만이 할 수 있는 일이다. 그렇기에 그토록 무림맹에 하린의 존재를 숨기려 한 것이다."

"그럼 그때 하린에게 매정하게 대한 이유도……."

모용진은 고개를 끄덕였다.

"지금의 어려움은 우리들의 몫이다. 그리고 이 어려움을 이겨 내고 본 세가가 모든 세가 위에 우뚝 서는 것은 아이들과 하린의 몫이다."

세가전에 모인 이들은 모두 모용진의 생각에 따르기로 했다.

"아이들을 압록으로 옮긴 후에 우리는 이곳에서 뼈를 묻을 것이다."

모두는 그렇게 하리라 다짐을 하듯 입술을 지그시 깨물며 고개를 숙였다.

모용진은 모두의 마음을 느낄 수가 있었다.

"허허! 걱정 마라. 련이와 혁이가 죽었을 때, 혈마전을 단신으로 박살 낸 하린이다. 하물며 사부인 나와 사숙인 너희들이 죽는데 가만히 있겠느냐? 우리의 복수를 하린이 해 줄 것이라고 믿는다. 마교뿐만 아니라 우리를 오랑캐라 배척하고 우리의 강성함을 시기하고 질투하는 저 무림을 향해 복수의 칼을 들어 줄 것이라고 믿는다."

◈　◈　◈

중원 대륙의 동쪽 끝에는 우뚝 솟은 높은 산이 자리 잡고 있는데, 중원에서는 이 산을 장백(長白)이라 불렀고, 동쪽의 끝에 자리를 잡고 있는 고려에서는 백두(白頭)라 불렀다.

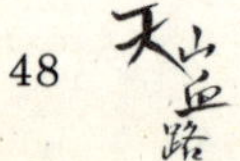

48

장백산 아래 위치한 현촌(峴村)이라는 마을은 오십 가구도 채 안 되는 작은 마을이었다.

현촌에서 생활하는 사람들은 장백산을 삶의 터전으로 삼아 살아가는 이들이 대부분이었다.

이들 중에는 사냥꾼도 있고, 약초꾼도 있으며, 또 화전을 일구며 작물을 일구며 살아가는 이들도 있었다.

그런 현촌의 가장 깊숙한 곳에 자리 잡고 있는 작은 오두막의 뜰에서 한 사내가 장작을 패고 있었다.

쩌억!

보기에도 단단하게 보이는 나무가 가볍게 내려치는 도끼질에 맥없이 두 동강이 나서 넘어졌다.

사내는 이미 많은 장작을 팼지만, 한쪽에는 여전히 많은 나무들이 쌓여 있었다.

쩌억!

내려치는 간단한 동작이었지만, 그 속에는 강약이 있었다.

내려칠 때는 가볍게 내려오지만 도끼가 나무를 파고들 때 힘을 실어 두 조각을 내는 것이었다.

그런데 사내가 들고 있는 도끼가 조금 이상했다.

장작을 패거나 나무를 하기 위해서는 도끼에 날이 서 있는 것이 정상이건만, 그가 들고 있는 도끼는 날이 없이 뭉툭했다.

그럼에도 불구하고 내려칠 때마다 어김없이 한 번에 나무가 두 동강이 나 버리는 것이었다.

더 이상한 건 사내의 반응이었다.

응당 도끼의 날이 뭉툭하면 숫돌에 갈아 날을 세우기 마련인데, 사내는 오랜 기간을 이렇게 장작을 한 것처럼 아주 편한 모습이었다.

그렇게 한참을 일정하게 내려치던 사내가 문득 시선을 돌렸다.

사내는 여전히 많이 쌓여 있는 나무들을 보고 고개를 절래 흔들더니, 발을 움직여 바닥에 나뒹굴고 있는 나무를 걸어 올렸다.

나무가 허리 정도의 높이까지 올라오자 사내의 눈이 반짝였다.

순간, 도끼가 눈에 보이지 않을 만큼 빠르게 허공을 갈랐고, 나무는 땅에 떨어지면서 두 동강으로 나뉘었다.

척 보기에도 무거운 도끼처럼 보였지만, 사내는 마치 젓가락을 움직이듯 빠르게 휘둘렀다.

또다시 사내의 발이 움직이고 허리 높이까지 올라오는 나무를 향해 도끼가 움직였다.

그 모습이 마치 중원 대륙에서 명성을 크게 떨친 무인의 모습과 흡사했다.

걸어 올리는 나무의 속도가 빨라질수록 도끼를 들고 있는 손의 움직임도 빨라졌다.

다른 사람이 보았다면 경악할 일이었지만, 뭔가 부족하다는 듯 불만스러운 표정을 짓는 사내였다.

눈을 찡그린 사내는 왼손을 옆으로 뻗었는데, 그러자 진기한 일이 일어났다.

조금 떨어진 곳에 세워 둔 또 다른 도끼 한 자루가 사내의 손으로 딸려 오는 것이었다.

두 손에 나누어진 도끼를 든 사내의 모습에서 강한 기운이 뻗어 나왔다.

그와 동시에 일제히 허공으로 솟구쳐 오르는 나무들.

번쩍!

빛과 같은 속도로 양손에 든 도끼들을 자유자재로 움직이는 사내.

우두두둑!

그러자 하나의 나무가 두 조각이 아닌, 네 조각으로 나뉘어 떨어졌다.

사내의 행동은 멈출 줄을 몰랐다.

마치 어떠한 무공을 수련하는 듯 사내는 오직 장작을 패는 일에만 집중을 했다.

장작을 패는 데 집중하는 모습이 마치 무아지경(無我之境)에 빠진 사람이라 착각이 들 정도였다.

그렇게 한 시진 정도 장작을 팼을 때, 쌓여 있던 나무들이 모습을 감추고 그 자리에는 장작만이 남아 있었다.

사내는 들고 있는 도끼를 한쪽으로 향해 던졌다.

쉐이이익!

파공성과 함께 담장이 있는 곳으로 날아가더니, 순간 허공에서 멈추어 수직으로 떨어지는 것이었다.

뚜욱!

그러자 두 자루의 도끼가 나란히 담벽에 기대어 세워지는 것이었다.

사내는 그 모습에 고개를 끄덕이며 아무렇게 널려 있는 장작들을 장난을 하듯 발로 뚝뚝 차는데, 신기하게도 한쪽 구석으로 날아가 차곡차곡 쌓이는 것이었다.

그렇게 정리를 끝낸 사내는 장작을 쌓아 놓은 곳의 옆에 있는 작은 헛간으로 들어갔다.

안으로 들어가자 역겨운 냄새가 코를 자극했지만, 사내는 아무렇지도 않은 듯 안에서 자신의 일을 보았다.

냄새의 원인은 산짐승의 피비린내와 눌어붙은 고기의 살점에서 풍겨 나오는 비린내였다.

그 모습을 보아하니 사내는 장백산에서 잡은 짐승의 고기와 가죽을 사람들에게 팔며 생계를 유지하는 사냥꾼인 듯했다.

사내는 한쪽에 놓아 둔 칼과 둥근 통나무 도마 옆에 놓여 있는 숫돌을 들고 헛간을 나와 바닥에 아무렇게나 주저앉았다.

슥삭슥삭.

칼을 가는 모습이 아주 능숙했다.

"퉤엣!"

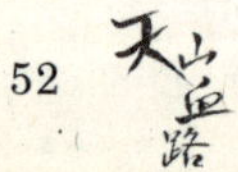

숫돌에 침을 뱉어 가며 그 위로 칼을 쓱싹쓱싹 문지르며 칼이 잘 갈렸는지 확인을 하는 사내였다.

"이보게, 무뚝이!"

한 사람이 사내의 집으로 들어오면서 그를 불렀다.

사내에게는 하린이라는 이름이 있었지만 현촌의 사람들은 그의 이름 대신 무뚝이라 불렀다.

그가 이곳에 온 지 석 달이 되어 가지만 그가 말하는 것을 본 사람은 극소수에 불과했다.

그들의 증언이 아니었다면 현촌의 사람들은 하린을 벙어리로 착각을 했을지도 모를 일이었다.

하린은 이름 대신 무뚝이라 불리는 것에 크게 개의치 않는 듯 찾아온 사람을 무심한 눈빛으로 바라볼 뿐이었다.

하린을 찾아온 사람은 왕춘삼이라는 이름을 가진 현촌의 촌장이었다.

그 역시 무심한 하린의 눈빛을 많이 보아왔는지 별 상관없이 자신의 말을 했다.

"장백산에 나무를 하러 갔던 하씨와 장씨가 장백호의 울음소리를 들었다고 하더구먼."

장백호라는 말에 하린의 눈이 반짝였다.

장백호는 장백산의 맹수지왕이었다.

성인 남자의 세 배는 족히 넘는 덩치에 수백 근이나 나가는 놈은 장백산을 터전으로 잡고 살아가는 몇 개의 마을에는 재앙과도 같은 존재였다.

　많은 사람들이 장백호를 잡기 위해서 노력했지만, 성과는 없었다.

　놈은 영악하고 잔인했다. 또한 강했다.

　앞발로 휘두르는 힘은 가히 파천지력(破天之力)이 실렸다고 해도 틀린 말이 아닐 정도로 강력했고, 날카로운 이빨은 덩치가 큰 멧돼지라도 단번에 두 동강을 내어 버릴 만큼 날카로우면서도 파괴적이고 위력적이었다.

　또한 장백호의 가죽은 검으로 쉽게 벨 수 없을 정도로 질겨 일류고수라도 해도 쉽게 해할 수 없는 그런 존재였다.

　그 때문에 장백호의 가죽은 아주 고가에 거래가 되기도 했다.

　하린은 고개를 들어 촌장을 보았다.

　촌장은 하린의 그런 모습을 보고 장백호에 관심을 가지고 있다는 것을 느낄 수가 있었다.

　"이대로 두면 위험할 것 같아서 말이야. 산 초입에 마을이 있으니 언제 내려와서 사람을 해칠지도 모르는 일이지 않는가?"

　충분히 그럴 수 있었다.

　이미 놈에게 당한 마을도 여러 곳이 된다고 했다.

　또한 겨울이 되면 장백산에 놈의 먹잇감이 부족해지니 겨울을 나기 위해서라도 마을을 습격할 것이 분명했다.

　"그래서 말인데, 자네가 사냥꾼들을 데리고 함정을 파서 놈을 잡아 주었으면 하네."

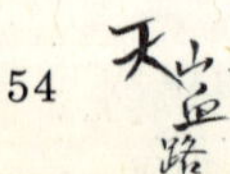

54

하린이 뛰어난 사냥꾼이라는 것을 현촌의 사람들은 모두 알고 있었다.

함께한 시간이 불과 석 달에 불과하다지만, 하린이 이미 늑대 한 무리를 잡아 본 경험이 있다는 것을 현촌의 사람들은 다 알고 있었고, 집 앞마당에 말리고 있는 늑대 가죽이 바로 그 증거이기도 했다.

"위험한 일인 줄 알고 있지만, 이 일을 부탁할 사람이 자네뿐이네. 부탁함세."

촌장은 그 말을 남기고 몸을 돌렸다. 하린의 대답은 들을 필요조차 없었다.

이제껏 자신이 어려운 일을 부탁하면 한 번도 거절한 적이 없는 그였고, 역량이 못 미치면 장백호를 잡으려 하지 않을 테니, 자신은 사람들의 뜻만 전하면 될 뿐이었다.

하린은 멀어지는 촌장을 보며 한 사람이 겹쳐 떠올랐다. 고개가 위로 드니 절로 시선이 하늘로 향했다.

"세가를 떠나온 지 벌써 석 달이 흘러구나."

혈마전을 멸문시키고 난 뒤 세가로 돌아가지 못하고 현촌으로 들어와 생활한 하린이었다.

호통을 치던 사부님의 전음을 듣고 하린은 사부의 뜻을 받아들일 수밖에 없었다.

자신이 잠깐 숨어 모습을 드러내지 않으면 무림맹과 함께 마교의 일을 잘 처리할 수 있지만, 자신이 있으면 세가에서 많은 곤란을 겪을 것이라 설득한 사부님의 뜻에 따른 것이다.

하여 하린은 현촌으로 와서 세가의 무공을 연구하며 더욱 발전시키는 데 온 힘을 쏟고 있는 중이었다.

"이번에 장백호를 잡아 놈의 가죽을 사부님께 보내 드려야겠어."

촌장은 사냥꾼들과 함께 잡기를 원했지만, 다른 사람들과 가면 번거롭기만 했다.

하린은 장백호를 잡으려면 며칠이 걸릴지 모르니 산에서 야숙을 할 준비를 갖춘 후에 장백산으로 발걸음을 옮겼다.

❖   ❖   ❖

"방계의 식구들에게 세가의 어려움을 알리고 도움을 청해야 할 것 같습니다."

모용진은 눈을 감았다.

과연 무엇이 옳은 결정인지 판단하기 어려웠기 때문이다.

세가의 후기지수들과 아이들을 살리기 위해서 그들을 대피시키기 위해서 계획을 세웠는데, 그들을 대신해 죽어 줄 방계의 사람들을 불러들이는 것이 미안해서였다.

"형님! 세가가 있어야 직계가 있고, 방계가 있는 법입니다. 비록 세가에서 방계의 자식들에게 큰 도움은 주지 못하지만, 그래서 이 땅에 모용세가가 존재하는 것만으로도 그들에게 도움이 되는 것은 사실이지 않습니까?"

모용진은 감았던 눈을 뜨고 입을 열었다.

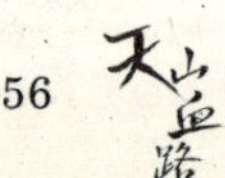

“나 한 몸 살고자 다른 사람을 죽인다면 그게 옳은 일이더냐?”

모용천은 순간 답을 하지 못했다.

“그래, 솔직히 말해서 너의 말대로 해서 내가 살 수 있다면 그렇게 하고 싶구나. 그런데 다 죽게 되면?”

모용진의 말대로 마교와의 싸움에서 도망치지 않는 이상 목숨을 보전하는 것은 물론, 세가 또한 지키지 힘들 것이다.

“하지만 형님!”

“그래. 네가 무슨 말을 하고자 하는지 알고 있다. 나 역시 너의 생각을 반대하지 않는다. 다만 우리가 방계의 아이들에게 지은 죄를 갚을 수 있는 기회가 있을까 하는 것이다.”

마교와의 싸움에서 죽음을 예견한 모용진이었다. 그랬기에 후기지수들과 아이들을 위해서 대신 죽어 달라고 방계의 아이들을 부르는 것이 못내 죄스러웠다.

“그렇게 생각하시면 세가에 남은 무사들 역시 마찬가지가 아니겠습니까? 그럼 그들 역시 세가에서 내보내어야 합니다.”

모용진은 자신을 설득하려는 모용천을 물끄러미 바라보았다.

“형님, 우리가 이길 수도 있습니다. 마교가 강하다고 하지만 본 가 역시 그리 약하지 않습니다. 그리고 이곳은 요령 땅입니다. 본 세가가 천 년의 세월 동안 터를 잡고 지켜

온 바로 요녕 땅이란 말입니다.”

모용천의 눈을 직시하는 모용진의 고개가 끄덕여졌다.

“요령 땅에 있는 사람들은 우리가 멸문하는 것을 원치 않을 것입니다. 그들이 도와줄 것입니다.”

“그래, 너의 말이 맞구나. 내가 너무 약한 마음을 먹었구나.”

모용천은 모용진의 마음을 충분히 이해할 수 있었다.

다른 세력도 아닌 마교였다.

단일 세력으론 절대 상대할 수 없다고 불리는 곳이 바로 마교였다.

무림맹도 구파일방과 힘을 합치지 않고는 마교를 이길 수가 없는, 그런 강성한 세력이었다. 그러한 마교를 상대로 싸워야 하니 두려움이 생길 법도 했다.

“방계를 불러 모아라. 단, 약관의 나이가 넘어야 한다!”

“옛!”

◈　◈　◈

장백호를 잡기 위해서 하린은 짐을 꾸린 후 장백산의 정상에 올라섰다.

장백산의 정상에는 천지(天池)라는 거대한 호수가 있었는데, 물이 깨끗해 속이 훤히 들여다보일 정도였다.

하린은 장백호를 쫓기 위해서 장백산을 돌아다니지 않았다.

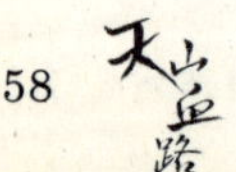

다만 간이 막사를 만들어 임시 거처를 만들어 놓고 생활하면서 천지에서 흘러내리는 물줄기를 따라다니며 장백호를 쫓을 생각이었다.

장백호는 영물(靈物)이었다.

하린은 자신이 장백으로 들어오는 순간부터 강한 상대가 산에 들어왔음을 본능적으로 느낀 장백호가 은밀히 움직이고 있을 것이라 생각했다.

그런 장백호를 잡기 위해서 산을 뒤지는 것은 너무나도 비생산적인 일이었다.

장백호의 입장에서는 지금은 조심스럽게 은밀히 움직인다고 하지만 새로 들어온 적을 산에서 쫓아내어 다른 맹수들에게 자신이 장백지왕이라는 것을 증명해 보여야 하기 때문이다.

자신을 관찰하고 빈틈을 찾은 후, 그 빈틈이 보이면 언제든 자신의 목을 노리고 공격해 오리란 것을 하린은 알고 있었다.

그런 장백호를 경계하기 위해서는 은폐물이 없는 곳을 찾아야 하는데, 천지에는 장백호가 몸을 숨길 만한 곳이 없기에 자신을 노릴 때에는 모습을 드러내어야 한다는 것을 감안하고 거처를 정한 것이었다.

결국 맹수의 본능과 인간의 인내심이 승패를 좌우하는 싸움이었다.

하린은 자신보다 장백호가 먼저 움직일 것이라 확신을 하고 있었다.

"놈은 이레를 넘기지 못한다."

덩치가 큰 맹수일수록 먹는 양도 많다. 자신을 경계하며 사냥을 하는 것보다야 자신을 쫓아내고 사냥하는 것이 배를 채우기에 더욱 수월한 방법이었다.

그렇기에 장백호가 그 기간을 견디지 못하고 자신을 노릴 것이라고 생각했다.

"여유를 가지고 기다리는 것이 좋겠지."

하린은 산을 돌아다니며 장백호가 나타날 때까지 산짐승을 사냥해 먹을 것을 준비하고 세가의 무공을 연구하며 시간을 보낼 생각이었다.

군부에서 생활한 오 년이라는 시간으로 인해서 때로는 집보다 야숙이 더 편할 때도 있었다.

잡아온 산짐승은 가죽을 벗겨 그늘에 말리고, 고기는 얇게 썰어 육포로 만들어 휴대하기 편하게 만들었다.

낮에는 무공 수련을 하고 밤에는 군부에서 오 년간 실전으로 익힌 다양한 경험들을 자신의 무공과 합일시켜 책에 기록하는 일을 했다. 훗날 모용세가에 전해 줄 목적이었다.

자신의 모든 것이 세가에서 물려받은 것이기에 다시 세가에 돌려주는 것이 맞다 생각해서였다.

무공을 정리하면서 군부에서의 생활들이 떠올라 저도 모르게 입가에 미소가 생겼다.

하린은 밀영단이라 불리는 정찰과 염탐, 요인 암살과 같은 특수 임무를 펼치는 부대에서 복무를 했다.

하린의 무공이 일반 병사들과는 차이가 났기에 일반 사병으로 복무를 시키는 것이 아니라 특수한 목적을 띤 부대에 배속을 시킨 것이었다.

이는 하린뿐만 아니라 군역을 지원한 이들 중 무공에 특출 난 자들은 대부분 특수한 목적을 띤 부대에 배속되곤 했다.

요령성의 국경을 지키고 있는 어림황룡군에는 특수한 목적을 띤 부대가 세 개가 있었다.

정보 수집을 비롯해 정탐, 추적, 요인 암살의 임무가 주된 목적인 밀영단(謐影團)과 기습적인 선제공격으로 적의 사기를 꺾어 버리는 황룡전군단(黃龍戰軍團), 그리고 어림황룡군의 대장군을 비롯한 각 장수들과 요인들을 적들로부터 보호하는 황룡호위단(黃龍扈衛團)이 바로 그것이었다.

하린은 그중 정탐, 추적, 요인 암살의 임무를 맡는 밀영단에 배속되어 오 년간 오백 회의 임무를 모두 성공하고 전역해 밀영단 최고의 군인이라는 소리까지 들었다.

오백 회의 임무 성공은 밀영단이 생긴 이래 모두 다섯 번밖에 없을 정도였고, 하린이 군역을 마칠 때쯤에는 수많은 장수들이 군영에 남기를 권면(勸勉)할 정도였다.

하지만 하린은 그런 장수들의 권면을 모두 뿌리치고 세가로 돌아온 것이었다.

군역을 하는 오 년이라는 시간은 모용세가에서 무공을 배울 때와 마찬가지로 하린에게 뜻 깊은 시간이었다.

모용세가는 명문대파였다.

정파도, 사파도 아닌 정사지간의 세가였지만, 마도보다는 정도를 걷는 그런 세가였다.

그렇기에 좌도방문(左道方門)이라고 할 수 있는 추적술과 암기술, 암살과 함정을 설치하는 등의 방법들은 세가에서 조금 천시하는 경향이 있었다.

하지만 하린은 달랐다.

군부라는 특수한 상황에서 배웠지만, 좌도방문 역시 하나의 공부였다.

세상에는 많은 공부들이 있고, 그중에는 세가의 무공도 있고, 다른 무공도 있는 것이었다.

좌도방문이라 무시하고 배척하는 것이 아니라 그들의 장점을 받아들이고 세가의 무공과 합일시켜 더욱 발전시킨다면 다른 세력으로부터 핍박받을 일은 없다고 생각했다.

그렇기에 군에서 가르쳐 주는 모든 것들을 익혀 나갔다.

밀영단에 들어오는 무인들에게 무공을 배웠고, 또 임무에 나가 적의 요인들을 암살하고 그들이 가지고 있던 무공서들을 외우고 익히며 무공을 조금씩 발전시켜 나갔다.

그렇게 노력한 결과, 하린은 사부님인 모용진을 넘어서

모용세가의 최고수가 될 수 있었다.

하린의 표정이 변하면서 손에 들고 있는 붓이 가늘게 떨렸다.

"련 매……."

군부에서 돌아온 자신에게 유독 다정하게 대해 준 사매였다.

"혁 소제……."

형님, 형님하면서 자신을 따랐고, 검술을 가르쳐 달라며 살갑게 대해 주던 아우였다.

혈마전의 무인들에게 간살당한 사매와 사지가 잘려 짐승의 먹이로 내던져진 사제, 두 사람의 모습이 떠오르자 절로 주먹이 쥐어졌다.

자신의 손으로 혈마전을 멸했지만, 죽은 두 사람을 떠올리자 새삼 화가 치밀어 올랐다.

그만큼 하린은 두 사람을 생각하는 마음이 컸다.

"후우……."

깊게 숨을 들이마셨다가 내뱉었다.

깊은 호흡으로 마음을 안정시킨 그는 다시 책으로 눈을 돌렸다.

무공의 초식을 그린 뒤 그 밑에 주석을 달고 자신이 깨달은 심득을 간략하게 적어 나가는 하린.

무공을 남긴다는 것은 그 무공을 알고 있다고 해서 남길 수 있는 것이 아니었다.

무공에 일가를 이룬 사람만이 할 수 있는 일이었다. 비록 하린이 이제 약관을 넘겼지만 무공에 있어서는 이미 일가를 이룬 경지에 올라 있었다.

모용세가에서 군부로 가기 전에는 초일류의 고수였던 하린이다.

좌도방문의 술을 배운 후에 자신의 무공과 합일시키면서 깨달음을 얻어 절정에 올랐고, 군 복무를 하면서 완숙의 경지에 올랐으며, 다른 오랑캐들의 무공을 익혀 깨달음을 얻어 절정과 초절정의 경계에 다다랐다.

이제 한 번의 깨달음만 더 있으면 절정을 넘어 초절정에 이를 수 있는 경지인 것이다.

완숙(完熟)의 경지!

절정의 경지에 올라 있는 무인은 많이 있을지 몰라도 완숙의 경지에 올라선 무인은 그리 많지 않았다.

무림백대고수만이 절정을 넘어 초절정에 있거나, 혹은 하린과 비슷한 완숙의 단계에 있을 뿐이었다.

적어도 지금의 하린은 무림백대고수들과 어깨를 나란히 할 정도의 실력을 가지고 있는 것이었다.

서책에 무공과 자신의 심득을 기록하던 하린의 손이 멈추면서 일순 눈이 반짝였다.

"늘어놓은 고기의 냄새를 맡고 온 것인가?"

장백산에는 장백호만 살고 있는 것이 아니었다.

늑대를 비롯해 여우나 삵과 같은 맹수들 역시 장백산에서

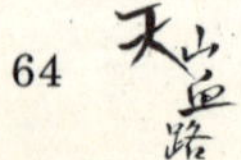

자신들의 영역을 구축하고 살고 있었는데, 하린이 임시로 만들어 놓은 거처로 다가오는 놈들은 늑대들이었다.

무리 생활을 하는 늑대들이었기에 사방에서 들려오는 놈들의 기척으로 인해 굳이 눈으로 확인하지 않아도 알 수 있었다.

하린은 서책을 덮고는 막사를 나갔다.

밤이라 그런지, 서늘한 바람이 불고 있었다.

크르르릉!

하린의 존재를 확인한 늑대 한 마리가 낮게 으르렁거렸다.

늑대들의 붉은 눈빛이 사방에 가득했다.

천천히 하린을 향해 반원을 그리며 포위하듯 늘어서는 늑대 무리.

무리 사냥에 익숙한 놈들이라 어떻게 싸우는지 잘 알고 있었다.

크르르릉!

늑대들은 공격할 자세를 갖추듯 몸을 낮추며 으르렁 거렸는데, 시선은 오직 하린에게만 집중이 되어 있었다.

빈틈을 보이는 즉시 날카로운 이빨을 드러내며 상대의 목을 물어 뜯을 준비가 끝난 것이다.

하린은 그런 늑대들의 모습을 보고 허리를 숙여 땅에 떨어진 작은 돌 하나를 집어 들었다.

그와 동시에 늑대들이 사방에서 하린을 향해 도약했다.

놈들의 반응은 빨랐지만, 하린의 반응은 더욱 빨랐다.

오른발로 바닥을 박차며 허공으로 도약한 하린은 늑대들의 포위망을 단숨에 벗어나 손에 든 돌을 엄지와 중지 사이에 올려놓고 손가락을 튕겼다.

쉐에에엑!

작은 돌이긴 해도 내공이 실려 있어 빛과 같은 속도로 날아가 늑대 한 마리의 두개골을 그대로 관통해 버렸다.

크르르릉!

공격이 실패하고 동료가 죽자 늑대들은 자세를 낮추고 으르렁거리며 다시 기회를 엿보았다.

더욱 깊은 적개심을 드러내는 늑대들을 보며 하린은 입가에 엷은 미소를 짓고는 소리를 질렀다.

"와압!"

소림의 사자후(獅子吼)에 비해 약간 손색은 있었지만 천둥과도 같은 기합 소리에 늑대들은 화들짝 놀라 그대로 줄행랑을 쳤다.

"녀석들……."

늑대들이 모두 도망치자 하린은 죽은 늑대에게 다가갔다.

아우우우우!

그 순간, 늑대들의 울음소리가 사방에서 들려왔다.

형제의 죽음을 슬퍼하는 울음소리인 듯했다.

하지만 다시 공격할 엄두를 내지 못한 듯 하린의 주위로 접근하는 늑대는 없었다.

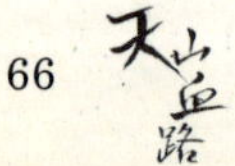

하린은 놈의 시체를 들어 막사 근처에 던져 놓았다.

"이놈은 내일 아침에 처리하는 것으로 하고, 하던 일을 마저 끝내야겠지."

막사 안으로 들어간 하린은 다시 서책을 펼쳐 들었다.

장백호 사냥

하린은 날이 밝기도 전에 막사를 나와서 가볍게 몸을 움직였는데, 그 모습은 무당의 태극권(太極拳)과 흡사했다.

무당의 태극권은 세속에 널리 퍼져 있었고, 철전 열 냥이면 서점에서 쉽게 구할 수 있는 무공서이었다.

하린은 태극권의 투로를 따라 천천히 몸을 움직였는데, 그 모습이 너무도 느려 마치 정지한 것처럼 보일 정도였다.

시간이 지날수록 조금씩 눈에 띄게 빨라지는 하린의 행동이었지만, 그럼에도 여전히 천천히 움직였다.

천천히 움직여서일까?

물이 흐르듯 자연스럽게 동작들이 연결되었는데, 팔을 서로 교차해 원을 그리면서 다리 또한 바닥을 쓸어 조금씩 앞으로 움직이고 그 또한 원을 그리며 돌고 있었다.

그렇게 몸을 풀고 있을 때, 날이 조금씩 밝아 오며 천지의 주변으로 운무가 자욱해져 장관을 이루었다.

하린은 행동을 멈추고 천지를 바라보았다.

문득 저 운무 위를 걷고 싶다는 생각이 들었다.

"타앗!"

주저없이 몸을 날려 천지의 물 위로 내려서서는 운무 위에서 발을 움직이는 하린이었다.

움직이는 법!

중원의 무인들은 걸음을 옮기는 것을 보법(步法)이라 말하고, 달리는 법을 경신법(經身法)이라 칭했다. 하지만 하린에게는 그냥 움직이는 법일 뿐, 특별한 이름이 없었다.

하린이 익힌 움직이는 법은 모용세가의 무공이 아니라 군부 시절 장백산에서 만난 한 선도인에게서 배운 것이다. 그가 그냥 움직이는 법이라 하였기에 하린 역시 특별하게 이름을 붙이지 않았다.

움직이는 법이 모든 것의 시작이자 마지막이라고 말하며 자신에게 가르침을 내려 준 선도인이었다.

하린이 모용세가의 무공이 아닌 장백산의 선도인에게 가르침을 얻은 이유는 다른 것이 아니었다.

모용세가에도 보법과 경신법이 있긴 하지만 많은 것이 부족했기에 세가의 무공에 맞게끔 새로이 만들 목적과 자신이 익히고 있는 무공의 단점들을 메우기 위해서였다.

하린은 선도인에게서 움직이는 법을 배운 후에 자신이 무

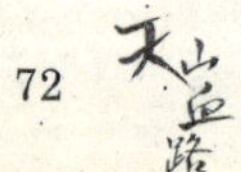

엇이 부족한지 명확하게 깨달았고, 그다음부터는 시간이 있을 때마다 그를 찾아 장백산에 오르며 그에게 움직이는 법을 배웠다.

그 결과, 하린은 삼 년 만에 선도인으로부터 움직이는 법을 다 배울 수가 있었다.

자신에게 움직이는 법을 모두 가르친 선도인은 그 순간 인연이 끝났다는 말을 남기고 모습을 감추었다.

하린은 선도인에게서 배운 움직이는 법과 모용세가의 무공을 군 복무를 하는 동안 자신에게 맞게끔 조금 변형시켜 완전하게 합일시킬 수가 있었다.

그랬기에 하린의 움직임은 중원의 보법이나 경신법과는 조금 달랐다.

일반 사람의 보폭보다 좁지만 발의 움직임은 빨랐다. 일반 사람이 한 번 걸을 때, 하린은 세 번 네 번을 걸을 정도로 발을 빨리 움직이는 것이었다.

다른 사람들이 이렇게 움직이면 몹시 불편하게 보일 텐데 하린의 모습에서는 그러한 것을 전혀 느낄 수가 없었다.

순간순간 모습이 사라졌다 나타나는 모습이 자욱하게 깔린 운무로 인해서 귀신이 움직이는 것처럼 보였다.

팟팟팟!

하린이 움직일 때마다 물방울이 솟구쳐 올랐다.

운무의 아래는 천지였고, 지금 하린은 호수 위를 내달리고 있는 중이었다.

휘리리리리링!

호수의 물을 박차고 허공으로 솟구치며 공중제비를 돌아 뭍에 내려선 하린의 입가에 엷은 미소가 생겼다.

"운무질풍보(雲霧迭風步)."

하린은 자신의 움직이는 법에 대해서 딱히 이름을 정하고 싶은 생각은 없었지만, 운무 위를 걷고 나니 너무나도 좋은 이름이 떠올라 그렇게 이름을 지었다.

"이제부터 너의 이름은 운무질풍보이다."

아침부터 기분이 좋았다.

하린은 운무 위에서 권법을 펼쳤다.

손과 발이 움직이는 모습이 권법이라고 하기보다는 춤에 가까운 듯 부드러웠다.

팟팟팟!

손과 발이 움직일 때마다 자욱하게 깔린 운무가 흩어졌다가 다시 모이기를 반복했다.

"구름 속에 모습을 감춘 적룡이 거센 바람을 가른다. 운무적룡참풍권(雲霧赤龍斬風拳)!"

퍼어어어엉!

공기가 터져 나가는 소리와 함께 자욱하게 깔린 운무가 사방으로 흩어지며 천지의 모습이 드러났다.

파앗!

"구름 속에 모습을 감춘 적룡의 모습을 드러내며 하늘로 오른다. 운무적룡승천각(雲霧赤龍昇天脚)!"

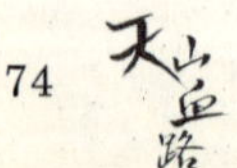

허공으로 솟구쳐 오른 하린은 천지를 향해 손을 뻗었다.

"적룡이 모습을 드러내니 하늘이 부서진다. 적룡파천장(赤龍破天掌)!"

콰아아아아앙!

퍼어어어엉!

천지에 가득 고인 물이 사방으로 솟구쳐 오르며 일대 장관을 이루었다.

하린이 천지 위로 내려서자 솟구쳤던 물들이 아래로 떨어지며 천지의 수면에 강한 파장을 일으켰다.

어느새 하린은 눈을 감고 가부좌를 틀고 있었다.

그렇게 한 시진 정도 있었을까?

하린의 입가에 만족스러운 미소가 생겨났다.

어느새 날이 밝았고, 천지에 낀 운무는 사라지고 없었다.

하린이 고개를 돌려보니 어젯밤에 잡은 늑대가 눈에 들어왔다.

"깨달음이란 결코 멀리 있는 것은 아니야."

하린은 늑대를 천지로 끌고 와서는 품에서 작은 칼을 꺼내 놈의 가죽을 벗겼다.

가죽을 물로 씻어내고 고기는 얇게 썰어 그늘에 말리는 모습이 한두 번 해 본 솜씨가 아니었다.

늑대의 시체를 모두 손질한 후에 하린은 간단하게 조식을 해결하고 장백호를 찾아 나섰다.

하린은 장백호를 찾아 나선다고 놈을 만날 수 있을 것이라고는 생각치 않았다.

놈은 몸을 숨기려면 얼마든지 자신을 피해 다닐 수 있는 능력을 가지고 있었기에 이렇게 자신이 돌아다님으로써 사냥을 하지 못하게 함과 동시에 계속해서 자신에 대한 경계를 하게 만듦으로 놈을 초조하게 만들기 위해서였다.

그렇게 되면 장백호는 자신과 승부를 보지 않는 이상 아무것도 할 수 없다는 것을 깨닫게 될 것이니, 가만히 있어도 자신의 주위로 숨어 와 빈틈을 노리게 될 것이라 판단하고 하는 행동이었다.

하루 종일 장백산을 돌아다니다 천지로 돌아오는 하린의 모습은 마치 유람을 나온 사람처럼 한가롭기만 했다.

그렇게 하루가 지나고 이틀이 지났지만, 장백호는 좀체 모습을 드러내지 않았다.

하지만 장백호가 사냥을 하기 위해서 장백산을 돌아다니지 않는다는 것을 하린은 느낄 수가 있었다.

장백호는 사면이 뻥 뚫린 천지가 자신에게 불리하다는 것을 본능적으로 알고 있기에 천지로 접근하지 않았다.

하린은 생각을 바꾸어 일부러 장백호가 유리한 장소인 나무가 많은 곳을 돌아다녔다.

'놈이다!'

장백호가 가까이 있음을 느낀 하린은 순간적으로 방향을 바꾸어 내달렸다.

그러자 장백호 역시 방향을 바꾸어 무서운 속도로 내달렸다.

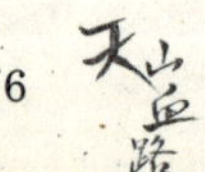

76

장백호를 눈앞에서 놓쳐 버린 하린이었다.

하지만 하린은 포기하지 않고 군에서 배운 추적술을 이용해 장백호를 찾았다.

그렇게 찾아다니던 하린은 어느 이름 모를 계곡에서 하나의 동굴을 발견할 수 있었다.

"여기가 놈의 은신처인가?"

하린은 주위를 둘러보고는 동굴 안으로 발걸음을 옮겼다.

안으로 들어갈수록 알 수 없는 온기를 느낄 수가 있었다.

"음……."

동굴의 끝에 다다르자 짐승의 뼛조각과 망가진 가죽들이 눈에 들어왔다. 예상대로 이곳이 장백호의 은신처였다.

하지만 장백호의 모습은 그 어디에도 보이지 않았다.

"그럼 이 주위에 있다는 말인데……."

쿵, 쿵, 쿵.

그때, 동굴 밖에서 커다란 소리가 들려왔다.

하린은 서둘러 몸을 날렸지만, 늦고 말았다.

어느새 바윗덩이가 굴러 내려 입구를 반쯤 막고 있었다.

하린은 바윗덩이를 보고 인상을 쓰기보다는 미소를 지었다.

장백호가 영물이라고 하나 놈이 파 놓은 함정에 자신이 빠질 것이라곤 전혀 예상치 못했다.

크르르르링!

밖에서 낮은 장백호의 울음소리가 들려왔다.

자신이 바위 위로 올라서는 순간 놈이 자신을 노릴 것이란 걸 알 수 있었다.

"장백호가 영물이라고 하더니, 정말인 것 같구나."

자신을 잡기 위해서 함정을 팠다고 생각하니 한편으로는 기특한 마음도 들었다.

"하지만 나에 대해서 알았다면 보다 더 신중했을 것이다."

하린의 손이 붉게 물들어 갔다.

모용세가의 조법인 적룡조(赤龍爪)가 하린의 손에서 모습을 드러낸 것이다.

파앗!

입구를 반쯤 막고 있는 바윗덩이를 향해 붉어진 손을 뻗자, 마치 두부를 찌르듯 바윗덩이 속으로 손이 파고들어 갔다.

쩌어어억!

이내 바윗덩이에 거미줄처럼 실선들이 어지럽게 생기더니, 콰아아앙! 하는 소리와 함께 바윗덩이는 크고 작은 돌덩이로 화해 사방으로 날아갔다.

크아아앙!

그 순간, 장백호가 포효와 함께 사방으로 뿌려지는 돌덩이들을 맞으며 도약해 하린을 향해 이빨을 드러내었다.

"허엇!"

하린은 순간 헛바람을 들이켜며 발을 움직여 동굴 안으로

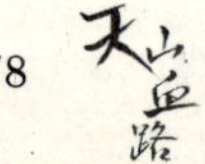

물러났다.

내공을 사용해 바윗덩이를 부쉈기에 흩어져 날아가는 돌덩이에도 내력이 조금은 실려 있었다.

그랬기에 부상을 입을 수도 있는데 안위를 살피지 않고 이런 식으로 무턱대고 공격을 해 올 줄은 미처 생각을 하지 못한 것이었다.

팟팟팟!

커다란 덩치에 비해 믿기지 않을 정도로 빠른 몸놀림.

한 번의 공격을 실패한 장백호는 뒷발로 버티고 서서는 앞발을 이용해 하린을 재차 공격했다.

휘리리릭, 휘리리리릭!

놈이 휘두르는 앞발에는 파천지력이 담겨 있어 바람을 가르는 소리에 귀가 멍할 정도였다.

더구나 자신의 거처인 좁은 동굴을 이용해 운신의 폭을 좁혀 놓았기에 하린은 순간적으로 수세에 몰렸다.

하지만 장백호가 아무리 영물이라고는 하나 결국 동물에 불과했다. 사람처럼 이성이 발달하지 못한 놈이었기에 공격이 일정했다.

장백호의 공격이 눈에 익숙해지자 하린은 곧장 공격으로 전환했다.

"거기까지다."

순간, 하린의 손이 움직였다.

고오오옹!

밑으로 늘어뜨려 둥글게 말아 쥔 손에 밝은 빛의 구슬이 생겨났다.

슈아아앙!

그 순간, 벽을 타며 도약해 오던 장백호를 향해 하린은 빛의 구슬을 던졌다.

그러자 허공에서 몸을 웅크렸다가 펴며 몸을 뒤집는 장백호였다.

콰아아아앙!

빛의 구슬이 벽을 강타하자 동굴 전체가 심하게 흔들렸다.

크아아앙!

빛의 구슬을 피한 장백호가 이빨을 드러내며 하린의 허리를 노리고 들어왔다.

그 모습에 눈을 좁힌 하린은 오른손 검지를 놈의 머리를 향해 뻗었다.

하린의 검지가 장백호의 머리에 닿는 순간, 거짓말처럼 장백호의 행동이 멈추어 버렸다.

"나쁜 감정은 없지만 사람들을 해치는 너를 그냥 둘 수만은 없구나. 그리고 너의 가죽은 잘 쓰도록 하마."

하린의 말이 끝나자 마치 알아듣기라도 한 듯 옆으로 쓰러지는 장백호였다.

비적유성탄(飛的流星彈)!

모용세가의 지공으로, 하린의 검지가 장백호의 머리에 닿

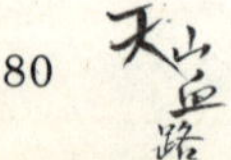

는 순간 내공이 발출되어 두개골과 뇌를 파괴해 버린 것이었다.

장백호의 머리에는 바늘구멍만 한 흔적이 나 있었다.

비적유성탄은 처음에는 손가락 굵기의 흔적을 남기지만 공부가 깊어질수록 그 흔적이 조금씩 줄어드는데, 대성을 했을 땐 바늘구멍처럼 눈에도 띄지 않을 만큼 작은 흔적만을 남기는 것이 특징이었다.

짐승의 가죽은 흠집이 적으면 적을수록 돈을 더 받을 수 있기 때문에 질 좋은 가죽을 얻기 위해서는 비적유성탄보다 더 유용한 무공은 없었다.

하린은 쓰러진 장백호를 잠시 바라보다 곧 어깨에 짊어졌다.

자신보다 덩치도 크고 몸무게도 많이 나가는 장백호였지만, 하린은 아무렇지도 않은 듯 발걸음을 옮겼다.

"어서 손질을 해서 사부님께 보내 드려야겠다."

하린은 좋은 가죽을 사부에게 선물을 할 수 있게 되었다는 생각에 미소를 지으며 장백호를 짊어지고 현촌으로 되돌아갔다.

무림전.

무림맹의 중지라고 할 수 있는 이곳의 분위기는 평소와는 사뭇 달랐다.

많은 사람들이 자리를 하고 있었지만 누구 하나 나서서 입을 여는 사람이 없었다.

무림맹주인 학선을 비롯해 총사인 제갈민, 그리고 장로들의 표정은 조금 굳어 있었다.

"그래서 지금 전쟁을 할 생각이란 말이오?"

무림맹의 총사인 제갈민이 맞은편에 앉아 있는 사람들을 향해 말했다.

그들은 다름 아닌, 마교에서 온 사신들이었다.

모용세가가 혈마전을 멸문시킨 것에 대해서 천산에 자리를 잡고 있는 마교가 직접 움직인 것이었다.

지금껏 무림에서는 많은 일들이 일어나고는 했지만 마교가 천산에 자리를 잡은 이후 백 년이라는 기간 동안 직접 움직인 건 한 손에 꼽을 정도로 드물었다.

그만큼 혈마전의 멸문이 마교에서 상당히 중요한 일로 다루어진다는 의미이기도 했다.

마교에서 관심을 가지는 것은 혈마전의 멸문이 아니라 멸문을 시킨 존재였다.

자신들이 알아본 바로는 모용세가 전부가 혈마전과 싸운 것이 아니라 단 한 사람이 삼백의 혈마전을 멸문시킨 것이었다.

그러한 자는 앞으로 벌여 나갈 마교의 행사에 중대한 영향을 미칠 수도 있어 사전에 제거하기 위해서 마교의 본산에서 직접 나선 것이었다.

그자로 인해서 지금의 힘의 균형이 무너진다면 마교의 입장에서는 상당히 고달파지기 때문이다.

"제갈 총사께서 나의 말을 잘못 알아들으신 것 같소이다."

마교를 대표해서 온 원로원 장로인 혈마독(血魔毒)의 입가에는 엷은 미소가 지어져 있었는데, 그건 명백한 조소였다.

무림맹의 관계자들은 그의 엷은 미소에 눈살을 찌푸렸다.

"모용세가는 무림맹 소속이 아니기에 본 맹에서 그자의 신병을 요구한다고 해도 그들이 거부하면 어쩔 수가 없다고 몇 번을 이야기합니까?"

제갈민이 같은 이야기를 몇 번이고 했지만 혈마독은 같은 반응만 보일 뿐이었다.

"그렇지요. 모용세가는 무림맹의 소속이 아니지요."

무림맹주 학선은 지금의 상황이 마음에 들지 않았다.

'이미 알고 찾아온 것인가?'

이곳은 무림맹이었다.

한데 자신들의 안방에서 적에게 끌려 다니는 것 같은 느낌이 들자 아무리 상대가 마교라고는 하지만 자존심이 상했다.

'빌어먹을……'

이미 혈마독의 화술에 걸려들어 그들이 원한 것을 들어줄 수밖에 없음을 느낀 것이다.

무림맹이 정파의 연합 세력이라고는 하지만 마교에게는

상대가 되지 않았다.

마교가 무림에서 가장 강하기 때문이었다. 이러한 사실을 마교도 잘 알고 있었지만, 그렇다고 무림 정복의 야욕을 부릴 수는 없었다.

그 이유는 바로 구파일방의 존재 때문이었다.

무림맹이 비록 마교의 상대가 되지 못한다지만 구파일방과 손을 잡으면 충분히 상대할 수 있었다.

다만 소림, 무당, 아미, 곤륜, 화산, 청성, 이 여섯 문파는 세속적인 일에 크게 개입을 하지 않기 때문에 마교가 득세할 수 있는 것이었다.

"그러니 본 교의 모용세가에 대한 행사에 무림맹이 왈가왈부하지 못함이 아니겠소?"

자신들의 의도대로 되었다며 흡족한 미소를 지으며 말하는 혈마독이었다.

보통 무림에선 개인 간의 시비는 빈번하게 일어나도 단체 간의 싸움은 잘 일어나지 않는 법이다.

무림을 양분하고 있는 무림맹과 마교와 같이 큰 단체는 더더욱 조심한다.

그렇기에 서로의 영역을 침범하지 않는 선에서 협상과 조율을 통해서 이익과 이권을 주고받는 것이었다.

마교는 이러한 현실이 마음에 들지 않아 무림을 정복하기 위해서 오래전부터 준비를 해 오고 있었다.

무림맹 역시 마찬가지였다.

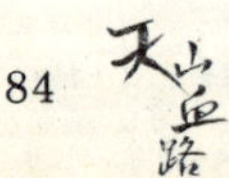

84

자신들 위에 구파일방이 있다는 사실이 언제나 마음에 들지 않았다.

무림맹이 구파일방보다 위에 있음을 증명하기 위해서는 마교와의 싸움에서 이겨 스스로의 강함을 증명해야 했다.

그러기 위해 무림의 중소 방파들을 모두 영입하여 세력을 키웠고, 무학관(武學關)을 만들어 무림의 동량들을 키우는 한편, 재능이 있는 후기지수들을 선발에 보다 집중적으로 무공을 전수해 주는 등 질적으로 많이 성장해 있는 상태였다.

하지만 그럼에도 불구하고 아직 마교를 이길 수 있다고 확신을 할 수가 없었다.

자신들이 노력하는 동안 마교 역시 놀고 있지 않았다는 것을 밀야부를 통해 파악했기에 그에 대한 준비를 철저히 해 오고 있었다.

그런데 지금 혈마독의 말투는 자신들의 속셈을 알고 사전에 차단하여 자신들의 목적을 이루려고 하는 것같이 들렸다.

제갈민은 고개를 끄덕였다.

자신들이 마교를 감시하듯 마교 역시 무림맹을 감시하고 있을 것이고, 간자들을 통해서 이미 많은 내용들이 마교에 전해졌을 것이다.

이미 무림맹으로 올 때, 모든 것을 생각하고 왔을 테니 충분히 혈마독의 심중을 짐작할 수 있었다.

'혈마독의 생각을 뒤집을 수 있는 발언을 해야 해.'

실질적으로 마교의 영향력 아래 있는 장강 이남은 풍부한 자원이 넘쳐 나는 땅이라 무리맹에서 탐을 내는 곳이었다.

세력을 넓히기 위해서는 무력만으로 되는 것이 아니었다. 자원 역시 중요했다.

풍부한 자원을 얻을 수 있는 곳으로 세력을 넓힐 수만 있다면 더 이상 구파일방은 무림맹의 위에 있지 않을 것이고, 또 마교 역시 자신들의 행사에 간섭치 못할 것이다.

고민하던 제갈민은 좋은 생각이 났다는 듯 표정을 지으며 혈마독에게 말했다.

"귀 교가 모용세가를 치는 데 있어 우리는 움직이지 않을 것이오. 원한다면 천산에서 요녕으로 가는 길을 열어 줄 것이오. 하나!"

제갈민이 말을 끊자 혈마독을 비롯한 마교의 사절단의 시선이 그에게 집중되었다.

"모용세가로 가는 도중에 양민이나 본 맹에 가입된 무인들이 다치는 일이 생긴다면 필히 귀 교를 막을 것이오."

혈마독은 제갈민을 노려보았다.

그는 겉으로는 도와준다 말하고 있지만, 속은 그 뜻이 아니었다.

─양민이나 무림맹에 속한 무인이 다치거나 죽으면!

그러한 단서를 붙인다면 얼마든지 음모를 꾸며 자신들을 곤란하게 만들 수도 있기 때문이었다.

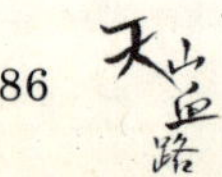

물론 무림맹만 움직인다면 두려울 것이 없지만, 무림맹과 마교가 싸우면 필시 구파일방이 개입하게 될 것이고, 그렇게 되면 승리를 장담할 수 없을뿐더러 상황이 안 좋아지면 마교가 무너질 수도 있는 문제였다.

그 속뜻을 알기에 혈마독의 표정이 좋을 리가 없었다. 그러다 문득 한쪽 입술 끝이 천천히 볼을 타고 올라갔다.

무림맹주인 학선은 혈마독의 조소에 불안함을 느꼈다.

"학선 맹주!"

이윽고 혈마독이 자신을 부르자 학선은 그를 바라보았다.

"방금 귀 맹의 총사가 한 말을 문서로 남겨 주실 수 있으시오?"

왠지 혈마독의 입가에 걸린 미소가 마음에 걸렸다.

그렇다고 여기서 물러나는 것도 모습이 좋지 않았다. 기싸움에서 진다는 것은 이미 사기가 꺾인 상태에서 전투에 임하는 것과 다를 바 없었다.

이는 전쟁에서 커다란 영향을 미칠 수 있으니 더욱 강하게 나가야 했다.

[저들이 무슨 생각으로 이리 나오는 것인지 예상을 할 수 있겠나?]

학선은 제갈민에게 전음을 보내었다.

[확신할 수 없지만, 아마 우리 정보망을 피해서 은밀하게 일을 진행시키지 않을까 생각합니다.]

[음······.]

학선은 대답을 기다리고 있는 혈마독을 향해 고개를 끄덕였다.

"원한다면 그리해 주겠소."

[총사는 이에 대한 방법도 강구해 보게.]

무림맹주의 확답을 들은 혈마독의 입가에는 흡족한 미소가 생겼다.

"그럼 문서로 제갈 총사의 말을 남겨 각각 한 부씩 보관을 했으면 하오!"

"알겠소. 귀 교에서 그리 원한다면 문서로 남겨 주겠소. 총사는 지금 나눈 이야기에 대해서 마교의 사절단 앞에서 한 자도 빠짐없이 문서로 남겨 각각 보관하도록 하라."

"그리하겠습니다, 맹주님!"

❖　❖　❖

하린은 장백호를 잡아 현촌으로 돌아왔다.

"와, 무뚝이 아저씨가 장백호를 잡았다."

현촌의 아이들이 환호성을 치며 하린의 뒤를 따랐다. 그 모습이 마치 전장에서 승리를 하고 돌아오는 개선장군과 흡사했다.

하린은 현촌의 아이들에게 있어 영웅이자 세상에서 가장 강한 사람이었다. 그렇기에 아이들은 하린을 동경했고 닮으려 했다. 그 무섭다는 장백호를 잡았으니 그러한 마음은 더욱 커질 수밖에 없었다.

하린이 짊어진 장백호의 모습에서 두려움을 느끼는 한편, 이미 죽었다는 사실을 알고 있어 조금이라도 가까이 다가가 보려고 했다.

집에 도착한 하린은 뜰에 장백호를 내려두고는 뒤쪽의 창고로 들어가 칼을 가지고 나왔다.

그런 뒤 장백호를 놓아 둔 곳에서 무릎을 살짝 숙여 가죽을 벗기는 작업을 했다. 칼을 움직이는 손길이 정성스러웠다.

"무뚝이 아저씨! 장백호를 어떻게 잡았어요?"

아이들은 저마다 궁금한 것을 물었지만, 하린은 무뚝이라는 이름에 걸맞게 대답하기보다는 자신의 일에 집중을 할 뿐이었다.

아이들 역시 하린의 대답을 들으려고 질문을 한 것이 아니라 그냥 버릇처럼 묻는 것이었다.

"무뚝이 아저씨는 안 무서웠어요?"

"그럼, 무뚝이 아저씨가 얼마나 강한데. 강한 사람은 두려움이 없는 사람이라고 우리 아빠가 그랬어."

아이들은 장백호의 가죽을 벗기는 하린의 모습을 보며 여러 가지 추측성 이야기를 나누었다.

"저기, 무뚝이 아저씨는 무림인이죠?"

아이들의 입에서는 쉬지 않고 질문들이 쏟아져 나왔다. 이만큼 많은 질문을 했으면 지칠 법도 한데 뭐가 그리 궁금한 것이 많은지 아이들은 여전히 궁금해하는 것들을 물었다.

하린 역시 이런 아이들의 모습이 익숙한지 아이들의 조잘거림에 개의치 않고 자신이 하고자 하는 일에 집중을 할 뿐이었다.

가죽은 흠집이 적을수록 비싼 값을 받을 수 있기에 한 번의 칼질로 필요한 만큼의 가죽을 벗겨야 했다.

더욱이 사부님께 드릴 가죽이니 하린이 쏟는 정성은 여느 때보다 더 했다.

칼을 움직이는 하린의 손길은 거침이 없었다.

자세히 보면 하린의 칼은 장백호의 가죽에서 촌치 정도 떨어져 있었는데, 워낙 빠른 손놀림이라 아이들은 이를 보지 못했다.

하린은 칼자국을 남기지 않기 위해서 검기를 이용해 장백호의 가죽을 벗겨 나갔다.

손의 움직임에는 거침이 없지만, 지금 하린은 온 신경을 집중해서 장백호의 가죽을 벗기는 중이었다.

아이들은 하린이 가죽을 다 벗기기를 기다렸다. 가죽을 다 벗기면 장백호의 고기를 나누어 줄 것이라는 사실을 알고 있기 때문이었다.

하린은 그런 아이들의 바람과 기대를 저버리지 않고 가죽을 모두 벗긴 후에 고기를 조금씩 나누어 주었다.

조금이라고는 하지만 가족들과 함께 하루 정도는 푸짐하게 먹을 수 있는 양이었다.

　나머지 고기들은 장에 내다 팔아 생필품과 곡식들을 사야
했다.

　아이들은 하린이 주는 고기를 받아 들고 ‘고맙습니다’란
말과 함께 고개 숙여 감사함을 전했다.

　비록 하린이 말수가 없긴 해도 마음은 따뜻한 사람이라는
걸 아이들은 알고 있었다.

　고기를 받아 든 아이들이 집으로 하나둘씩 돌아가자 잠시
후 멀어지는 아이들을 보고 하린은 미소를 지었다.

　구김살이 없는 현촌의 아이들을 보면 세가에 있던 아이들
이 떠올랐다.

　“잘 계시겠지. 무림맹이 나서 준다면 큰 문제는 없을 것
이다.”

　하린은 도축을 하고 난 뒤 몸을 씻기 위해서 집에서 조금
떨어진 냇가로 갔다.

　장백산의 이름 모를 계곡에서 시작되는 물줄기는 계곡을
따라 흐르다 내를 이루어 현촌 앞으로 흐르고 있었다.

　수심이 얕은 곳이라 더운 날이면 아이들이 이곳에서 물질
을 하며 놀고, 또 아낙들이 빨래를 하는 곳이기도 했다.

　하린은 냇가에서 조금 위쪽으로 올라갔다. 그곳은 사람들
이 오지 않는 곳이었다.

　하린은 옷을 벗은 후에 손과 몸에 묻은 장백호의 피와 살
점을 씻어 내었다.

　그런 뒤 옷에 묻은 피를 씻어내기 위해서 빨래를 했는데,

그 모습은 한두 번 해 본 솜씨가 아닌 듯 너무나도 자연스러웠다.

파아앙, 팡팡.

아낙이 방망이로 빨래를 두들기듯 하린은 손으로 옷을 두드렸다. 그러자 옷에 묻은 핏물이 지워지면서 금방 깨끗해졌다.

그런 다음 하린은 두 손을 엇갈리게 잡더니, 서로 반대쪽으로 비틀었다.

두두두두둑!

한순간에 옷이 머금고 있는 물들이 아래로 떨어졌다. 하린은 그렇게 대충 물을 짜낸 옷을 털고 다시 입었다.

푸시시시시식!

그러자 옷에서 수증기가 일어나더니, 순식간에 말라 버리는 것이었다. 내공을 이용해 옷을 말린 것이다.

하린은 이렇게 일상생활에 내공을 응용해 즐겨 사용했는데, 이 또한 무공의 수련 방법 중 하나였다.

이렇게 하면 내공의 세밀한 조절까지 가능해지는 것을 깨달았기 때문이다.

이러한 방법이 큰 도움이 된다는 것을 깨달은 하린은 생활이 곧 무공 수련이란 생각에 일상생활을 하면서 수련하는 방법들을 나름대로 많이 찾아내었다.

"벽을 넘어서면서 더욱 세밀해졌어."

초일류의 고수에서 절정으로 올라서면서 내공의 깊이는

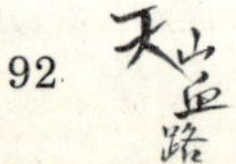

물론 더욱 미세한 내공의 조절까지 가능해진 것이다.

하린은 냇가 근처의 작은 공터로 발길을 옮겼다.

이 공터는 하린의 개인 연무장이나 다름이 없었다.

바닥에 떨어진 나뭇가지를 하나 주워 든 하린은 심호흡을
한 후에 눈을 지그시 감았다.

스르르륵!

눈을 감은 채 한 발을 움직인 하린은 그것을 시작으로 모
용세가의 무공을 하나씩 모두 풀어 냈다.

무공을 배운 이후로 단 하루도 쉬지 않고 수련을 해 온
하린은 수련에 임하면 결코 대충 하는 법이 없었다.

하린은 마치 무아지경에 빠진 듯 주위를 의식하지 않고
주워 든 나뭇가지를 움직였다.

천천히 움직이던 나뭇가지는 조금씩 빨라지더니, 일각 정
도가 흘렀을 때에는 눈에 보이지 않을 정도였다.

휘리리리릭—

파아아앙!

나뭇가지가 허공을 가르는 소리와 함께 공기가 터지는 소
리가 작은 공터를 가득 메웠다.

또한 나뭇가지가 움직이는 속도가 빨라지면 빨라질수록
하린의 움직임 역시 빨라졌다.

장백산 천지에 깔린 운무를 보고 이름 지은 운무질풍보는
자신이 익히고 있는 무공과 너무나도 잘 어울렸다.

순간, 나뭇가지에 푸르른 빛이 생겨났다.

밝은 낮임에도 불구하고 푸르른 빛은 너무나도 선명했다.

마치 화공이 채색 물감으로 화선지에 그림을 그리듯 허공을 향해 나뭇가지가 움직였다.

하린의 손길에 의해 허공에 무수한 그림들이 그려졌다가 지워지기를 반복했다.

그렇게 한 시진 정도를 수련하던 하린의 행동이 한순간 거짓말처럼 멈추었다.

"후우……."

숨을 들이켜 급해진 호흡을 다스린 하린은 가부좌를 틀고 앉아 두 손을 단전의 앞에 모았다.

수련으로 인해서 소모한 내공을 운기를 통해 다시 단전에 충만하게 채워 놓음과 동시에 수련 내용을 다시 복기하는 것이었다.

이렇게 복기를 함으로써 자신의 수련 중 좋은 점과 나쁜 점을 찾아내는 것이었다.

자신의 기준으로 몸이 편하게 반응하는 것은 좋은 것이고, 조금 불편하면 나쁜 것이었다.

몸이 편하게 반응하는 무공을 만드는 것이 하린의 최대의 목적이었다.

모용세가의 무공은 분명 대단한 것들이었다.

그렇기에 천 년의 세월을 내려오면서 요녕 땅의 패주로 군림할 수 있었다.

하지만 그게 전부였다.

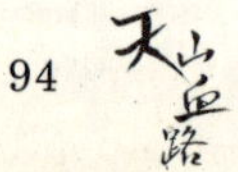

요녕 땅의 패주는 될 수 있을지언정 중원의 패주가 되기에는 부족했다.

뭐가 어떻게 부족한 것인지는 하린 역시 잘 모르고 있었다.

약관이 넘어선 나이에 절정의 고수가 되었다고는 하지만, 아는 것보다 모르는 것이 더 많은 나이였기 때문이다.

자신이 생각하기에는 세가의 심법을 비롯해 검법이나 도법, 선법과 조법, 지법 등 모두가 부족함이 없었다.

하지만 경지가 오르면 오를수록 세가의 무공이 가지고 있는 부족함을 알 수 있었고, 그러한 부족함을 메우기 위해서 무공을 개선하고 보완하면서 무공을 발전시키는 한편, 나아가 보다 완벽한 무공을 새로이 만들려고 하는 중이었다.

가부좌를 튼 하린의 전신에서 은은한 서기가 흘러나왔다.

지금 그는 모용세가의 심법인 은하유성심법(銀河流星心法)을 운기하는 중이었다.

모용세가의 무공은 쾌를 위주로 하는 무공들이 많았다. 그중 건곤파섬검(乾坤破閃劍)이라는 무공은 오랑캐라고 무시를 하는 중원인들조차 두려워하고 인정을 해 줄 정도로 빠른 검법이었다.

하린의 전신에서 은은하게 빛나던 서기는 점점 영역을 넓히더니, 급기야는 하린을 삼켜 버렸다.

하지만 그것도 잠시. 서기는 하린의 코를 통해 몸으로 흡수되면서 사라졌고, 어느 순간 뇌호와 명문, 그리고 용천혈을 통해서 다시 흘러나와 하린을 삼켜 버리기를 반복하는 것이었다.

　서기가 흘러나와 흡수되는 과정은 중원의 무인들이 운기를 해서 내공을 일 주천하는 과정과 같았다.

　그렇게 서너 번을 더 같은 과정을 거치더니, 더 이상 하린의 몸에서 서기가 나오지 않았다.

　심법의 운기가 끝난 것이었다.

　하린은 여운을 즐기듯 잠시 눈을 감은 채 앉아 있다가 이윽고 눈을 뜨며 자리에서 일어났다.

　"삼위가 일체되어야 해. 은하유성심법의 부족함을 메우기 위해서는 뇌호를 통해서 천의 기운을, 명문을 통해서 인의 기운을, 그리고 용천을 통해서 지의 기운을 받아들이고 보법을 더욱 튼실히 해야 해. 선인의 말씀대로 움직임은 시작이자 끝이다."

　무엇을 중점으로 연구를 하고 몸에 익혀야 하는지 알게 된 하린은 곧 미소를 지었다.

　이렇게 하나씩 수련을 하고 익히게 되면 곧 세가 무공의 부족함을 채울 수 있을 것이라 믿었다.

　"이러고 있을 때가 아니다."

　하린은 수련을 끝내고 현촌으로 되돌아갔다.

천년마교

집으로 돌아오는 길에 하린은 반대편에서 걸어오는 사람들로 인해서 눈을 찌푸렸다.

현촌은 장백산 아래에 위치한 마을이었기에 장백산의 절경을 찾는 이들이 가끔 들러 요기를 하거나 잠깐 쉬어 가는 곳이기도 했다.

마주 오는 사람들의 허리와 등에는 검과 도가 메여 있었다.

하지만 단지 무림인이라고 하린이 인상을 쓰는 것이 아니었다. 그들의 몸에 배어 있는 피 냄새로 인해서였다.

그들과 제법 거리가 떨어져 있음에도 불구하고 이렇게 피 냄새가 짙게 난다는 것은 이들이 죽인 사람의 수가 수십은 된다는 말이었다.

하린은 잠깐 멈추었다가 다시 걸음을 옮겼다. 저들의 몸에서 피 냄새가 나지만 현촌에서 살고 있는 사람들만 해하지 않으면 뭘 해도 상관이 없다는 생각에서였다.

하린이 그들을 스치고 지나갈 무렵,

"이봐!"

그들이 불렀지만, 하린은 무시한 채 발길을 옮겼다.

팟팟팟!

그러자 한 사내가 하린의 앞을 막아섰는데, 그의 표정은 그리 좋지 않았다.

"부르는 소리가 안 들리나?"

자신의 부름을 무시한 하린을 향해 인상을 쓰며 말하는 모양새가 꼭 위협을 하는 듯한 모습이었다.

하린은 그를 한 번 힐끔 보고는 다시 발걸음을 옮기려 했다.

굳이 대답을 할 필요성을 느끼지 못해서였다.

자신이 무시를 당했다고 생각했는지 사내는 뒤에서 하린의 어깨를 움켜쥐고 말했다.

"벙어리인가?"

"이 손 놓지."

낮고 억양의 고저가 없는 하린의 말에 어깨를 잡고 있던 사내가 멍한 표정을 지었다. 그러다 곧 실소를 했다.

"벙어리는 아니란 말이지?"

하린의 어깨를 움켜진 손아귀에 힘을 주며 사내가 말했다.

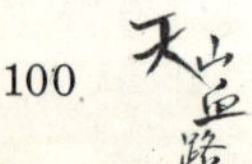

그는 곧 하린의 입에서 비명이 나올 것이고 그런 후에 두 무릎을 꿇고 용서를 빌 것이라고 생각했다.

하린이 가볍게 어깨를 한 번 털어 버리자 사내의 손이 떨어졌다.

"어엇!"

"난 누가 뒤에서 어깨를 잡는 것을 싫어한다."

자신이 생각하고 있는 것과 전혀 다르게 진행이 되자, 사내는 인상을 썼다.

가볍게 어깨를 터는 듯한 행동을 했지만 손에 전해진 힘을 어렴풋이 느낄 수가 있었기 때문이다.

그는 본능적으로 시선을 뒤로 향했다.

네 명의 동료는 촌놈 하나 처리 못하느냐는 시선으로 사내를 바라보며 낄낄거리고 있었다.

"이놈이!"

동료들의 조롱이 섞인 웃음을 소리를 듣자, 화가 났는지 사내는 기습적으로 하린을 향해서 주먹을 날렸다.

하린은 미리 어느 정도 예상을 했는지, 아니면 자신과 무공의 차이가 심하게 나서인지 놈의 주먹을 가볍게 피하며 사내의 복부를 향해 주먹을 뻗었다.

'윽!' 하는 비명 소리와 함께 놈의 등이 굽어졌다.

하지만 하린의 행동은 그것에서 멈추지 않고 무릎으로 놈의 얼굴을 강하게 올려 찼다.

"커어억!"

얼마나 강하게 맞았는지 놈의 신형이 허공에 떴다가 떨어지며 바닥을 나뒹굴어 동료들이 있는 곳까지 굴러갔다.

순식간에 일어난 일로 인해서 동료들은 놀라기보다는 멍한 표정들을 지었다.

"무슨 연유로 이곳에 왔는지 모르겠지만, 볼일만 보고 돌아가라."

무미건조한 음성이었다.

하린의 음성에 정신을 차린 그들은 쓰러져 있는 동료를 부축해 일으켜 세웠다.

"될 수 있으면 마을로 들어가지 않는 것이 좋을 것이다."

그들은 하린의 말투가 마음에 들지 않았지만, 섣불리 덤빌 생각을 하지 못했다.

방금 전 동료의 공격을 피한 뒤 반격하는 수법이 너무도 자연스러워서였다.

자연스럽다는 것은 곧 눈앞에 있는 상대 역시 무공을 익힌 무림이라는 말과 같았다.

칼밥을 먹고사는 무인들에게는 죽음이라는 것이 늘 곁에 있는 죽마고우(竹馬故友)라고 하지만, 이런 궁벽한 촌구석에서 허무하게 죽기 위해 배운 무공이 아니었다.

무림에서 살아남기 위해서는 강력한 무공도 필요하지만, 그보다 중요한 것이 바로 눈치였다.

물론 자신들의 수가 많고 무기가 있으니 싸우면 이길 수도 있겠지만, 싸우는 와중에 한 명이라도 죽게 된다면 자신들이 손해였다.

　그렇게 서로 눈치를 보고 있을 때, 땅바닥을 나뒹군 사내가 하린을 향해서 검을 뽑으며 욕지거리를 했다.

　"어디서 박투를 좀 배운 모양인데…… 이놈, 오늘 잘못 걸렸다. 우리가 바로 장백오웅(長白五雄)이다."

　장백오웅이라는 말을 들어도 하린의 표정은 여전히 무표정했다.

　사실 이들은 장백산 근처에 자리 잡은 마을을 돌아다니며 악행을 일삼는 자들이었다.

　이들은 스스로 장백오웅이라고 이름을 붙이고 다니지만, 무림인들 중에서 이들을 두려워하는 사람은 아무도 없었다.

　장백산을 터전 삼아 살아가는 마을의 사람들은 이들을 장백오웅이라 부르지 않고 장백오견(長白五犬)이라 부르며 매일같이 저주하곤 했다.

　'장백오견! 가진바 무공은 이류 수준이지만 항상 다섯 사람이 함께 움직이고, 또 연수합격(練手合格)에 능해 상대가 혼자라면 능히 일류 고수와 싸워 평수를 이룰 수 있는 자들이라고 들었다.'

　하린은 자신의 기억에 있는 이들에 대한 정보를 떠올렸다.

　말없이 가만히 서 있는 하린을 보며 사내가 말했다.

　"흥, 우리의 이름을 듣고 이제야 두려움을 느끼는 것이냐?"

하린에게 말을 하는 자는 장백삼견이라는 자로, 무리 중 셋째였다.

그는 성질이 급한 자로, 이들의 벌이는 대부분의 시비는 그가 일으킨다고 해도 틀린 말이 아니었다.

"돌아가라."

하린은 그들에게 경고를 했다.

아무리 연수합격에 능한 자들이라고 하나 이류와 절정고수의 차이는 어떻게 극복할 수 있는 차이가 아니었다.

"이놈!"

하지만 장백삼견에게 있어 가장 큰 불행은 눈치가 다른 형제들보다 형편없다는 것이었다.

"이놈!"

그 말이 거슬렸는지 장백삼견은 뽑아 든 검을 휘두르며 하린을 공격해 갔다.

하린은 장백삼견의 공격을 피해 다시 한 번 경고를 했다.

"네놈이 천하의 고수라도 된단 말이냐? 그따위 말은 저승에 가서 하거라."

또 한 번의 경고를 듣자 장백삼견은 더욱 사납게 으르렁거리면서 검을 휘둘렀다.

육합삼재검법이라는 장백오견의 검법으로, 무림에 널리 알려진 육합검법과 삼재검법을 대충 섞어 만든, 그저 그런 검법이었다.

이들에게 무학의 깊이가 있다면 몰라도 그냥 되는대로 조

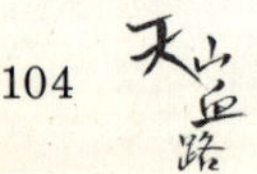

합해서 만든 검법이라 그렇게 위력적이지는 않았다.

하린은 운무질풍보를 밟아 뒤로 거리를 벌이며 물러났다.

그 모습을 본 다른 동료들이 장백삼견의 곁으로 다가와서 각자의 무기를 뽑아 들었다.

항상 셋째로 인해서 시비가 붙지만, 그래도 이들은 동료이자 가족이었다.

"현촌에서 한 사냥꾼이 장백호를 잡았다고 들었다. 그놈의 집이 어디인지 아느냐?"

장백일견이 정색하며 하린에게 물었다.

사실 이들의 목적은 장백호의 가죽이었다.

검에도 잘 찢어지지 않는 장백호의 가죽은 비싼 값에 거래가 되기 때문에 사냥꾼에게서 가죽을 빼앗은 뒤 요녕성의 부자들을 찾아가 흥정해서 팔 생각이었다.

장백호를 잡을 정도로 강한 사냥꾼이라면 자신들에 비해서 그리 뒤떨어지지 않은 무공을 가지고 있을 것이라 짐작은 하지만, 그래도 자신들은 다섯 명이니 질 것이라 생각지 않았다.

그랬기에 겁박을 해서 내놓지 않으면 죽여서라도 빼앗을 계획으로 현촌의 사냥꾼의 집을 찾아가는 중이었다.

그 순간, 하린의 볼이 씰룩였다.

감히 사부님께 드릴 물건에 눈독을 들이는 것이 마음에 들지 않아서였다.

"그냥 돌아가라. 더 이상 관용은 베풀지 않는다."

　장백오견은 하린의 말에 인상을 썼다. 말로 해서는 안 될 것 같기도 했다. 하지만 그렇다고 덤비기에는 뭔가 꺼림직했다.

　어떻게 할까 하는 시선으로 서로 얼굴을 마주 본 후, 장백오견은 하린을 향해 일제히 시선을 돌렸다.

　셋째의 검을 몇 번 피했다고는 하지만 이런 궁벽한 곳에 고수가 있을 리가 없다고 생각했다.

　눈앞에 있는 사내는 잘해야 이류 정도의 무인이라 생각한 것이었다.

　장백삼견의 눈에 살기가 감돌았다.

　"어디 한 번 실력을 보자."

　살기를 느낀 하린은 몸이 먼저 반응을 했다. 절정의 반열에 오른 무인들의 특징이었다.

　"순순히 물러났으면 목숨은 보존했을 것을!"

　하린은 자신과 크게 상관이 없는 장백오견이었지만 용서할 생각이 없었다.

　그들은 장백산 일대를 무대로 수많은 악행을 저질러 왔고, 많은 마을에 피해를 주었다.

　어쩌면 장백호는 이들에 비하면 양반이나 다름없다 할 것이다.

　그랬기에 하린은 자신의 경고를 무시한 장백오견을 향해 살수를 가했다.

　하린은 살수를 쓸 때 몇 가지 기준을 정해 놓고 행했는데,

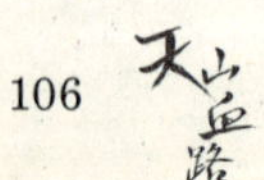

마공에 사로잡힌 마인들이나 악행을 저지르는 악인들이 대
표적이었다.

이는 명문이라고 할 수 있는 모용세가에서 배우고 자란
영향이 컸다.

다른 명문정파의 후기지수들과는 달리 살수를 펼치는 데
주저함이 없는 이유는 많은 실전의 경험도 있었지만 군부에
서 전역한 지 얼마 되지 않아 적이라고 판단하면 그를 죽여
야 내가 살 수 있다는 생각이 아직 뇌리에 남아 있었기 때문
이다.

"커억!"

장백삼견은 무엇인가 곁을 스치고 지나갔다고 느꼈다. 고
개가 절로 자신의 아랫배로 향했다.

처음에는 화선지에 묵으로 점을 하나 찍은 것처럼 붉은색
의 점이 생기더니, 점점 번지는 것이었다.

고개를 들어 하린을 보니 여전히 무표정했다.

다리에 힘이 빠지는 것을 느꼈다. 힘을 주려고 했지만 힘
이 들어가지 않았다. 결국 장백삼견은 바닥에 두 무릎이 꿇
었다.

"이런 개 같은……."

그는 끝까지 말을 잇지 못하고 신형이 옆으로 기울면서
의식을 잃었다.

하린의 손에는 언제 빼 들었는지 하나의 부채가 들려 있
었다.

무용세가의 무공 중 부채로 펼칠 수 있는 응익분풍선(鷹翼分風煽)으로, 매의 날개가 바람을 가르는 모습을 본따 만든 무공이었다.

하린은 응익분풍선 일초의 수법으로 장백삼견의 배를 갈라 버린 것이었다.

너무도 빨라 다른 이들은 그 모습조차 볼 수가 없었다.

하린의 손에 들려 있는 부채는 만년한옥(萬年寒玉)이라는 기이한 옥로 만들어진 것으로, 모용한옥선이라는 이름을 가진 모용세가의 삼대무가지보 중 하나였다.

모용세가의 삼대무가지보!

모용묵철도(慕容墨鐵刀), 모용현철검(慕容玄鐵劍), 모용한옥선(慕容寒玉煽)!

이 세 가지를 두고 말하는 것으로, 모용묵철도는 가주의 신분을 나타내 주는 도였고, 모용현철검은 소가주의 신분을 나타내는 검이었다.

마지막으로 모용한옥선은 모용세가의 최고수를 나타내는 부채로, 하린이 지금 모용한옥선을 들고 있음은 그가 곧 모용세가의 최고수라는 말과 동일했다.

그의 사부인 모용세가주 모용진이 그를 내치면서 모용한옥선을 회수하지 않은 이유는 진정으로 내친 것이 아니라 하린을 살리기 위해 어쩔 수 없는 일이었음을 뜻하는 것이기도 했다.

"셋째야!"

장백삼견이 단 일수에 쓰러지자 첫째인 장백일견이 그에게 달려가 시신을 끌어안았다.

하지만 이미 목숨이 끊어진 후였다.

"이놈!"

그때, 둘째가 하린을 향해 달려들었다.

몸을 숙이며 검을 횡으로 휘둘러 공격하는 장백이견.

하린은 몸을 숙여 그의 검을 피하면서도 시선은 그에게 고정이 되어 있었다.

그러다 어느 한순간, 모용한옥선을 들고 있는 손을 앞으로 쭉 뻗었다.

지지징!

순간, 푸른빛이 실처럼 가늘게 쏘아져 나오더니 장백이견의 심장이 있는 부분을 그대로 관통하고 반대편으로 빠져나왔다.

"커억!"

셋째를 잃은 슬픔이 채 가시기도 전에 또다시 둘째의 죽음을 목도한 넷째와 막내는 이성을 잃고 무작정 하린을 공격했다.

검을 들고 무인의 길로 들어선 이상 언젠가는 자신들 역시 다른 자의 손에 죽을 것이라 예상을 하고 있었지만, 이런 촌구석에서 이렇듯 허무하게 죽음을 맞이할 것이라고 전혀 생각지 못했다.

최소한 무림에서 이름을 날리고 대도시에 커다란 장원을

짓고 살며 무림의 은원 속에서 죽어갈 것이라고 막연히 생각하고 있었는데, 이렇게 허무한 죽음을 맞이하는 것이었다.

퍼어엉!

공기가 터지는 소리와 함께 넷째와 막내가 허공을 날아가 바닥으로 떨어졌다.

비명 한 번 제대로 내어 보지 못하고 그 자리에서 절명해 버린 것이었다.

"이놈!"

순식간에 네 명의 아우를 모두 잃은 장백일견은 하린을 죽일 듯이 노려보았다.

"분명 말했다. 그대로 물러나라고 말이다."

"우리가 네놈에게 무엇을 잘못했기에……."

하린은 그의 말에 조소를 지었다.

"그럼 마을 사람들이 너희들에게 무슨 해코지를 했기에 그리도 괴롭히고, 또 죽였단 말이냐?"

정곡을 찔린 장백일견은 뭐라 말을 할 수가 없었다.

사납게 노려보며 발을 살짝 뒤로 빼 몸을 비틀며 검을 겨눈 장백일견은 입술을 꼭 깨물었다.

혼자서는 도저히 이길 수 없는 상대라는 것을 파악하고 나니 살기 위해서는 죽은 아우들을 남겨 두고 도망을 쳐야 했다.

파앗!

장백일견은 그 자리에서 몸을 돌려 도망쳤다. 하나 그것

110
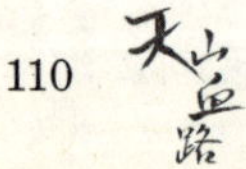

을 가만히 두고 볼 하린이 아니었다.

도망치는 장백일견을 향해서 발을 움직인다 싶었는데, 어느새 그의 앞에 나타나 우장을 뻗어 복부가 있는 곳에 가져다 댔다.

퍼어엉!

배에서 등으로 생겨난 큰 구멍이 그가 즉사했음을 알려 주었다.

하린은 장백오견을 모두 죽인 후에 눈을 찡그렸다.

사람을 죽이는 일은 그리 달가운 일이 아니었다. 하지만 이제까지 많은 사람들을 괴롭히고 또 죽인 장백오견을 죽인 것에 대한 후회는 없을 것 같았다.

하린의 손이 움직이자 '퍼어엉!' 하는 소리와 함께 넓고 깊은 웅덩이가 만들어졌다.

비록 수많은 악행을 저질러 온 장백오견이지만 이대로 짐승의 밥이 되는 것을 원치 않았다.

하린은 그들을 땅에 묻어 주기로 마음먹고 다섯 구의 시신을 흙으로 덮어준 후에 자리에서 일어났다.

"또 씻어야 하나……."

하린은 옷에 묻은 핏자국을 보고 인상을 쓰더니, 다시 발걸음을 냇가로 옮겼다.

천년마교(千年魔敎)!

세인들은 마교를 악의 본산이라 일컫지만, 실제로는 조금 달랐다.

악을 추구하는 게 아니라 강함을 추구하는 집단이 바로 마교였다.

강해지기 위해서라면 사마외공을 익히는 것조차 거부하지 않았다.

그로 인해서 심성이 변하고 무공을 익히는 과정에서 살심을 억제하지 못해 많은 양민과 무인들을 죽이기도 하기에 세인들은 마교를 악의 본산이라 부르게 되었다.

하지만 마를 뛰어넘어 탈마의 경지에 오른 이들은 오히려 정파의 무인들보다 더 예를 지키며 살아가는 곳이 바로 마교였다.

탈마의 경지에 이른 자들을 대마인이라 불렀는데, 이는 비록 마인이지만 예를 알고 그릇이 크다 하여 일컫는 말이었다.

정파의 무인들조차 그들에게는 예를 지켜 대하는 것을 주저하지 않았다.

다만 그 수가 손에 꼽을 정도로 적고, 그들이 마교인들을 모두 관리할 수 없다는 것이 문제일 뿐이었다.

천산에 자리 잡고 있는 마의 성지인 천년마성(千年魔成)은 산 정상에서 홀로 천산을 내려다보고 있었다.

붉은 성벽과 커다란 성문은 지금의 천년마성의 위용을 그대로 나타내 주는 듯했다.

천년마성의 내부는 시원스럽게 뻗어 있는 대로를 따라 좌우로 크고 작은 전각들이 세워져 있고, 전각과 전각 사이에는 조그만한 연무장들이 만들어져 있었다.

그곳에서는 마교 무력 부대의 부대원들이 한창 수련에 매진하고 있는 중이었다.

카앙! 카아아앙!

한쪽에서는 철을 두드리는 소리가 울려 퍼졌는데, 철마전(鐵魔殿)이라는 대장간에서 나는 소리였다.

이곳에서는 마교인들이 사용하는 무기를 만들어 제공하는데, 철마전의 전주인 율극파는 중원인이 아닌 서역국의 사람으로 철을 다루는 기술이 중원이 그 누구보다 뛰어나 마교주인 만마존 악수비가 그를 신임하며 모든 지원을 아끼지 않는다.

천년마성의 내원은 크고 화려하기보다는 실용적으로 지어져 있었다.

"구성 병력은?"

천년마성의 중지인 만마전(萬魔殿).

열두 명의 무인이 모여 있었는데, 그들은 다름 아닌 마교의 교주와 장로들이었다.

만마전의 상석에서 마치 사자를 연상케 하는 덥수룩한 수염을 기르고 있는 사내가 입을 열었다.

그가 바로 십만 마도의 정신적인 지주이자 마교의 교주이
며 천하제일고수라 일컬어지는 만마존(萬魔尊) 악수비였다.

그는 탈마의 경지를 넘어 초마의 경지에 들어선 대마인으
로, 초절정을 넘어 절대고수의 반열에 들어선 무림의 최강
자 중 한 사람이었다.

"모두 오백 명으로, 이류 고수 삼백 명과 일류 고수 백오
십 명, 초일류 고수 마흔아홉 명, 그리고 이들을 이끌고 모
용세가를 칠 수장으로 일백마인 중 한 명인 혼세혈마(魂世
血魔)가 준비 중입니다."

혼세혈마는 마교 서열 구십 위에 있는 마두였다.

"혼세 아우가 직접 간다는 말인가?"

만마존 악수비와 일백마인들과는 사적으론 형님, 동생 하
는 사이였다.

마교의 이장로인 사혈마(邪血魔) 권웅이 대답했다.

"그렇습니다. 혼세혈마는 개인적으로 혈마전의 전주였던
왕보악과 친분이 있는 터라 자신이 복수를 했으면 한다고
뜻을 밝혀 그리하는 것도 나쁘지 않을 것 같아 장로원에서
허락을 했습니다."

"음……."

복수는 복수를 낳는 법이다.

그렇기에 대화와 협상을 통해서 당사자들이 직접 나서서
사건을 해결하는 것이 가장 좋은 방법이었다.

하지만 대화와 협상을 통해서 사건을 해결하기에는 이미

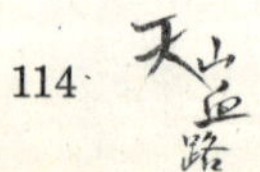

늦어 버렸다.

그렇다고 그냥 넘어갈 수도 없는 법.

누구의 잘못을 떠나 마교에 속해 있고, 요령성의 전초기지 역할을 하던 혈마전이 모용세가에 무너졌으니 그에 상응하는 대가를 치러야 했다.

그렇기 않으면 세인들의 웃음거리가 될 것이기 때문이다.

은원이란 이렇게 엮이게 되는 것이다.

"오백의 병력이라……. 병력을 너무 많이 보내는 것 아닌가?"

"그렇게도 생각을 했지만, 상대는 혈마전을 멸문시킨 모용세가입니다. 비록 혈마전의 세가 그리 강한 것은 아니었지만, 그래도 일류의 고수가 오십이나 있는 문파였습니다. 과장은 있겠지만 그런 혈마전이 모용세가의 고수 한 명에게 멸문을 당했다면 결코 과한 병력은 아니라 생각하고 구성을 하였습니다."

악수비는 장로원의 결정을 존중했다.

오백의 병력!

결코 적지 않은 병력이었다. 그런 이들이 한 번에 움직인다면 모용세가 역시 멸문지화를 면치 못할 것이라 확신했다.

"무림맹은?"

문제는 자신들이 모용세가를 친 후에 무림맹에서 어떻게 나올 것인가였다.

무림맹을 크게 걱정하는 것은 아니지만, 그래도 맞붙게

된다면 성가셨다.

"모용세가를 빌미로 우리를 치려고 하겠지?"

"그럴 것입니다. 하지만 무림맹과 구파일방의 사이를 떨어뜨려 놓기 위해 우리와 약조를 맺은 문서를 무림에 퍼뜨렸으니 쉽게 움직이지는 못할 것입니다."

"구파일방은? 무림맹보다 더 위험한 곳이 구파일방이다. 그들에 대한 대비책은?"

악수비가 두려워하는 것은 무림맹이 아닌, 구파일방이었다.

무림맹은 힘으로 눌러 버리면 되지만, 구파일방은 그럴 수가 없었다.

그들과의 싸움에서 질 것이라고 생각하지는 않지만, 그래도 많은 병력을 잃어야 할 테고 그 후에 무림맹의 밥이 될 것이다.

홀로 두 단체를 상대해야 하는 마교에게는 어느 쪽이나 다 성가신 존재들이었다.

"구파일방의 소림과 무당은 이번 일에 나서지 않을 것입니다. 다만……."

"다만?"

"모용세가를 멸문시키는 것에 있어서는 다시 한 번 생각해 봐야 할 것입니다."

"이유는?"

악수비가 물었다.

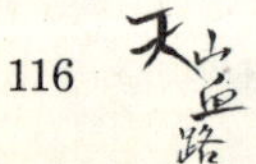

116

"구파일방이 무림에 관여할 때는 자신들의 이익보다는 명분이 생길 때입니다."

"그렇지. 항상 자신들만 고고하다 생각하는 존재들이니까."

"모용세가가 비록 변방에 있다고는 하지만, 그들은 군부를 도와 지금까지 요령성의 국경을 지키고 있는 가문입니다. 그러한 가문을 멸문시키게 되면 군부에서도 반발이 있겠지만, 군부의 장수 출신들이 많은 종남파에서도 결코 가만히 있지는 않을 것입니다."

"그럼?"

"싸움 중에 결과가 어떻게 나올지 장담할 수는 없지만, 사내는 모두 죽이고, 여인네는 살려 두는 것으로 합니다. 그리고 어린아이들 중 남아는 본 교에서 인질을 잡고 여아들은 세가에서 살게 하는 것으로 매듭을 지었으면 합니다."

악수비는 눈을 좁혔다.

여자들만 있는 무림세가를 생각해 보니 그리 좋은 모습은 아니었다.

차라리 깨끗한 죽음을 선사해 주는 것이 그녀들에게는 더 유익하리라 생각했다.

"권 장로의 말이 옳다. 하지만 그대의 말대로 전쟁 중에는 어떤 일이 일어날지 모른다. 여자들만 남겨 두고 수치스러운 삶을 살아가게 하는 것보다 무림의 세가답게 모두 깨끗한 죽음을 내리는 것이 오히려 그들에 대한 예라 생각한다."

장내에 모인 이들은 모두 말이 없었다.

"모용세가는 천 년의 피를 이어 온 명가이다. 명가는 부러질지언정 꺾이지 않는다. 그러니 모두에게 죽음을 내려라."

악수비는 그것이 최선이라 생각했다.

"하지만 무림맹에서 그냥 두고 보고 있지는 않을 것입니다."

그때, 마교의 총사인 사마헌이 나서며 말했다.

"그렇게 생각하는 이유는?"

"구파일방의 그늘에서 벗어나고자 호시탐탐 장강이남을 노리고 있는 무림맹입니다. 그런 그들이 이번 기회를 놓치지는 않을 것입니다."

"욕심만 부리는 돼지 같은 집단이지. 만약 자네의 생각대로 가만히 있지 않으면 과연 어떤 방법으로 우리를 도발할 것 같나?"

"가장 쉬운 방법은 무림맹에 소속된 문파 중 존재감이 없는 문파 하나를 희생시킬 것 같습니다."

약조한 문서에는 양민이나 무림맹에 속한 단체 또는 무인이 마교인들에 의해 다치는 일이 없도록 해야 한다는 조건으로 모용세가까지 가는 길을 열어 준다고 명시되어 있었다.

사마헌은 이 조항을 유추해서 말하는 것이다.

"우리가 그들을 걱정할 필요가 있나, 총사?"

"물론입니다. 그들이 강하기 때문에 그런 것은 아닙니다만……."

사마헌은 악수비와 장로들에게 그 이유를 설명해 주었다.

무림맹과 구파일방은 따로 떨어져 있지만, 결국 종래에는 하나임을 이야기하는 것이다.

"음, 총사의 말에 일리가 있다. 구파일방에서 가만히 있을 리 없을 것이다. 특히 거지들은 남의 밥그릇 빼앗기를 좋아하니 바람을 넣을 수도 있을 것이다. 그럼 총사가 예상하기를, 어떤 문파가 그들의 계획에 희생되겠는가?"

"예상을 해 보면 천산에서 모용세가가 있는 요녕 땅까지의 거리 안에 있는 문파들입니다. 그중 무림맹에 가입된 문파는 모두 서른여섯 개이고, 존재감이 적은 문파는 여섯 개입니다."

"그중에?"

"요녕성과 가까운 하북성의 정청문이 아닐까 생각합니다."

"이유는?"

"생각해 보건대, 아무래도 우리가 천산을 떠나 요녕성의 모용세가와 싸움이 시작되었을 때 그들이 우리를 공격해 오지 않을까 예상됩니다. 그렇게 되면 우리는 앞으로는 모용세가를, 뒤로는 무림맹의 공격을 받아 오백의 무사를 전부 잃을 수도 있습니다."

"교주님, 이번 기회에 무림맹도 확 쓸어 버리는 것이 어떻겠습니까? 어차피 명분으로 움직이는 구파일방입니다. 그러니 속전속결로 무림맹을 쳐 버리면 구파일방에서는 병력을 움직이지 못할 것입니다."

"그건 아닙니다, 혈마독 님!"

마교의 제일장로인 혈마독은 의문의 시선으로 사마헌을 바라보았다.

"구파일방에는 개방이 있습니다. 우리가 무림맹을 치기 위해서 천산을 벗어남과 동시에 그 소식이 개방을 통해서 소림을 비롯한 다른 문파에 전달될 것입니다. 그렇게 되면 청해의 곤륜과 사천의 청성, 아미, 공동이 일차로 우리를 막아설 것이고, 그사이 소림과 무당, 화산이 다른 문파들과 합류해서 사천으로 들어올 것입니다. 그렇게 되면 무림맹에서 원하는 대로 흘러가게 되는 것입니다."

사마헌의 말은 틀리지 않았다.

괜히 개방을 무림제일방파라 칭하는 것이 아니었다. 그만큼 많은 인원을 토대로 방대한 정보를 수집하기에 그런 명칭이 붙는 것이다.

"그건 총사의 말이 맞다. 구파일방은 뼛속까지 정파의 인물들이다. 그런 그들이 우리가 무림을 차지하는 것을 가만히 두고 보지는 않을 것이다."

"그럼 우리는 그냥 지켜만 봐야 하는 것입니까?"

"그건 아닙니다."

총사인 사마헌이 다시 말했다.

모두의 시선이 그에게 향했다.

"우리는 강하지만 두 세력을 동시에 상대해서 이길 수 없다는 것을 저들은 잘 알고 있습니다. 그렇기에 우리는 저들이 조금씩 무너지게 만들면 됩니다.”

“어떻게?”

“무림맹에 속한 무림의 방파들에게 의심을 심어 주는 것입니다.”

“의심을?”

“그렇습니다. 존재감이 없는 문파들은 이미 작금의 모용세가 사태를 통해 무림맹을 불신하고 있을 것입니다. 자신들 역시 필요가 없어지면 모용세가처럼 되지 않을까 하며 말입니다.”

“음…….”

“비록 그들이 존재감이 없다고는 하지만 그들과 친분이 깊은 무림인들이 있을 것이고, 그들이 힘을 모아 압력을 행사하게 되면 결국 무림맹은 오대세가를 위시한 세가와 장원 위주로 단체를 구성할 수밖에 없을 것입니다.”

“그렇겠지. 존재 가치가 없는 문파들보다는 자금원이 되는 세가와 장원을 끌어안고 가는 것이 더 이익일 테니 말이야.”

“그렇게 되면 우리가 먼저 저들을 공격하는 것입니다.”

“음?”

“하지만 무림의 중소 방파들은 무림맹에 버림을 받았다는 생각으로 그들을 도와주지 않을 것입니다. 구파일방 역시…….”

총사인 사마헌은 자신이 생각한 모든 것을 말하고는 악수비를 향해 고개를 숙였다.

"결국 시간 싸움이란 말이지?"

"그렇습니다. 어느 쪽이 더 인내하는가에 따라 승패가 결정이 되는 싸움이기도 합니다. 하지만 우리는 미리 예상을 하여 계획을 꾸미고 있으니 분명 승리를 거머쥘 수 있을 것입니다."

"수고했다. 그런데 이 역시 무림맹에서 짐작하고 있을 테지?"

"제갈민이라면 어느 정도 짐작은 하고 있을 것입니다. 하지만 그렇다 해도 그들은 손을 쓸 수 없을 것입니다. 자신들이 꾸민 계획에 당했으니 말입니다. 그들은 모용세가를 버린 것이 가장 큰 패착이 될 것입니다.

이윽고 악수비의 입가에 흡족한 미소가 걸렸다. 비록 자신은 모용세가와 원한이 없지만, 이것이 바로 칼을 든 자들의 숙명이었다.

"알겠다, 총사. 병력이 준비가 끝나는 대로 계획을 세워 모용세가로 보내라. 그리고 혼세 아우에게는 조심하라 전하라."

"옛!"

소식을 듣다

하린은 커다란 가죽 주머니를 양손에 하나씩 들고 현촌을 벗어나 길림성의 큰 도시인 무송으로 향했다.

큰 도시라고 해 봐야 요령성의 도시보다는 못하지만, 그래도 생활에 필요한 모든 것을 구할 수 있는 곳이었다.

무송에는 많은 낭인들이 모여 있기도 했는데, 이들은 표국의 표사나 개인 호위와 같은 일을 하며 돈을 벌었고, 다른 일에 비해 보수가 많았기에 이들을 노리고 주루와 홍루, 청루가 많이 들어서 있기도 했다.

하린 역시 모용세가에서 나와 낭인이 될까도 생각해 봤지만, 사부님의 깊은 뜻을 이해했고 그의 바람대로 세가의 무공을 연구하며 더욱 발전시키는 데 매진하기 위해서 장백산의 사냥꾼이 된 것이었다.

하린이 지금 향하는 곳은 하양표국이라는 곳으로, 무송에서는 제법 규모가 있는 표국이었다.

사부님께 드릴 장백호의 가죽을 혹시나 운반하는 도중이 잊어버리면 안 된다는 생각에 다른 표국보다 운임비는 비싸지만 신용이 든든한 하양표국을 이용하기로 한 것이다.

그런 후에 장백산에서 잡은 다른 짐승의 가죽을 장에다 팔아 곡식을 사서 현촌으로 돌아가면 무송에서의 볼일은 끝나는 셈이다.

저 멀리 하양표국이 하린의 눈에 들어왔다.

손에 들린 장백호의 가죽이 담긴 주머니를 보고 미소를 지었다.

하린은 주저없이 하양표국으로 들어가 표물을 담당하는 표시객에게 말했다.

"모용세가로 보내고 싶소."

무뚝뚝한 말투에 표시객은 고개를 들어 하린을 보며 볼을 조금 움직였다.

"요녕의 모용세가 말씀입니까?"

"그렇소. 얼마면 되오?"

"이게 무슨 물건인지 물어봐도 되겠습니까?"

하린은 그를 보았다.

"종류에 따라 가격의 차이가 나서 그러는 것입니다. 비밀을 보장해야 하는 물건은 가격을 조금 더 받습니다. 그리고 귀한 물건일수록 운임비가 조금 비싸기도 합니다."

126

　가끔 표국을 통해서 무림의 중요한 문서나 혹은 무공서와 같은 물건들을 비밀리에 붙이곤 한다. 그러한 일에는 항상 위험이 따르고, 심하면 멸문지화(滅門之禍)까지 당할 수 있으니 위험이 큰 의뢰는 가려서 받는 것 역시 표시객의 중요한 업무 중 하나였다.

　"가죽이오. 나는 사냥꾼이라 장백산에서 잡은 짐승의 가죽을 모용세가로 보내는 것이오."

　표시객은 여전히 하린을 물끄러미 바라보았다.

　사냥꾼이 왜 모용세가로 가죽을 보내는지 그 연유를 묻는 듯한 시선이었다.

　"나는 모용세가의 방계 사람으로, 세가에서 검술을 배워 장백산의 사냥꾼으로 밥벌이를 할 수 있게 되어 고마움에 보내는 것이오."

　간단한 이유를 거짓으로 말한 하린은 이내 가격이 얼마인지 물었다.

　"얼마면 되겠소?"

　"아, 그렇습니까? 길림에서 요녕까지는 거리가 있으니 은전으로 열 냥은 주셔야 합니다."

　하린은 비싸다는 생각을 했지만 표시객의 말대로 길림의 무송에서 모용세가가 있는 요녕의 심양까지 운반하려면 몇 날은 걸리니 그 정도는 들겠다는 생각이 들었다.

　하린은 그동안 모은 은전을 다 털어 주다시피 해서 값을 치르고 영수증을 받았다.

"받으면 그쪽에서 손님께 연락을 하실 테니 그때 물건을
제대로 전달되었는지 확인하시면 됩니다. 거리를 생각해서
만약 한 달 이내에 연락이 없으면 영수증을 가지고 오셔서
확인을 하십시오."

"알겠소."

표시객과 거래를 끝낸 하린은 뒤도 돌아보지 않고 장이
열리는 저잣거리로 걸어갔다.

그런 하린을 이상한 눈으로 바라보던 표시객은 손에 든
주머니를 한 번 보더니 주머니 겉에 모용세가라 글을 쓴 후
에 다른 짐들이 있는 곳에 던져 놓고는 다시 업무를 보았다.

저잣거리로 간 하린은 한쪽에 자리를 잡고 그동안 장백산
에서 잡은 짐승의 가죽과 말린 육포들을 팔기 위해서 펼쳐
놓았다.

"무뚝이, 이제 왔는가?"

중년의 사내가 지나가며 하린을 보고 반가운 척을 하며
다가왔다.

그의 인사에도 하린은 별말이 없었다.

그는 그런 하린의 행동에 익숙한지 대답 듣기를 기다리기
보다 자신의 말을 이어서 했다.

"왜 이렇게 늦었나? 자네가 오기를 한참 기다리다 차를
한잔하고 왔네."

하린은 이곳 무송의 저잣거리 사람들에게도 무뚝이라 불
렸는데, 이는 하린이 필요한 말만 했기 때문이다.

128
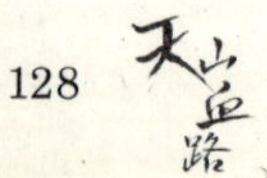

“어디 보자…….”

중년 사내는 하린이 펼쳐 놓은 짐승의 가죽들을 살피며 만족스러운 미소를 지으며 말했다.

“모두 내가 사겠네. 얼마나 되겠나?”

“그냥 주던 대로 주시오.”

그는 하린이 말을 바꿀까 싶어 얼른 돈을 꺼내어 값을 치르고 가죽을 모두 챙겼다.

만족스러운 표정으로 하린을 바라보던 중년 사내가 옆에 놓인 육포를 하나 집어 입에 물고는 말했다.

“다음에 또 보세.”

가죽을 챙기기 무섭게 휭하고 사라지는 중년 사내였다.

그가 떠나고 얼마 되지 않아 조금은 풍만한 여인이 하린에게 다가왔다.

“무뚝이! 가죽은?”

“범 아저씨가 다 가져 갔소.”

하린의 가죽은 이곳 저잣거리에서 큰 인기가 있었는데, 가죽의 상태가 최상인데다 무엇보다 가격이 쌌다.

하지만 하린은 장사꾼이 아니었기에 먹고살 정도만 있으면 되었기에 돈에 큰 미련이 없었고, 장사를 어떻게 하는지도 모르기 때문에 그냥 주는 대로 받는 것이 전부였다.

“한발 늦었구먼, 에잇!”

그녀는 조금 분한 듯한 표정을 지었다.

“이봐, 무뚝이. 다음에는 꼭 나에게 팔아. 웃돈을 더 쳐

줄 테니까."

그녀는 가죽으로 옷을 만드는 일을 했는데 하린이 가져온 가죽은 돈을 조금 더 쳐 줘도 자신에게는 많이 남길 수 있을 만큼 뛰어났다.

가죽의 상태가 깨끗해 옷 만들기도 편했고, 흠집이 적어 다른 가죽을 여러 개 붙여서 옷을 만들 필요도 없었다.

그렇기에 저잣거리에서 옷을 만드는 이들은 하린의 가죽을 사기 위해서 장날이 되면 전쟁을 방불케 하고는 했다.

평소라면 많은 사람들이 몰려와 서로 가죽을 차지하기 위해서 싸울 테지만, 하린이 하양 표국을 다녀오는 덕분에 늦게 나왔기에 사람들은 그가 오지 않을 것이라 생각을 한 것이었다.

범 아저씨라 불린 중년의 사내 역시 기분이 좋았는지 하린에게 조금 더 돈을 쳐서 주고 갔다.

"이거 좀 줘."

그녀는 빈손으로 돌아가기 미안한지 하린에게 육포를 몇 개 사고는 돌아갔다.

여인이 떠나고 난 뒤, 저잣거리를 오가는 사람들에 의해서 조금씩 육포의 개수가 줄어들더니 얼마 가지 않아 동이 나고 말았다.

물건을 모두 판 하린은 지체없이 자리를 정리했다.

하린은 장에 나오면 항상 객잔에 들러 화주 한 병에 소채무침과 간단하게 배를 채우기 위해서 만두를 먹곤 했다.

130 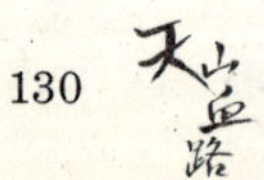

저잣거리의 한 켠 골목에는 여러 개의 객잔들이 붙어서 장사를 하고 있었는데, 하린은 항상 만수객잔이라는 곳을 이용했다.

그곳은 밖이 훤히 보이는 이층 건물로, 이층 역시 손님이 식사를 할 수 있게 만들어 놓은 객잔이었다.

"어서 오십시오."

점소이가 하린을 반기며 자리를 안내했다.

"저 자리로 앉겠네."

항상 구석자리를 고집하는 하린이었는데, 이는 무인의 본능과도 같은 것이었다. 뒤에는 벽으로 막혀 있으니 앞만 경계하면 되니 혹시 모를 적의 기습이나 공격에 대비하기 위한 무의식적인 행동이었다.

언제나 같은 것을 먹는 하린이었기에 점소이 역시 다가와서는 내어 올까 물었다.

"그래, 그렇게 다오."

"잠시만 기다리십시오."

점소이가 빠른 걸음으로 주방이 있는 곳으로 갔다.

만수객잔은 비싼 음식보다는 간단하고 싼 음식들을 주로 먹는 보부상들이 자주 이용하는 객잔이었다.

보부상들은 중원 각지를 돌며 듣게 된 소문들을 이곳에서 이야기하곤 했기에 뜻하지 않은 중원의 정보들을 들을 수가 있었다.

그래서 하린이 만수객잔을 고집하는 것인지도 모를 일이

었다.

　보부상들로 인해서 현촌이라는 산골 마을에 머물고 있음에도 중원에 대한 소식은 한 번씩 들을 수 있어 대략 무림의 정세가 어떻다는 것은 알고 있었다.

　오늘도 자신의 예상대로 보부상들이 이런저런 이야기를 하며 많은 정보들을 가르쳐 주었다.

　"주문하신 음식이 나왔습니다."

　그때, 점소이가 술과 안주, 그리고 만두를 가지고 와서 식탁 위에 올려다 놓았다.

　"고맙구나. 여기 있다."

　하린이 건넨 돈은 비록 철전 하나에 불과했지만 점소이는 크게 고개를 숙이며 고마움을 전했다.

　하린은 화주를 잔에 따라 한 잔 따르고는 조금 떨어진 곳에서 대화를 나누고 있는 두 사람을 향해 귀를 기울였다.

　절정에 오른 그였기에 많은 대화 속에서 두 사람의 대화만을 듣는 일은 그리 어려운 일이 아니었다.

　"그게 정말인가? 그럼 무림맹이 모용세가를 마교에 넘겼다는 말이네?"

　순간, 하린이 마시려고 들어 올린 술잔이 가늘게 떨렸다.

　"그렇지. 어차피 그들은 처음부터 모용세가를 오랑캐라고 천시했잖아."

　"그래도 그렇지, 모용세가는 명문정파잖아. 군부를 도와 흑룡강의 오랑캐들이 중원을 넘어오지 못하게 막고 있는 세가인데……. 그럼 군부에서는?”

격정을 참지 못한 하린은 들고 있는 술잔은 단번에 비워 버렸다. 그러는 사이에도 두 사람의 대화는 계속해서 하린의 귓속으로 흘러 들어왔다.

“그들 역시 움직임이 없어. 무림의 일이니 황궁이 개입하기가 좀 그런가 봐. 원래 일정한 선을 넘지 않으면 무림을 인정해 주고 있으니 말이야. 황궁이나 군부 역시 정한 선을 넘지 않으려고 할 테지.”

“하긴. 그나저나 그럼 앞으로 모용세가는 어떻게 되는 거야?”

“우리와는 상관이 없지만, 요녕성에서 볼 땐 꼭 필요한 세가인데…….”

두 보부상의 대화를 듣던 하린의 눈에서 강렬한 안광이 흘러나왔다.

‘세가가 위험하다!’

세가를 생각하자 자연스레 사부인 모용진의 얼굴이 떠올랐다.

아무리 세가가 위험하다고 해도 자신을 부르지 않을 것을 알고 있었다.

‘반겨 주는 사람이 없다고 해도 세가로 돌아가야 한다.’

하린은 자신이 돌아가는 것이 맞다고 생각했다.

“무림맹이 세가를 마교에 팔았단 말이지…….”

◈　　◈　　◈

하린은 현촌으로 돌아오는 내내 마음이 편치 않았다. 가끔 사람들이 표현하는 마음이 천근만근이라는 말이 지금의 자신에게 꼭 들어맞는 듯한 심정이었다.

사람들은 잘 모르고 있다. 사실 모용세가는 그들이 알고 있는 것보다 더 강한 가문이었다.

남궁세가를 비롯한 오대세가가 상대를 찾을 수 없을 만큼 강하다 알려져 있지만, 모용세가 역시 그에 못지않을 만큼 강했다.

하지만 상대는 마교였다.

중원무림을 양분하고 있는 세력 중 하나로, 정파무림이 힘을 합치지 않는 이상 이길 수가 없는 상대가 바로 마교였다.

그러한 마교에서 모용세가를 노린다고 하니 걱정이 앞서는 것은 당연지사였다.

"세가에서는 마교의 공격을 막을 수가 없을 것이다. 그렇지만 사부님을 비롯한 사숙들은 세가를 떠나지 않고 마교와 싸울 것이다."

당연했다.

천 년을 이어 온 모용세가의 자존심으로 인해서 결코 물러나지 않을 것이라 생각했다.

현촌으로 돌아온 하린은 좀처럼 마음을 안정시키지 못했

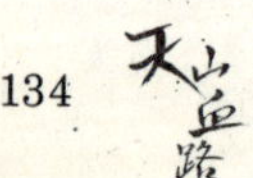

다.

"돌아갈까?"

돌아간다고 해도 사부님께서는 자신을 받아주지 않고 내칠 것이라 생각했다.

한참을 마당에서 서성이며 고민하던 하린은 입술을 꼭 깨물고는 집 옆에 심어 놓은 나무를 보았다.

그런 뒤 무언가를 결심한 듯 고개를 끄덕인 하린은 나무로 가서는 그 밑을 팠다.

나무 밑에는 하나의 상자가 있었다. 하린은 주저없이 그 상자를 꺼내 들고 방으로 들어갔다.

"세가가 없다면 나 역시 없는 것이다. 모든 일에 앞서는 것이 세가이다."

단호한 결심을 내뱉으며 하린은 상자를 열었다.

그 안에는 한 벌의 무복과 한 자루의 검, 그리고 도가 들어 있었다.

하린이 혈마전을 멸문시켰을 때 사용한 검과 도였다.

"후우……."

눈을 감고 깊은 호흡으로 마음을 안정시킨 후, 하린은 입고 있던 옷을 모두 벗어 버렸다.

실오라기 하나 걸치지 않은 하린의 몸은 온통 상처투성이였다.

그 무수한 상처들만 보아도 결코 평탄지 않은 삶을 살았다는 것을 알 수 있었다.

하린은 먼저 덥수룩한 수염과 머리를 정리했다. 그러자 감춰져 있던 하린의 본모습이 드러났다.

미남자는 아니었지만 시원스레 뻗은 이마와 큰 눈, 조금은 낮은 코와 각진 턱 선으로 인해서 무척이나 사내다워 보였다.

하린은 속옷을 갈아입은 후에 영웅건으로 머리를 질끈 동여매었다.

그런 후에 상자에서 옷을 꺼내 입었는데, 모용세가의 무사임을 나타내 주는 무복이었다.

하린은 세가의 직계가 아닌 방계의 사람이었기에 백색이나 푸른색이 아닌 검은색의 무복이었다.

옷을 입는 것에도 정성을 다하는 듯 천천히 옷을 입은 하린은 그런 뒤 양쪽 허리에 검과 도를 고정시키고 품에서 모용한옥선을 품에 간직했다.

하린은 의관을 다 갖추자 마당으로 나와 남서쪽을 보며 절을 했다.

모용세가 있는 곳이었다.

"제자의 성급함으로 인해서 이러한 일이 생겼으니 제자가 돌아가서 막겠습니다."

하린은 일어나 고개를 돌려 집을 돌아보았다.

석 달이라고 하나 그 기간 동안 정이 들었던 집이다.

추억에 젖도 잠시, 하린은 이내 몸을 돌렸다.

스르르륵!

그런데 그 순간, 하린의 얼굴이 변해가기 시작했다.

"하루족에게서 얻은 무공이 도움이 될 줄이야."

역근변환공(易筋變換功)이었다.

역근변환공은 면피인구를 사용해 다른 모습으로 위장을 하거나 변장을 하는 것이 아니라 자신의 내공으로 임의로 얼굴이나 체격을 바꿀 수 있는 무공이었다.

얼굴을 바꾸는 천면환공(千面換功)과 골격을 바꾸는 역근환공(易筋換功)을 통칭하는 말이기도 했다.

역근변환공에도 단점이 있었는데, 자신의 내공을 사용해서 모습을 바꾸는 것이기 때문에 내공의 소모가 심했다.

절정과 초절정의 경계에 있는 하린이었지만 역근변환공을 유지하고 싸운다면 초일류의 고수와 싸워도 승패를 장담할 수 없을 정도로 막대한 내공이 소모된다.

지금의 모습으로 마교와의 싸움에서 얼마나 큰 도움이 될지 모르지만, 일단 세가로 들어가서 마교와 싸우기 시작하면 사부님도 자신을 용서해 줄 것이라고 생각했다.

자신의 얼굴보다 조금 더 투박하게 바꾼 하린은 그 길로 집을 나섰다.

현촌을 떠나 모용세가로 향하는 하린은 온통 세가에 대한 걱정뿐이었다.

또 어떻게 사부님의 눈을 속일까 하는 그러한 생각이 가득했다.

오랜 세월 동안 요녕 땅에 존재해 온 모용세가였다. 그렇기에 수많은 방계의 사람들이 존재했고, 그들은 중원의 각지에서 생활하고 있었다.

그러다 보니 아무리 직계라고 해도 그 많은 방계의 사람들을 다 알지 못하는 것은 당연한 일이다.

직계는 세가의 사내가 낳은 자식들을 말하고, 방계는 여자가 다른 곳으로 시집을 가서 낳은 자식을 말한다.

그렇기에 세가의 직계라 해도 여아이면 결혼을 하기 전까지는 직계로 간주하다 결혼을 하게 되면 방계로 분류가 된다.

하린은 방계이긴 해도 가주인 모용진에게 직접 무예를 배웠기에 이러한 방계와 직계의 틈에 대해서 잘 알고 있었다.

다만 그러자면 세가에서 방계라고 인정할 수 있는 증표가 있어야 했다.

증표 역시 두 가지가 있는데, 유형의 증표로는 시집을 가는 여인에게 주는 동패가 있고, 무형의 증표는 바로 세가의 무공이었다.

세가의 무공은 결코 다른 이에게 가르쳐 주지 않는다.

그렇기에 모용세가의 무공을 알고 있다면 일단 방계로 인정을 해 주었다.

이를 알고 몇몇 사람들이 무공을 흉내 내어 방계로 위장해서 모용세가로 들어오려 했지만, 가주와 장로들의 눈을 속이는 것은 거의 불가능에 가까웠다.

먼발치에서 보고 형과 식은 배울 수가 있을지 모르겠지만, 내공심법은 쉽게 따라 할 수 있는 것이 아닌 것이다.

또한 그렇게 내공심법을 훔쳐·배울 정도의 기재라면 서러움을 당하는 방계의 자식으로 세가에 들어오지는 않으려 할 것이다.

지금의 경우 역시 마찬가지였다.

마교와의 싸움을 앞두고 일부러 죽을 자리를 찾아 들어오려 하지는 않을 것이다.

이것이 바로 직계와 방계가 가지고 있는 틈이었다.

하린의 경우에는 모용세가의 무공을 모두 대성했고, 이를 더욱 발전시켜 더 높은 경지에 올라섰기에 사부님이나 장로들을 속이는 데 큰 어려움이 없을 것이라 여겼다.

"무공을 다 보여 줄 필요는 없어. 약간의 변형으로……."

그동안 모용세가의 무공을 연구했으니 무공의 단점들 역시 잘 알고 있었다.

하린은 완벽하게 무공을 구현하는 것보다 조금은 부족하게 보여 주는 것이 속이는 데 더 유리할 것이라 생각했다.

"과연 마교에서 몇 명이나 보낼까?"

그것 또한 걱정이었다.

단체 간의 싸움에서는 절대고수가 많을수록 유리하지만, 상대하는 수가 많으면 절대고수 역시 고전할 수밖에 없다.

내공이라는 것이 무한정으로 있는 것이 아니고, 또 한 번의 칼질로 수십 명씩 벨 수 있는 것도 아니었기에 결국 싸우다 보면 지치게 되는 것은 절대고수 역시 마찬가지였다.

"혈마전의 무사들이 삼백 명이었다. 하지만 그들은 삼류와 이류가 대부분이었다."

자신이 저지른 일이지만 손색이 있는 무사들이 많았기에 모두 죽일 수 있었다.

하지만 마교에서 보내는 무사들은 결코 약하지 않을 것이라 생각했다.

"처음이 중요하다."

군역에서 많은 전투를 경험한 하린이었기에 첫 전투에서 승리하느냐 못하느냐에 따라 분위기가 바뀌게 될 것이고, 만약 승리를 하게 되면 사기가 올라갈 것임을 잘 알고 있었다.

그럼 마교의 공격 역시 막을 수 있을 것이라고 확신 했다.

수성만이 능사가 아니라는 걸 알고 있는 하린이었기에 선제공격도 취해 가며 상대를 웅크리게 만들고, 그렇게 시간을 끌다 보면 결국 적당한 선에서 합의를 보게 될 것이라고 생각했다.

합의를 보면 손해는 보겠지만 대외적으로 보면 모용세가의 위세가 올라가는 일이었다.

세상 어느 가문이 마교의 공격을 홀로 막아 낼 수 있을까?

없을 것이다.

한데 그렇게 되면 명실상부한 중원 최고의 세가가 되는

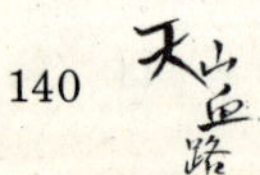

것이다.

"하지만 그것은 모든 일이 잘 풀렸을 때의 이야기다."

생각처럼 쉬운 일이 아님을 하린은 잘 알고 있었다.

아무리 일이 잘 풀려도 세가의 무사 중 절반이 넘는 사람이 죽어야 되고, 조금이라도 삐걱하게 되면 세가는 멸문하게 되는 일이다.

"더 좋은 방법이 있는지 생각해 보자."

"당했군."

무림맹주인 학선은 고개를 절레절레 흔들었다. 마교가 이렇게 나올 것이라곤 그 누구도 예상치 못했다.

마교와의 협상을 통해서 모용세가의 일을 처리했고, 이를 문서화시켜 한 부씩 보관했다.

그런데 마교에서 협상한 내용을 중원에 퍼뜨려 버린 것이다.

그로 인해서 지금 무림맹은 혼란에 휩싸여 있었다.

비록 중원의 무인들이 모용세가를 오랑캐의 가문이라고 천시하지만, 그들 역시 중원인이 틀림없으며 오래전부터 무림의 한 축을 담당한 세가였다.

또한 군부와 힘을 합해 중원 땅을 지키는 중이었다.

한데 그런 세가를 무리맹에서 버렸다. 이는 다른 세가,

즉 무림맹에 직접적인 도움이 안 되는 세가는 언제든지 버릴 수 있다는 뜻이기도 했다.

마교와 양분을 하고 있는 무림에서 무림맹의 비호를 받을 수 없다면?

한 치의 앞을 바라볼 수 없는 깊은 운무 속에 있는 것이나 다름이 없다.

그렇기에 이제까지 무림맹에 충성을 했던 크고 작은 세가들은 물론, 많은 문파와 방파들이 이를 비난하고 나선 것이었다.

특히 무림맹 소속은 아니지만 무림맹과 함께 정파의 한 축을 담당하고 있는 구파일방에서도 강한 유감을 드러내며 결정을 철회하고 모용세가를 도와주었으면 하는 뜻을 내비추기도 했다.

마교가 무림맹을 두려워하는 것이 아니라 구파일방을 두려워한다는 것을 학선 역시 알고 있었다.

학선은 그 사실이 마음에 들지 않았다.

어차피 구파일방 역시 혼자서는 마교를 상대할 수 없다. 무림맹과 힘을 합치지 않으면 구파일방 역시 마교에게 무너질 수밖에 없는 것이다.

그런데 언제나 사람들은 무림맹보다 구파일방을 더 알아주었다.

무림맹주인 학선은 이를 바꾸고 싶었다.

마교가 구파일방을 두려워하는 것이 아니라, 무림맹을 두

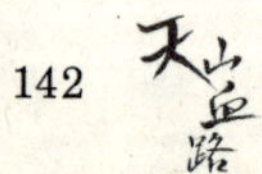

142

려워하도록 바꾸려고 했다.

그렇게 하기 위해서는 힘과 세력이 필요했다. 또한 그것을 유지하기 위해서는 막대한 자금이 들어가고, 그러한 자금을 충족시키기 위해서는 강남을 손에 넣어야 했다.

"소림을 위시한 무당과 화산이 본 맹의 결정을 철회하고 모용세가를 도와 마교와 다시 협상을 벌였으면 한다는 뜻을 비쳐 왔습니다."

"다른 중소 문파들의 반발도 심합니다."

"모용세가와 마교의 싸움이 임박했다는 소식이 중원 대륙에 퍼지면서 상인들의 움직임 역시 심상치 않습니다. 대륙 십대상인 역시 우리를 비난하고 있습니다."

학선은 눈을 찌푸렸다. 모든 것이 마음에 들지 않았지만, 그중에서도 구파일방의 그림자가 너무 깊게 드리워져 있었다.

"마교의 상황은?"

"모용세가를 칠 병력을 구성하고 있는 중이라고 연락이 왔습니다. 자세한 건 시간이 조금 더 걸릴 것 같습니다."

"그 늙은이들이 문제군."

늙은이들은 구파일방의 장문인을 두고 하는 말이었다.

구파일방으로 인해서 마교와 다시 협상을 벌인다는 것이 마음에 들지 않았고, 다시 협상을 할 생각도 없었다.

"맹에 속한 문파들의 동요는?"

"작은 문파들의 동요가 있지만 지금은 지켜보자는 분위기입니다.”

“음…….”

학선은 생각에 잠겼다. 그가 생각하는 동안 맹주전은 침묵에 잠겼다.

일다경 즈음 지났을까.

침묵하고 있던 학선의 입술이 마침내 떨어졌다.

“계획대로 한다. 침투시킨 간자들에게 마교의 병력 규모와 구성, 그들의 책임자 및 언제 천산을 떠나는지 자세하게 알아보라 전해라.”

무림맹의 총사인 제갈민이 고개를 숙였다.

“그리고 이번 계획에 실수가 있는지 없는지를 다시 한 번 점검해 봐. 계획만 성공하면 구파일방의 그늘에서 벗어날 수 있다. 그리고 우리가 그들의 위에 군림할 수 있을 것이다.”

세가로 돌아가다
세가로 돌아가다

하린은 모용세가가 있는 요녕성 심양에 도착했을 때, 저
잣거리 사람들의 표정이 하나같이 굳어 있음을 느낄 수가
있었다.

마교가 모용세가를 공격할 것이란 소문을 들어서였다.

사람들의 표정이 굳어 있는 이유는 모용세가를 걱정해서
가 아니었다. 마교와 모용세가의 싸움으로 인해서 피해를
보게 될 자신들의 앞날에 대한 걱정이었다.

하린은 사람들의 굳은 표정들을 보며 불안한 마음으로 세
가로 향했다.

세가의 입구에는 많은 사람들이 모여 줄을 서 있었다.

하린 역시 사람들의 뒤로 가서 줄을 섰다.

"아무리 마교라고 하지만 천산에서 요녕까지 거리가 있으

니 많은 인원을 보내지는 않을 걸세."

"암, 이번에……."

줄을 서서 이들의 대화를 듣고 있는 하린은 고개를 끄덕였다.

이들은 모용세가의 어려움을 듣고 힘을 보태기 위해서 한달음에 달려온 방계의 사람들이었다.

이들의 대화를 듣고 있던 하린의 표정이 조금은 풀어졌다.

이들의 말대로 마교에서 많은 인원이 나오지 않는다면 충분히 세가를 지킬 수 있다.

또 이렇게 많은 사람들이 세가를 지키기 위해서 온 것을 보면 틀림없이 마교를 물리칠 수 있을 것이란 확신도 들었다.

사람들의 이야기를 듣고 있던 하린은 어느새 자신의 뒤에도 많은 남성들이 줄을 서 있음을 볼 수 있었다.

그렇게 한 시진 정도를 기다리자 드디어 하린의 차례가 왔다.

'사숙님…….'

자신에게 글과 학문을 가르쳐 준 모용수가 오는 사람들을 맞이하는 중이었다.

"자네는 누구인가?"

마교에서 첩자를 보낼 수도 있으니 확인 절차는 반드시 필요했다.

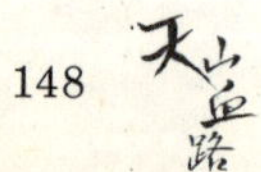

"저의 이름은 하령입니다. 어머님의 함자는 모용 진 자, 령 자입니다. 지금은 망했지만 하북성 하성상단의 상단주셨던 하 성 자, 군 자를 쓰시는 분께서 저의 아버님이 되십니다."

하린은 함께 군역을 한 동료의 이름을 팔았다.

세가의 사람들이라고 해서 방계의 사람들을 다 아는 것은 아니다. 모용수 역시 자신을 수많은 방계의 사람들 중 한 사람이라 여길 것이다.

하린이 말한 그 동료의 집이 하성상단이었고, 지금은 망했으니 자신의 거짓이 들통 나지 않을 것이라 생각했다.

그리고 마교와의 싸움을 앞두고 굳이 확인하러 가지 않을 것이란 믿음도 있었다.

지금은 형식적인 절차일 뿐, 진짜는 무공이나 호패를 통해서 확인하게 될 것이다.

"알겠네. 세가의 무공을 익힌 것인가, 아니면 자네가 본가의 방계임을 증명할 패가 있는가?"

"방계라 증명할 패는 없습니다. 하지만 어머니께서는 세가의 무공 중 하나인 쌍용선풍검을 익혔습니다. 그리고 저에게 가르쳐 주셨습니다."

모용수는 하린의 허리에 걸려 있는 한 자루의 검과 한 자루의 도를 보며 고개를 끄덕였다.

"고맙네. 오느라고 수고했을 테니 들어가서 잠시 쉬게."

"감사합니다."

“감사는 무슨. 세가의 어려움을 외면하지 않고 찾아 주어
정말 고맙네. 사실 이렇듯 세가를 찾아 준 자네들을 시험해
서는 안 되지만, 오후에 가주님께서 직접 무공을 시험할 것
이니 그동안 푹 쉬게.”

“감사합니다.”

하린은 모용수에게 인사를 하고 세가 안으로 들어갔다.

모용수는 사부인 모용진 다음으로 자신에 대해서 잘 아는
사람이기도 했다. 그런 그를 속였다는 것만으로도 하린은
사부인 모용진 역시 속일 수 있을 것이라 여겼다.

하지만 그러한 내심과 달리 발걸음을 옮겨 세가 안으로
들어가는 하린을 보는 모용수의 입가에는 잔잔한 미소가 지
어져 있었다.

‘와 주어서 고맙구나, 린아.’

아무리 얼굴과 체격을 바꾸었다고 해도 완벽하게 다른 사
람으로 변할 수는 없는 법이다.

그 사람만이 가지고 있는 고유한 기도가 있고, 눈빛이 있
으며, 마음이 있다.

모용세가에서 가장 강한 사람이 하린이었다. 그렇기에 세
가의 모든 사람들이 하린을 알고 있다고 해도 틀린 말이 아
니었다.

그렇기에 역용을 하고 왔다고 해서 못 알아볼 리가 없는
것이다.

특히 자신의 손으로 글과 학문을 가르쳤기에 무공을 가르

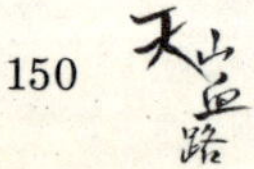

친 가주 다음으로 하린을 잘 알고 있었다.

다른 사람들 역시 마찬가지일 것이다.

모용수는 하린을 보자마자 한눈에 알아보았지만 내색치 않은 것이다.

하린은 그런 사실을 모르고 자신이 그를 속였다고 여기며 사부마저 속일 수 있을 것이라 생각한 것이었다.

모용세가 안으로 들어선 하린은 주위를 둘러보았다.

모든 것이 그대로였다.

사부님께서 부르기 전까지는 세가로 돌아오지 못할 것이라 생각하고 있었는데, 비록 좋은 일은 아니었지만 그래도 세가로 다시 돌아오게 되니 감회가 남달랐다.

하린은 익숙한 발걸음으로 모용세가의 주위를 둘러보다 자신도 모르게 모용세가의 중지인 세가전으로 향했다.

웅성이는 아이들의 소리에 하린은 그제야 자신이 세가전에 들어왔다는 것을 알고 급히 돌아가려고 했다.

"조용히들 해야지."

그때, 귀에 익숙한 목소리가 들려왔다.

'현룡 사형!'

모용현룡은 모용세가의 소가주로, 나이가 서른이었다. 그의 아내는 요령제일미라 불렸던 모란이란 이름을 가진 여인으로, 두 사람의 사이에는 일남일녀가 있었다.

하린은 잠깐 동안 옛 생각을 떠올렸다.

방계의 자식으로 세가에 들어와 소가주인 모용현룡과 함께 진산무공을 익히는 와중에 자신이 더 두각을 나타내게 되었다.

소가주로서 당연히 시기가 생길 법도 했지만, 모용현룡은 시기하기는커녕 자신을 친동생처럼 위로하고 격려하며 자신이 무공을 익히는 데 큰 도움을 주었다.

아니, 현룡뿐만 아니라 혈마전의 무사들에게 살해당한 모용련이나 그의 남편 역시 마찬가지였다.

잠시 후, 한 여성이 현룡의 곁으로 다가섰는데, 그녀의 표정이 그리 좋지 않아 보였다.

하린은 세가의 어려움이 있으니 그럴 것이라 생각하고는 발걸음을 되돌리려 했는데, 마침 그때 세가전에서 몇 사람이 나오는 것을 보고 급히 몸을 숨겼다.

'사부님…….'

모두의 표정이 좋지 않아 보였다.

'압록으로 아이들을 피신시킬 생각인가 보구나.'

그렇지 않으면 아이들이 모두 모여 있을 리가 없다고 생각이 든 것이다.

모용세가에 대해서 잘 알고 있는 하린은 저들의 표정에서 어느 정도 유추 할 수 있었다.

하린은 더 이상 지켜보면 안 될 것 같아 급하게 자리를 떠났다.

혹여 자신이 숨어 지켜보는 것을 남이 보면 오해가 생길

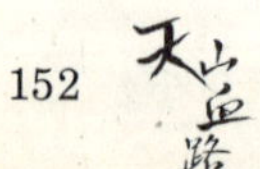

수도 있고, 세가가 위험에 처했다고는 하지만 사부님의 명을 거역했기에 마음 한편이 불편해서였다.

하린은 방계의 사람들이 머무는 임시 막사로 향했다.

별채에는 모용세가를 돕기 위해 달려온 무인들이 차지하고 있었기에 이렇게 임시 막사를 지어 방계의 사람들이 머물 수 있게 한 것이었다.

백여 명이나 되는 사람들이 임시 막사를 나누어 머물고 있었는데, 하나의 막사에 대략 십여 명의 사람들이 쉬고 있었다.

하린은 막사 중에서 자신에게 배당된 막사를 찾아 들어갔다.

안으로 들어가니 역시나 십여 명의 사람들이 모여 앉아 휴식을 취하고 있었다.

하린은 그들을 한 번 둘러보고는 이내 한 사람의 곁으로 가서는 편하게 자리에 앉았다.

"우리 통성명이나 합시다."

하린이 자리에 앉자 곁에 있던 사람이 말했다.

"난 감숙에서 온 곤청이오."

"하령이라 하오. 난 하북성에서 왔소."

하린은 무림의 인사법으로 막사 안에 있던 사람들에게 인사를 했다.

그러자 한결 분위기가 부드러워졌다.

"난 요령성 하주에서 온 막부라고 하오."

사람들은 한 사람씩 돌아가며 자신의 소개를 마쳤다.

"마교에서 병력을 얼마나 보낼 것 같소?"

세가를 위해 왔으니 당연히 이들의 관심은 마교가 과연 얼마나 많은 병력을 보낼 것인가, 또 몇 번에 걸쳐 보낼 것인가, 모용세가가 막아 낼 수 있을까 하는 이야기들뿐이었다.

"글쎄요, 아무리 적게 보낸다고 해도 무사 삼백 이상은 보내지 않을까 생각하오."

자신을 막부라 소개한 이가 말했다.

삼백이라는 말에 모두들 인상을 썼다. 결코 작은 수가 아니기 때문이었다.

"나의 생각도 그렇소. 혈마전의 무사들의 수가 삼백이었으니 더 많은 인원을 보낼지도 모를 일이오. 하나 문제는 병력의 구성이 아니겠소?"

"그렇지요. 우리의 수도 이백이 넘어가고 있으니 삼백의 마교인이 쳐들어와도 싸울 만하오. 문제는 마교에 있는 일백마인 중 몇 사람이 올지, 또 일류 무사들을 비롯해서 이류 무사들이 얼마나 속해 있을지가 중요하오."

일백마인이라는 말에 막사 안에 있는 이들의 표정이 한순간에 굳어졌다.

일백마인은 모두 절정의 반열에 올라선 마교의 최고수들이었다.

모용세가에 초일류의 고수가 가주를 비롯한 장로들뿐이라

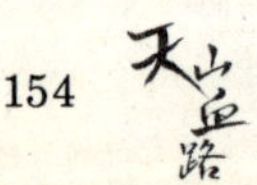

는 걸 감안하면 그들이 가진 힘이 얼마나 강한지 능히 짐작
할 수 있는 대목이었다.

"일백마인도 문제지만, 집마전(執魔殿)의 마인들도 있소.
만약 그들이 나선다면……."

감숙에서 온 곤청의 말이었다.

감숙은 마교가 있는 천산과 비교적 가까운 거리에 있기에
그는 그들에 대해서 잘 알고 있었다.

집마전의 마인들은 마교의 형을 집행하는 마인들로, 서른
명으로 구성이 되어 있는데 그들 모두가 절정의 고수들이었
다.

"그들은 나서지 않을 것이오. 내가 듣기로 그들은 마교인
들의 형을 집행할 때만 나선다고 들었소."

하린은 이들의 대화를 들으면서 속으로 생각했다.

'일백마인이라 해도 이기지 못할 자들은 아니다. 문제는
그들이 몇 명이나 오느냐이다.'

혈마전주인 왕보악 역시 일백마인 중 한 명이었다. 비록
가장 밑에 자리하고 있었다지만 그는 자신의 상대가 되지
못했다.

그랬기에 일대일로 싸운다면 절정의 마인이 와도 이길 수
있을 것이라고 하린은 생각했다.

하린은 지금 절정의 끝자리에 있었다. 한 번의 깨달음만
더 얻는다면 절정을 넘어 초절정의 고수로 성장할 수 있다.

초절정!

무림에 단 두 사람밖에 없다는 화경의 바로 아래 단계까지 올라갈 수 있는 바탕을 만들어 놓은 하린이었기에 초절정고수인 부교주 광마도(狂魔刀) 혁민이나 일장로 혈마독군성익이 직접 오지 않는 이상 상대할 자신이 있었다.

설마 모용세가를 치기 위해서 두 명의 화경의 고수 중 한 명인 만마존 악수비가 직접 오리라고는 생각지 않았기 때문이다.

'군에서 사용하는 군진은 이들에게 어울리지 않는다. 그럼 무림에서 사용하는 검진을 사용하거나 놈들이 오기 전에 먼저 쳐야 한다.'

하린은 이들의 대화를 들으며 생각을 정리하는 중이었다.

검진을 익히는 데는 시간이 걸린다. 그리고 검진을 구성하는 이들의 수준이 비슷해야 한다.

이런저런 것을 다 따져 보면, 결국 선제공격이 가장 좋은 방법이었다.

문제는 선제공격을 하는 데 있어 명분이 없다는 것이다.

자신이 혈마전을 공격해서 멸문시킨 것은 명분이 있었지만, 지금은 그렇지가 않았다.

마교가 모용세가를 친다는 소문만 무성할 뿐이지, 실제로 마교의 움직임은 조용했다.

그런 가운데 자신들이 먼저 움직여 마교의 지부를 공격한다면 세인들의 도움은커녕 비난만 받게 될 것이다.

또한 사부님이자 가주인 모용진은 결코 그리하지 않을 것

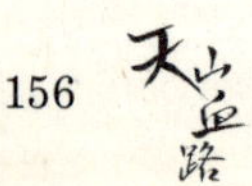

156

이라 생각했다.

"그런데 혈마전을 무너뜨린 그 사람은 왜 보이지 않는 것이오?"

생각에 잠겨 있던 하린의 귀로 자신에 대한 이야기가 들려왔다.

"그가 있다면 마교와의 싸움에서 더 유리할 것이 아니오? 단신으로 삼백의 혈마전의 고수를 죽인 사람이니 말이오."

"내가 알기로는 가주께서 그를 내쫓으셨다고 들었소."

"아니 왜?"

"낸들 그 속뜻을 알겠소? 하지만 대충 내 생각을 말해 보자면, 가주께서는 그를 살리기 위해서 그리하지 않았을까 하오."

"그를 살리기 위해서?"

"그렇소. 난 중원에서 살고 있어 무림맹에서 본 가를 어떻게 생각하는지 잘 알고 있소. 또 그들은 자신들보다 뛰어난 자가 나타나는 것을 용납하지 않는 족속들이오. 그러니 그가 세가에 남아 있으면 그들이 계속해서 그분을 내놓으라 압력을 넣을 것이고……."

곤청의 말을 들은 다른 이들은 다들 수긍을 하는지 고개를 끄덕였다.

"하지만 아무리 가주께서 내쫓으셨다고 해도 세가가 위험에 처했는데 오지 않는다는 것은 좀 그렇소. 어떻게 보면 세가가 위험에 빠진 원인 역시 그가 혈마전을 멸문시키면서 일어난 일이니 말이오.”

일을 벌려 놓은 사람은 따로 있고, 그로 인해서 앞으로 많은 사람들이 죽을 것이라는 말들이 하린의 마음을 한층 무겁게 했다.

그렇지만 자신의 정체를 밝힐 수는 없었다. 밝히더라도 마교와의 싸움이 시작될 때 밝혀야 했다.

그렇지 않으면 다시 세가에서 쫓겨날 수도 있기 때문이다.

자신을 원망하는 소리에도 하린은 상관없다는 듯 눈을 감고 있는 모습 그대로 자세를 유지했다.

“형장은 걱정되지 않소?”

문득 곤청이 하린의 침착한 모습을 보며 물어 왔다.

“나 역시 걱정이 되오. 그러니 힘을 보태기 위해서 세가로 온 것이 아니겠소.”

조금은 무뚝뚝한 말이었다.

“원래 그리 말이 없소?”

“군역을 마친 지 얼마 되지 않아 아직 세상이 낯설어 그렇소. 모두 이해를 해 주시오.”

“그럼 전쟁은 경험해 보시었소?”

이들과 대화를 나누는 것이 성격상 맞지 않았지만, 질문을 회피하면서까지 이들과 척을 질 필요는 없었다.

“그렇소. 많은 경험을 했소. 다만 특무대인 밀영단에 소속되어 있었기에 전면전보다는 적진의 침투와 요인 암살,

그리고 추적과 교란 같은 경험이 대부분이오."

모여 있던 이들은 하린이 군 특무대 소속, 그것도 밀영단에서 군역을 마쳤다는 말에 놀란 표정을 지었다.

군 특무대는 특수 목적을 띤 군대였기에 고수 소리를 듣지 못하면 절대 들어갈 수 없는 곳이었다.

다시 말해 군 특무대 소속이라는 것은 그가 최소한 일류 고수라는 말과 동일했다.

"세가의 무공을 익혔소?"

한순간에 사람들의 관심이 하린에게 집중되었다.

무림에서는 고수의 곁에 있으면 살 확률이 높아지기 때문이다.

"그렇소. 어머니께서는 여인의 몸이지만 드물게 쌍용선풍검(双龍旋風劍)을 익혀 나 역시 그것을 익혔소."

쌍용선풍검은 검과 도를 양손에 나누어 쥐고 회전시켜 바람을 일으켜 적을 벤다는 무공으로, 대성하게 되면 검기나 검강이 아닌 날카로운 바람을 일으켜 상대를 벨 수 있는 무공이었다.

모용세가의 무공 중 가장 익히기 힘든 무공으로 이제까지 쌍용선풍검을 대성한 사람은 모용세가의 시조인 모용황과 하린뿐이었다.

쌍용선풍검이 만들어 내는 바람의 검은 검강이나 장풍과는 비교할 바가 되지 못했다.

앞을 가로막는 그 무엇이든 베고 지나가는 위력적인 검이 바로 쌍용선풍검이었다.

하지만 중원 사람들은 아직 쌍용선풍검의 위력을 제대로 알고 있지 못했다.

그도 그럴 것이, 모용세가가 자리를 잡은 이후로 대성한 사람이 아무도 없었기 때문이다.

"그 익히기 힘든 무공을 익혔다니, 참으로 대단하오."

막부가 하린을 추켜세웠다.

"나의 어머님께서 익힌 무공이기에 배웠소. 어머니께서 다른 무공을 익히셨다면 나 역시 다른 무공을 익혔을 것이오. 그리고 그리 대단할 것도 없소이다."

하린은 그렇게 말하고는 눈을 감아 버렸다. 더 이상 질문을 받지 않는다는 뜻이기도 했다.

그런 하린의 모습에 조금은 언짢은 표정을 지었지만, 곧 사람들은 저들끼리 이야기를 나누었다.

'세가의 아이들이 압록으로 피신하게 되면 아무리 마교라 해도 찾을 수 없을 것이다. 아이들만 안전하다면 세가의 미래는 밝을 것이다.'

하린은 조금 전에 보았던 광경을 떠올리며 그렇게 생각했다.

'지금이 아니면 기회가 없어. 완전하지는 않지만 전해 줘야겠어. 현룡 사형이라면 보다 완벽하게 무공을 보완해 주실 것이다.'

이제까지 자신이 연구한 세가의 무공을 아이들이 익힌다

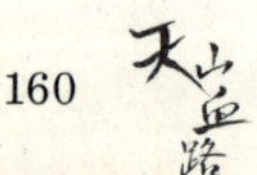

면 힘들긴 해도 모용세가는 언젠가 다시 일어날 수 있을 것
이라 여겼다.

　자리에서 일어난 하린은 모용현룡을 만나기 위해서 막사
를 벗어났다.

◈　◈　◈

　모용세가의 소가주인 모용현룡은 두 호위무사와 부인인
모란, 그리고 그녀의 시비 두 사람과 세가의 아이들을 데리
고 모용세가의 비밀 거점이자 피신처인 압록으로 향하고 있
었다.

　하지만 모용현룡의 표정은 결코 좋아 보이지 않았다.

　곧 세가의 큰 어려움이 닥칠 것인데 소가주인 자신이 세
가를 지키지 못하고 아이들을 데리고 몸을 피해야 한다는
상황이 남은 사람들에게 못내 미안하고도 죄스러웠기 때문
이다.

　세가를 떠나는 발걸음이 천근만근이었지만, 어쩔 수 없이
걸음을 옮길 수밖에 없었다.

　지금 당장 닥친 일도 중요했지만, 세가의 미래도 생각해
야 했기 때문이다.

　"아버님, 우리는 언제 세가로 다시 돌아올 수 있나요?"

　이제 다섯 정도 되었을까?

　척 보기에도 귀여운 소동이 모용현룡을 보고 물었다.

“곧 돌아올 것이다. 그러니 우아는 가서 어머니 말씀을 잘 들어야 할 것이다.”

모용현룡은 그렇게 말할 수밖에 없었다.

“네, 아버님.”

모용현룡은 세가가 있는 쪽을 다시 한 번 바라보았다.

이렇게 압록으로 가는 길이 마지막이 될 것이고, 두 번 다시는 세가로 돌아올 수 없을 것이다.

그런 생각이 들자 모용현룡은 자신의 아들인 모용우현을 보았다. 아마 자신이 죽은 후에 모용우현이 다시 세가를 일으켜 세워야 할 것이다.

그렇게 모용현룡이 비탄한 마음에 잠겨 갈 무렵,

“어……?”

모용우현이 눈을 크게 뜨고 큰 소리를 내었다.

“하린 숙부님!”

하린이 조금 떨어진 곳에 서 있었다.

모용우현이 하린을 향해 달려가 단숨에 그의 품에 안겼다. 하린 또한 자신의 품에 안긴 모용우현을 번쩍 들어 올려 자신의 어깨 위에 올려놓았다.

하린은 모용현룡을 만나는 데 있어 굳이 역용을 할 필요가 없어 역용을 푼 상태였다.

“숙부님도 압록으로 함께 가시는 거예요?”

“아니, 아니란다. 난 세가에서 할 일이 있단다.”

그때, 모용현룡이 반가운 마음으로 하린에게 다가왔다.

그러자 하린은 모용우를 내려 놓고 그에게 허리를 숙여 인
사를 했다.

"죄송합니다, 형님."

모용현룡은 비록 소가주의 신분이지만 하린과는 허물이
없었다. 어렸을 때부터 형제처럼 지냈기에 하린이 편하게
인사를 한 것이다.

하린으로서는 자신이 행한 일이 잘못되었다고 생각지는
않지만, 그로 인해 세가가 큰 위험에 빠졌으니 미안한 마음
뿐이었다.

"세가로 돌아온 것이냐?"

하린은 고개를 끄덕였다.

"그래. 네가 오니 한결 마음이 놓인다."

하린은 모룡현룡의 마음 씀씀이에 마음이 불편했다. 차라
리 원망이라도 했으면 오히려 더 마음이 편했을지도 모를
일이다.

"린아."

"말씀하십시오, 형님."

"아버님과 숙부님들을 부탁한다. 세가의 미래를 위해서
이렇게 몸을 피하는 우형을 비겁하다 욕해도 좋으니 네가
세가를 지켜 다오. 이 아이들이 다시 돌아올 수 있도록 말
이야."

모용현룡이 간절하게 부탁을 하자 하린은 더욱 죄스러운
심정이 되었다.

“아닙니다, 형님. 당연히 형님께서는…….”

“나는 네가 했던 행동이 결코 잘못되었다고 생각지 않는다. 모두가 마교를 두려워하며 전전긍긍할 때 네가 나서 준 것이 참으로 고맙게 생각한다, 린아. 네가 아니었다면 련이와 혁 소제는 지하에서도 눈을 감지 못했을 거다.”

“형…… 님…….”

원망은커녕 자신의 행동을 잘했다 말해 주는 현룡의 말에 하린은 목이 멨다.

“혈마전을 멸문시킨 것처럼 요령 땅으로 들어서는 마교 무리를 한 놈도 살려 돌려보내지 마라. 그리고 그들의 손에서 세가를 지켜라. 이건 소가주로서의 네게 내리는 처음이자 마지막 명령이다.”

처음이자 마지막 명령이라는 말에 하린은 눈시울이 뜨거워졌다.

하린은 입술을 깨물며 말했다.

“반드시 그리할 것입니다. 저로 인해서 일어난 일이니 제가 매듭을 지을 것입니다. 그리고 마교가 제아무리 강하다 해도 본 가의 담을 넘어오는 자는 그 누구도 없을 것입니다.”

자신있고 신념에 찬 대답을 듣자 모용현룡은 가슴 한편이 든든해졌다.

자신의 앞에 있는 사람은 누가 뭐라 해도 모용세가의 최고수가 아닌가!

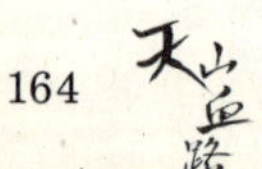

"그래그래. 내 너를 보니 한결 마음이 놓이는구나. 와 줘서 정말 고맙다."

하린은 그제야 품에서 두꺼운 책을 한 권 꺼내 모용현룡에게 건네었다.

"형님, 이것을 익히시고 아이들에게 가르쳐 주십시오."

"이게 무엇이냐?"

두툼한 책을 받아 든 모용현룡은 책장을 넘겨 보았다. 그리고 점점 눈이 커졌다.

"제가 세가의 무공을 틈틈이 정리한 것입니다. 압록에서 생활하실 때 형님과 아이들에게 필요할 것입니다. 하지만 아직 완벽한 것이 아니니 부족한 부분은 형님께서 메우셔야 할 것입니다."

"네가 어떻게 이것들을……."

모용현룡은 믿기지 않는다는 표정으로 말했다.

"군에서 실전을 겪으며 세가의 무공을 보다 실용적으로 익힐 수 있게 손을 본 것뿐입니다."

모용현룡은 고개를 끄덕이며 책을 소중히 품에 갈무리했다.

"고맙구나, 린아!"

"당연히 소제가 해야 할 일이었습니다. 또한 사부님께서도 소제에게 원하신 일이었습니다."

"네가 돌아와서 한결 마음이 놓이는구나."

걱정이 왜 안 되겠느냐마는 모용세가의 최고수가 돌아왔

고, 그를 중심으로 세가가 단결되어 함께 지킬 것이니 걱정
이 반의반으로 줄어든 건 사실이었다.

"조심해야 한다, 린아!"

"걱정 마십시오, 형님. 군에서 살아남는 방법만을 배운
저입니다. 그러니 형님께서는 압록에서 아이들을 세가의 동
량으로 키워 주십시오. 일이 끝난 뒤 제가 압록으로 모시러
가겠습니다."

"그래그래. 너만 믿겠다."

"지체했습니다. 어서 가십시오. 형수님, 형님을 부탁드립
니다."

하린이 한옆에 서 있는 모란에게 고개를 숙이며 말했다.

"걱정 마세요, 하린 무사부님. 세가에 남은 분들을 부탁
드립니다."

"어서 가십시오."

하린이 길을 재촉하자 모룡현룡은 그제야 고개를 끄덕이
며 길을 떠났다.

하린은 그 자리에 서서 그들의 모습이 시야에서 완전히
사라지고 나서야 몸을 돌렸다.

세가로 돌아가는 하린의 모습은 조금씩 변하더니, 어느새
역용을 했던 투박한 사내의 모습으로 돌아와 있었다.

166

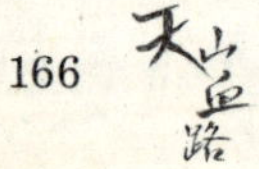

무림맹의 총사인 제갈민은 눈을 찌푸리며 오른 팔꿈치를 서탁에 댄 채 엄지와 중지로 턱을 쓰다듬으며 무엇인가를 골똘하게 생각하고 있는 중이었다.

"아직 출발을 하지 않는다? 뭔가 있어. 그렇지 않고는……."

모용세가를 치기 위해 마교에서 병력을 구성한다고 무림에 알려진 지 보름이 지났다.

모용세가가 혈마전을 멸문시킴으로 인해 마교의 위신에 치명적인 손상을 입었고, 자신들과 한 약조를 세상에 퍼뜨렸기에 지금쯤 병력을 움직였어야 했다.

한데 얼마나 많은 병력을 구성하려고 하는지 아직도 천산을 출발하지 않았을까?

제갈민은 천산에서 활동하고 있는 간자들의 정보로 인해서 더욱 혼란스럽기만 했다.

같은 내용의 정보도 있었지만, 서로 상반된 정보가 더 많았다.

이는 마교에서 자신들의 정보를 감추기 위해서 연막을 친다는 뜻과 일맥상통했다.

"움직였을 것이다."

제갈민은 그렇게 생각했다.

그렇지 않고서는 지금의 마교의 행동을 설명할 수가 없었다.

"그럼 어떤 방법으로 그들의 이목을 속이고 움직인 것일까?"

간자들을 속이고 움직이는 방법은 하나뿐이다. 소규모의 인원으로 나뉘어 집결 장소까지 가서 다른 이들과 합류하는 방법일 것이다.

그럼 문제는 과연 마교의 무사들이 몇 명이나 움직이느냐였다.

"혈마전의 무사들이 삼백이었다. 이류와 삼류가 대부분이었다고는 하나, 그중 삼십은 일류 고수들인데다 혈마전주 왕보악이 절정의 고수임을 감안하면……."

제갈민은 마교가 모용세가를 치기 위해서 움직이는 병력을 최소 삼백에서 최대 오백으로 생각했다.

그 이유는 혈마전에 고수가 없다고는 하지만 물경 삼백에 이르는 인원이 있었고, 단 한 사람에게 몰살을 당했기 때문이다.

"삼백으로 구성을 하면 이류와 일류가 주를 이룰 것이고, 오백으로 구성하면 삼류 무사들도 낄 것이다."

제갈민은 자신이 마교의 총사인 사마헌이 되어 그의 입장에서 병력 구성을 생각해 보았다.

"힘들어. 과정이야 어떻게 되었든 단신으로 삼백을 멸문시켰어. 그런 만큼 더 많은 인원을 보내 피해를 최소화시켜야 해."

도무지 감이 잡히지 않았다. 아니, 분명 둘 중 하나였다.

고수들로 삼백을 보내든지, 하수와 고수를 섞어서 오백을 보내든지.

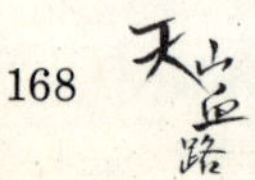

"음, 이류 삼백에 일류 고수 백오십, 초일류 고수 마흔 아홉에 이들을 인솔을 할 절정고수 한 명! 일백마인 중 한 명이 나설 것이다."

상대적으로 고수가 부족한 무림에서 그런 이들을 무작정 보내는 것은 병법을 모르는 사람들이나 하는 짓이다.

개인 간의 싸움이 아닌 집단전이라면 고수보다는 하수들의 싸움이 더 치열하다.

또한 그러한 싸움에서 살아남은 하수들이 고수가 되는 것이다.

고수들은 상대편의 고수 몇 명만 상대해서 제압하면 그것으로 자신들의 할 일을 다한 것이다.

그런 사실을 사마헌도 모르고 있지는 않을 것이다. 특히나 정파에서 마교의 힘이 약해지기를 기다리고 있다는 것을 잘 알고 있을 터이기에 고수들을 아낄 것이라 생각했다.

그러자 오백 명이 비율이 자연스럽게 나온 것이다.

한참을 생각하던 제갈민은 자신의 생각을 정리했다.

"오백이라……."

인원이 확정되자 자연스럽게 중원 대륙의 지도가 펼쳐져 있는 등 뒤 쪽의 벽에 시선이 향했다.

중원 대륙 지도에는 푸른 점과 붉은 점들이 무수히 찍혀 있었는데, 그것은 마교와 무림맹의 세력을 표시해 놓은 것들이었다.

제갈민의 시선은 요령 땅이 표시된 곳에 고정되었다.

“오백의 인원이 들키지 않고 모일 장소는 그리 많지 않아.”

이윽고 흑산이라는 곳에 시선을 고정시킨 제갈민은 오른손의 검지와 약지를 이용해 자신의 턱을 쓰다듬었다.

“흑산이라면 모용세가가 있는 심양과 한나절 거리밖에 되지 않는다. 산이라는 지형 때문에 자연스럽게 사람들의 시선도 피할 수 있으니 내가 생각한 것이 맞다면 놈들은 틀림없이 흑산에 모일 것이다.”

제갈민은 자신의 생각에 확신을 가졌다.

“모용세가에 알리는 것이 좋겠지. 명분이란 만들면 돼.”

그가 짓는 미소에는 흡족함이 서려 있었다.

모용세가를 도와주고 사람들에게 지지를 받겠다는 말이었다.

무림맹이 전면에 나서면 자칫 정마대전이 일어날 수도 있고, 그로 인해서 많은 젊은 무인들이 의혈을 뿌리고 죽어갈 것이다.

그렇기에 차마 그럴 수가 없었다는 명분과 비록 전면에 나서지 못하지만 이렇게 모용세가를 도와주고 있다는 것을 알려 실리를 챙길 생각이었다.

“단신으로 혈마전을 멸문시킨 그자가 있는 이상 모용세가는 그리 쉽게 무너지지 않을 것이다. 하지만 계속되는 공세 속에서 결국 무너질 것이고, 그 과정에서 마교의 힘도 줄어들게 될 것이다.”

앞으로 일어나게 될 일이 마치 그림처럼 눈앞에 펼쳐졌
다.

"후후후, 앞으로 재미가 있겠어."

◇　◇　◇

모용세가의 아침이 밝아왔다.

아침부터 연무장에는 많은 사람들이 바쁘게 움직이고 있
었다.

한쪽엔 모용세가의 무사들이, 다른 한쪽엔 방계 출신의
사람들이 정렬을 해 있었다.

연무장과 조금 떨어진 곳에는 기다란 책상이 놓여 있었는
데, 그곳에는 가주인 모용진을 비롯한 총관인 모용천, 그리
고 장로들이 줄지어 앉아 있었다.

하린은 변용한 모습으로 방계 사람들 사이의 가장 끝줄에
앉아 있었다.

지금 연무장에서는 호패가 없는 사람들을 대상으로 방계
의 사람이 맞는지를 확인하기 위해 무공을 시험하는 중이었
다.

마침내 총관인 모용천이 자리에서 일어나 말했다.

"호명하는 사람은 앞으로 나와 자신의 출신과 익힌 무공
을 말하고 시범을 보여라! 적명!"

호명당한 한 사내가 발걸음을 옮겨 연무장의 중앙으로 나

왔다. 그러고는 허리를 가볍게 숙이며 가주에게 인사를 하
며 말했다.

"중경에서 온 적명이라고 합니다. 익힌 무공은 응익도법
(鷹翼刀法)입니다. 부족하지만 도움이 되고자 왔습니다."

그는 깊은 심호흡을 통해 마음을 가다듬었다.

응익도법은 매의 날개로 상대를 날카롭게 벤다는 뜻을 가
진 무공으로, 찌르기보다는 베기에 더 효율적인 도를 사용
해 펼치는 무공이었다.

그는 천천히 손에 든 도를 빼 들고는 움직였다.

적명은 그동안 열심히 무공을 익혔고, 또 표국의 표사 일
을 하면서 녹림의 산적들과 몇 번 싸움도 해 본 경험이 있었
지만, 이처럼 세가로 들어와 자신의 무공을 시험받기는 처
음이었다.

서른이 넘은 나이임에도 설레는 한편, 가슴 떨리기도 했
다.

세가의 위험은 어느새 뒷전이 되어 버렸다. 그의 머릿속
에는 오직 지금 이 순간만이 중요할 뿐이었다.

조금씩 도법을 풀어내니 어느덧 떨리는 마음도 진정되어
적명은 차분하게 자신이 익힌 응익도법을 펼칠 수가 있었다.

그 모습을 지켜보고 있던 모용진이 고개를 끄덕였다.

그는 많은 노력과 실전을 통한 경험으로 한층 원숙해진
도법의 변화를 볼 수 있었다.

그러자 세가의 어려움을 알고도 외면하지 않고 찾아 준

172

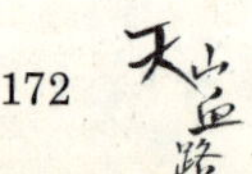

적명에게 새삼 고마움을 느꼈다.

서른이란 나이가 분명 적지 않은 터이고, 또 그로 인해 한계가 있을지 모르지만, 노력한다면 충분히 이류고수 중에서도 상류에 들 수 있는 실력은 될 것 같았다.

적명은 무공을 다 펼쳐 보이고는 모용진을 향해 허리를 가볍게 숙였다.

모용진은 그의 인사에 화답하기 위해 자리에서 일어나 입을 열었다.

"고맙네. 세가의 어려움을 듣고도 외면하지 않고 이렇게 한달음에 달려와 주어서 말이네. 세가의 위험이 끝나면 반드시 오늘의 은혜를 잊지 않고 충분한 보상을 해 주겠네."

"아닙니다. 전 보상을 원하고 온 것이 아닙니다. 가주님께서 그리 말씀해 주셔서 헛걸음이 아니었음을 알게 되었습니다. 세가를 지키기 위해 온 제가 자랑스럽다고 느껴집니다. 부족하지만 목숨을 걸고 세가를 지키겠습니다."

적명이라는 사내의 말이 더없이 흡족한 모용진은 고개를 끄덕이며 입가에 미소를 지었다.

모용진뿐만 아니라 앉아 있는 장로들 역시 마찬가지였다.

그렇게 적명을 시작으로 방계의 사람들이 나와 차례대로 자신이 익힌 무공들을 선보였다.

그러는 동안 하린은 그들의 무공 시연을 보면서 나름 생각을 정리했다. 사실 이들의 수준은 고만고만했다.

가장 처음 무공을 펼쳐 보인 적명이 그마나 조금 나은 편이었다.

'이들만으로는 힘들다. 세가의 손님들 중에서 도움이 될 사람들이 얼마나 있을지가 문제로구나.'

"하령은 앞으로 나오라."

하린은 자신을 호명하는 소리에 연무장 중앙으로 걸어가 허리를 숙였다.

"하북성에서 온 하령이라고 합니다. 쌍룡선풍검을 익혔습니다."

하린은 자신에 대해서 간단하게 말하고는 이내 쌍룡선풍검식을 풀어냈다.

들키지 않기 위해서 그 수위를 조절했는데, 그것이 더 어려웠다.

바로 그때였다.

"이놈!"

모용진의 노성이 연무장을 가득 울렸다.

쌍용선풍검을 펼치던 하린은 동작을 멈추고 모용진을 보았다.

"그리 변장을 해서 들어오면 내가 모를 것이라 생각하였더냐! 네가 보기에 본 세가가 그리 우습게 보이더냐!"

하린은 몸을 부르르 떨면서 그 자리에 무릎을 꿇고 허리를 숙여 머리를 땅에 박았다.

"사부님!"

난데없이 터져 나온 사부님이라는 말에 장내에 있던 모두

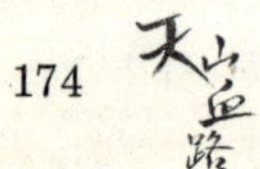

가 웅성였다.

"돌아가라!"

매몰찬 모용진의 말이었다.

"제자, 갈 수 없습니다."

어느새 역용을 풀고 본모습으로 돌아온 하린은 자신의 뜻을 밝혔다.

방계 사람들은 순간적으로 역용을 풀고 본모습으로 돌아온 하린의 모습에 저마다 놀란 표정을 지었다.

"이놈! 네놈은 더 이상 본 세가의 사람이 아니다! 그러니 냉큼 떠나라!"

"사부님께서 외면하신다 하여도 저의 몸속에는 모용세가의 피가 흐르고 있음을 그 누구도 부인할 수 없습니다. 제자로 인해서 일어난 일입니다. 세가를 위해서 싸우게 해 주십시오."

하린의 눈에서는 결코 흔들리지 않을 의지를 읽을 수 있었고, 꼭 다문 입을 통해서 절대 물러서지 않을 것이라는 고집을 느낄 수 있었다.

모용진은 그런 하린의 모습이 더없이 답답했다.

"너는 그토록 나의 뜻을 모른단 말이더냐! 어찌하여 넌 너의 고집만을 내세우느냐!"

"죄송합니다."

[이미 현룡 형님을 만나 뵙고 제가 그동안 연구하고 정리한 세가의 무공을 서책으로 남겨 전해 주었습니다.]

세가에 마교의 간자가 없을 것이라고 확신할 수 없기에 하린은 전음으로 빠르게 이야기를 했다.

"네 이놈!"

[이제 형님께서는 압록에서 아이들과 함께 무공을 익힐 것입니다.]

"전 갈 수 없습니다. 여긴 저의 가족이 있는 곳입니다. 사부님, 제 손으로 세가를 지키게 해 주십시오."

하린은 전음으로 사정을 이야기하고 입으로는 사부님의 명령을 거절했다.

고개도 들지 못하고 사정하는 그의 모습에 지켜보는 사람들은 마음이 찡했다.

자신들은 나름대로 계산을 하고 모용세가로 찾아온 것이다.

마교가 공격을 한다고 해도 천산과 요녕성의 거리는 말을 타고 달려도 한 달이 넘게 걸리는 거리였다.

그렇기에 마교에서도 무작정 사람들을 보내지 않을 것이라 생각했고, 한두 번 마교의 공격을 막아 낸다면 결국 제 풀에 지켜 포기할 것이라 생각했다.

그러한 전투에서 살아남으면 이후 세가의 도움을 받을 수 있고, 또 그것을 바탕으로 자신들이 살아가는 데 있어 적당한 부와 명성을 얻을 수 있을 것이라 생각했다.

그런데 지금 가주의 앞에 엎드려 있는 사람은 자신들과는 정반대였다.

오직 세가만을 위해서 한달음에 달려온 사람처럼 느껴진 것이다.

그렇게 하린의 진정이 방계 사람들의 마음을 움직였다.

"저 사람인가?"

모여 있던 이들이 웅성였다.

그제야 하린이 혈마전을 멸문시킨 사람이라는 걸 알게 된 방계 사람들이었다.

"떠나라! 너는 이보다 더 큰 사명이 있다!"

"세가를 지키는 일보다 더 큰 사명이 무엇이 있습니까? 제자는 그보다 더 큰 사명이 무엇인지 모르옵니다."

"이놈!"

[현룡 형님께 모든 것을 맡겼습니다.]

"소가주님께서는 저에게 사부님과 장로님들의 안전을 부탁하셨습니다. 또한 요녕 땅에 들어오는 마교인들을 한 놈도 남기지 말고 척살하라고 명령을 내렸습니다."

전음과 동시에 말을 하는 하린이었다.

그런 하린의 성취에 내심 기뻐하면서도 모용진은 걱정스러웠다.

이대로 몇 해만 더 지나면 능히 무림제일인인도 될 수 있는 재목이었다. 한데 그런 놈이 지금 죽으려고 하는 중이었다.

"떠나라!"

모용진이 소리쳤다.

"그렇게 할 수 없습니다!"

하린 역시 지지 않고 소리를 더 크게 내었다.

"이미 련 매와 혁 소제를 잃었습니다. 더 이상 가족을 잃지 않을 것입니다. 저에게 떠나라 명하시면 전 이 길로 곧장 마교로 쳐들어갈 것입니다."

모용진은 하린의 올곧은 마음이 고마운 한편, 답답하기도 했다. 결국 어리석은 선택을 한 하린을 보며 나지막하게 물었다.

"너는 세가가 그리 좋으냐?"

"저의 모든 것입니다."

"마교와의 싸움에서 이길 수 없다는 것을 누구보다 네가 더 잘 알고 있을 것이다."

하린에게서는 말이 없었다.

"한데 죽을 장소임을 알고도 이리 고집을 피운단 말이냐?"

"아닙니다. 이길 수 있습니다. 여기 많은 이들이 한마음으로 모였습니다. 그러니 세가를 지킬 수 있습니다. 마교가 있는 천산과 세가와는 한 달 보름이 걸리는 거리입니다. 한 번의 전투에서 승리하면 충분히 이길 수 있습니다. 제자에게 맡겨 주십시오. 련 매와 혁 소제의 억울한 죽음을 세상에 알리고 세가의 행동이 옳았음을 증명해 보이겠습니다."

모용진은 단호하게 말하는 하린을 물끄러미 내려다보았다. 순간, 연무장에 침묵이 감돌았다.

　침묵은 생각보다 오래갔고, 일다경 정도가 지나서야 마침내 모용진이 입을 열어 담담한 음성으로 하린에게 물었다.

"네가 한 말을 지킬 수 있느냐?"

"목숨을 걸고 반드시 지킬 것입니다."

"네가 한 말을 목숨을 걸고 지킬 수 있겠느냐?"

다시 물었다.

"제자, 목숨을 걸고 마교와 싸워 반드시 세가를 지켜 낼 것입니다."

"네가 정녕 네가 한 말을 이룰 수 있겠느냐?"

세 번째도 같은 질문이었다.

"제자가 죽어 혼령이 되어서라도 마교의 손에서 세가를 지킬 것입니다, 사부님!"

그제야 모용진은 고개를 끄덕였고, 장로들의 입가에 미소가 지어졌다.

'이제야 비로소 모든 것이 정상으로 돌아왔구나.'

총관인 모용천은 이제 진짜 모용세가가 되었음을 느낄 수 있었다.

"그렇다면 그따위 쌍룡선풍검을 펼치지 말고 진짜 쌍룡선풍검을 본 가의 사람들에게 보여라!"

호통 가득한 목소리였지만, 모용진의 입가에는 엷은 미소가 지어져 있었다.

"제자, 사부님의 명을 받듭니다."

하린은 자리에서 일어나 한 자루의 검과 도를 양손으로

잡았다.

휘리리리링!

바람이 연무장을 스치고 지나가며 사람들의 시선이 하린에게 집중되었다.

사아아악!

이윽고 가볍게 떼는 보법을 시작으로, 세가의 진산절학인 쌍룡선풍검이 하린의 손에서 펼쳐졌다.

모용진은 그 모습을 보고 고개를 끄덕였다.

허공으로 솟구쳐 검을 휘두르는 모습이 정말 용이 승천하며 바람을 일으키는 듯한 착각을 하게 만들 정도였다.

'잘 와 주었구나, 하린아!'

그 순간, 하린은 미소를 짓고 있는 모용진을 볼 수 있었다.

'반드시 제자가 지킬 것입니다, 사부님!'

선
제
공
격

하린이 모용세가로 돌아와 한 일은 무사들에게 무공을 가르쳐 주는 일이었다.

그동안 하린 대신 무공을 가르쳤던 모용우 장로는 세가로 들어온 방계의 사람들에게 무공을 가르치는 중이었다.

하린은 세가의 무사들의 사이를 돌아다니며 마음에 들지 않는다는 듯 호통을 쳤다.

"기백이 약하다. 그렇게 해서 어떻게 적들을 압도할 수 있겠나? 배에 힘을 주고 기합을 넣어라. 내딛는 발로 반발력을 얻어 힘껏 검을 뻗어라. 쌍용교미!"

두 마리의 용이 꼬리를 흔들며 사귄다는 뜻으로, 손목을 이용해 검을 직선으로 뻗으며 변화를 주는 쌍용선풍검의 한 초식이었다.

"타앗!"

모용세가의 무사들은 힘찬 기합과 동시에 검을 앞으로 내질렀다.

"바로 그것이다. 기합은 그렇게 넣는 것이다."

연무장에서의 외치는 소리는 어느 정도 떨어진 세가전까지 생생하게 들렸다.

세가전에서 무사들의 기합성을 모용천은 입가에 엷은 미소가 지어졌다.

풍전등화라 해도 과언이 아닐 정도로 크나큰 위기가 닥쳤지만, 이상하게도 걱정이 되지 않았다.

"하린이가 돌아오면서 세가 사람들에게 여유가 생겼어."

그는 세가의 무사들이 수련을 하고 있는 연무장으로 발길을 옮겼다.

역시 평소와는 달랐다.

이전에는 연무장에서 무공을 익히는 무사들의 모습이 뭔가 허전해 보였는데 지금은 꽉 차 보였다.

"그래, 이게 모용세가의 본모습이지."

모용천은 하린이 세가에서 얼마나 큰 존재인지를 다시금 깨달을 수가 있었다.

"검진은 여러 명의 사람이 한마음으로 펼치는 검술이다. 한데 저마다 마음이 다르다면 어떻게 검진을 펼칠 수 있을 것이냐!"

다시금 하린의 호통 소리가 들려왔다.

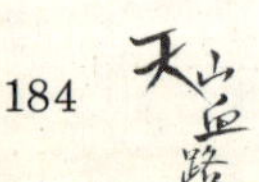

"곁에 있는 동료를 믿어라. 그것으로 족하다. 창룡출해!"

"차아앗!"

수십 명의 무사들이 하린의 외침에 따라 초식을 펼쳤는데, 그 모습이 마치 한 사람이 검을 쓰는 듯했다.

한두 해 연습을 해 온 것이 아닌 듯 자연스러웠으나 그럼에도 불구하고 하린은 마음에 들지 않는지 계속해서 무사들을 다그쳤다.

그런 모습을 보는 모용천은 고개를 끄덕였다.

"마교가 아무리 많은 무사들을 보내 와도 세가는 언제까지나 요령을 호령하고 지킬 것이다."

모용천은 잠깐 동안 세가의 무사들이 수련하는 것을 지켜보다 다시 세가전으로 발길을 옮겼다.

세가전에는 가주인 모용진이 상석에 자리한 채 총사인 모용수와 장로들이 앉아 있었다.

모용진의 앞에는 한 통의 서찰이 있었는데, 겉에는 무림맹의 직인이 찍혀 있었다.

"무림맹에서 서찰이 왔다고 들었습니다."

그때, 세가전으로 들어선 모용천이 자연스럽게 모용진의 우측으로 가서 앉으며 말했다.

"그렇다네."

"무슨 내용입니까? 아직도 하린을 내놓으라고 합니까?"

모용천은 마음에 들지 않는다는 표정으로 말했다.

"아닐세. 서찰에는 마교의 무인들이 천산을 출발해 흑산에 모일 거라 예상한다는 제갈 총사의 말이 적혀 있었네."

"이제 와 염려를 해 주는 것이 참으로 고맙군요."

모용천의 말에 비아냥이 담겨 있었다.

"하지만 이 서찰을 통해 몇 가지를 유추할 수 있습니다."

그때, 모용수가 두 사람 사이에 끼어들며 말했다.

"몇 가지?"

하나도 아닌, 몇 가지라는 말에 모용진이 의구심을 담아 물었다.

"그렇습니다. 첫 번째는 마교의 병력이 얼마인지는 모르나 그들은 나누어서 요령성으로 들어온다는 것입니다."

"왜 그렇게 생각하지?"

"그렇지 않다면 제갈민이 흑산에 모일 것이라 예상하지 않았을 것입니다. 많은 무사들이 모여서 이동하면 그 위화감으로 인해서……."

모용수는 자신의 생각을 이야기하며 마교의 무리가 나뉘어서 흑산으로 올 것이라 확신을 담아 말했다.

"둘째로는…… 아무래도 무림맹이 딴생각을 가지고 있는 듯합니다."

"딴생각?"

"그들은 우리를 빌미로 마교와의 전쟁을 준비하는 것 같습니다. 그렇기에 우리가 마교의 힘을 최대한 줄여 주기를 원하는 것 같습니다. 제갈민은 본 가가 그리 약하지 않다는 것을 잘 알고 있고, 또 마교가 있는 천산과 본 가가 있는 요령의 거리를 감안하면 본 가가 충분히 마교의 세력을 줄여줄 수 있을 것이라 계산을 한 듯합니다.”

“음…….”

“한마디로, 우리를 미끼로 자신들의 야욕을 채우겠다는 뜻이기도 합니다.”

“에이, 개만도 못한 놈들.”

그 순간, 모용수의 말을 통해 무림맹의 속셈을 알게 된 모용천이 마교보다 더 나쁜 놈들이라고 욕을 했다.

“그럼 그렇지. 그렇지 않고서야 그놈들이 본 세가를 도와줄 이유가 없을 테니 말이야. 알고 보면 이놈들이 더 나쁜 놈들이다.”

장로들 역시 무림맹을 욕했다.

“그럼 본 세가와 마교의 싸움이 정점에 이르렀을 때 무림맹이 천산의 마교를 친다는 말입니까, 형님?”

여전히 이해가 되지 않는다는 듯 장로인 모용백이 모용수에게 물었다.

“나의 생각은 그렇다네. 분명 무림맹은 마교와의 맹약을 깨뜨리고 전쟁을 벌일 것이다.”

“음…….”

한순간 세가전에는 무거운 침묵이 흘렀다. 아니, 어쩌면 그게 당연한 일인지도 몰랐다.

먼저 입을 연 사람은 가주인 모용진이었다.

“하지만 무엇 때문에 무림맹이 그런 무리수를 두려고 하는지 모르겠군. 인정하고 싶지 않으나 아무리 무림맹이라도 해도…….”

모용진은 무림맹주인 학선의 간이 배 밖으로 튀어나오지 않는 이상 마교를 먼저 공격할 수 없을 것이라 말했다.

“아마 구파일방의 그늘을 벗어나기 위해서일 것입니다. 그리고 장강 이남의 자원이 풍부한 호남과 강서 지역을 차지할 생각이 아닌가 합니다.”

모용수는 모용진과는 다른 의견을 내놓았다.

모두의 시선이 모용수에게 향했다. 왜 그렇게 생각하느냐는 물음이 담긴 시선들이었다.

그런 시선을 의식했는지 모용수가 말을 이어 나갔다.

“무림맹이 마교와 천하를 양분하고 있다고는 하나 구파일방이 전면에 나서면 그들은 고개를 숙이고 그들의 밑으로 들어갈 수밖에 없습니다. 그리고 무림맹의 발언권보다는 구파일방의 발언권이 더 강합니다. 한마디로 말하면, 구파일방의 아래에 있는 무림맹입니다.”

“그렇지.”

“무림맹의 속을 들여다보면 오대세가를 중심으로 이루어진 단체입니다. 그들은 지금의 현실에 불만을 갖고 있을 것입니다. 그러니 장강 이남의 막대한 자원을 이용해 무림맹의 세를 불리는 한편, 사람들에게 자신들이 마교를 물리쳤다는 인식을 심어 줌으로써…….”

설명은 길었지만, 충분히 일리가 있는 말이었다.

"빌어먹을!"

장로인 모용성의 입에서 저도 모르게 욕지거리가 흘러나왔다.

"자신들의 욕심으로 인해서 우리 가문을 재물로 삼다니."

그로서는 아무리 생각해 봐도 마음에 들지 않는 무림맹의 행태였다.

그런 모용성을 모용수가 다독이듯 달랬다.

"신경 쓰지 마."

"하지만 형님! 억울하지 않습니까?

"그보다 우리는 지금의 상황을 최대한 이용을 해야 한다."

"무엇을 이용한다는 말이냐?"

모용수의 말에 뭔가 복안이 있는 듯하자 모용천이 나서서 물었다.

"무림맹은 본 세가가 일찍 무너지기를 원치 않습니다. 그러니 계속해서 마교에 관한 정보를 넘겨줄 것입니다."

"그렇지."

"그리고 우리에게는 저들이 상상하지도 못할 고수가 있습니다."

그 순간, 모두가 한 사람을 떠올렸다.

"무림맹의 정보가 확실하다면 놈들은 분명 나뉘어서 흑산으로 들어올 것이고, 그렇게 되면 우리가 선제공격을 취하여 시간을 벌 수 있습니다."

마교의 병력이 나누어져서 요령으로 들어온다면 모두가 같은 시간에 도착할 리 만무했다. 조금이라도 시간차이 있을 것이라 모용수는 생각했다.

이것이 자신이 생각하고 있는 마교의 빈틈이었다.

천산에서 요령까지의 거리는 한 달하고 보름!

만약 무림맹에서 전해 주는 정보가 정확하고 놈들을 흑산에서 각개격파해서 이긴다면, 그 소식이 전해지는 것 역시 상당한 시일이 걸릴 것이다.

그렇게 되면 마교에서 또다시 병력을 구성한 후에 다시 요녕성으로 들어온다고 해도 상당한 시간이 필요할 것이다.

이러한 시간을 대충 짐작해 보면 대충 석달에서 넉달이라는 시간이 소모될 것이다.

"그동안 방계 사람들을 조금 더 다그쳐 무공 수련을 시킨다면 본 세가는 충분히 마교와의 싸움에서 이길 수 있을 것입니다."

모용수의 생각에 모두는 고개를 끄덕였다.

고수가 절대적으로 부족한 모용세가에서 취할 수 있는 방법은 그것뿐이었다.

"형님, 하지만 흑산은 골짜기도 많고 지세가 험합니다. 그들을 찾아다니다 반대로 역으로 당할 수도 있습니다."

모용성이 걱정이 섞인 목소리를 내었다. 그렇게 되면 상대에게 경각심만 가져다줄 뿐이라고 자신의 생각을 이야기

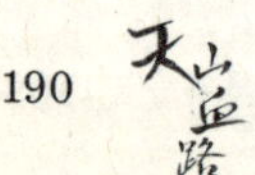

했다.

"많은 사람을 보낸다면 그렇게 될 것이다. 하지만 하린이만 보낸다면 충분히 승산이 있다. 녀석이라면 발각되더라도 혼자서는 충분히 몸을 뺄 수 있을 것이다. 그리고 자기 나름대로의 판단하에 상대를 칠 수 있으면 치게 하는 것도 좋을 것이다."

"형님, 그러다 하린이 당한다면?"

모두의 시선이 모용진에게 향했다. 의견은 모용수가 내었지만 결론을 내는 사람은 다름 아닌 모용진이기 때문이다.

"걱정 마라. 하린은 절정고수이다. 그리고 세가를 끔찍이 아낀다. 그러니 자신의 목숨을 헛되이 버릴 아이는 아니야."

가주인 그 역시 찬성을 하고 나오자 다른 이들은 잠깐 생각에 잠겼다.

세가에서 적이 오기만을 기다리면 큰 피해를 입을 것은 당연할 것이다. 물론 무사들을 흑산에 보내 마교인들과 맞닥뜨려도 많은 피해를 입을 것은 분명했다.

차라리 그럴 바에는 하린 혼자 보내는 것이 정답이었다.

"하린은 고집스러운 놈입니다. 그리고 형님을 끔찍이도 생각하는 놈입니다. 하린이 잘못 판단을 내릴까 걱정이 됩니다."

모용천이 걱정스럽다는 듯이 말했다.

하린은 자신을 과신하는 아이는 아니었지만 그래도 모용진을 위해서 조금은 무리수를 두지 않을까 하는 걱정을 한 것이다.

"이야기를 통해서 확답을 받으면 될 것이다. 가서 하린을 불러오라."

"부르셨습니까, 사부님."

하린은 세가전으로 들어서 인사를 하고는 모용진을 마주하며 섰다.

파앗!

모용진은 대답도 하지 않은 채 자신의 앞에 놓은 서찰을 손가락으로 튕겨 하린에게 날려 보내었다.

하린은 날아오는 서찰을 가볍게 낚아챘다.

"무림맹에서 온 서찰이다. 읽어 보거라."

하린은 서찰을 펴서 읽어 보았는데, 표정이 순간순간 변했다.

변하는 하린의 표정을 보고 모용진이 물었다.

"너의 생각을 듣고 싶구나."

하린은 서찰에 적혀 있는 내용을 모두 읽고 입을 열었다.

"정보가 정확하다면 제자가 생각하기에는 선제공격을 취하는 게 가장 좋은 방법이라 생각이 됩니다."

"이유는?"

하린이 오기 전에 이미 장로들과 나누었던 이야기들이다.

"먼저 오는 자들을 각개격파해서 놈들의 세력을 줄이는 것과 동시에 본 세가의 무사들의 사기가 올라갈 것입니다.

사기가 진작되면 앞으로 마교와 싸움이나 세가를 위협하는
다른 적들과의 싸움에서도 크나큰 도움이 될 것입니다.”

하린의 생각 역시 자신들과 별반 다를 것이 없음을 확인
하자 장로들은 서로 마주 보며 고개를 끄덕였다.

“하나 앞서 말했지만, 무림맹의 정보가 정확하다는 전제
가 깔려 있어야 합니다.”

모두의 시선이 다시 하린에게 향했다.

“만약 마교의 마인들이 흑산이 아닌 다른 곳이라면 본 세
가는 위험을 스스로 자초하는 결과가 될 것입니다.”

순간, 장내는 침묵에 잠겼다.

“마교로 인해서 무림맹의 입장이 우습게 되었으니, 보복
차원에서 거짓 정보를 알려 준 것일 수도 있습니다.”

하린의 충고에 모두는 왜 그 생각을 하지 못했을까 하는
자책을 했다.

하린의 말처럼 무림맹의 계획을 이쪽저쪽으로 생각해 보
는 것은 당연한 일이었다.

“그렇구나. 그럼 어떻게 했으면 좋겠느냐?”

“확인은 반드시 필요합니다. 만약 무림맹에서 보내온 정
보가 사실이라면 본 가의 어려움을 헤쳐 나갈 수 있는 큰 기
회가 되기 때문입니다.”

거짓 정보이든 진짜 정보이든 흑산으로 사람을 보낼 수밖
에 없다는 것이 하린의 결론이었다.

“제자가 혼자 다녀오겠습니다.”

“혼자서?”

“많은 인원이 움직이면 그만큼 기동력이 떨어집니다. 하지만 제자가 전력으로 움직이면 본 가에서 흑산까지는 한 시진이면 충분합니다.”

장로들은 한 시진이라는 말에 놀란 표정을 지었다. 세가에서 흑산까지는 세 시진에서 조금 늦게 움직이면 네 시진이 걸리는 거리였다.

무공을 익힌 자신들 역시 전력으로 달리면 못해도 두 시진 이상은 걸리는 거리였다.

‘초일류와 절정의 차이는 우리가 생각했던 것보다 더 크구나.’

순간, 모용진은 한 사람을 떠올렸다.

무림제일인이라고 말할 수 있는 마교주 만마존 악수비였다.

그는 초절정을 넘어 화경에 들어선 고수였다.

하지만 모용진으로서는 화경이라는 경지가 도대체 어떤 경지인지 감도 잡히지 않았다.

“만약 흑산에 놈들이 없더라도 제자가 세가로 돌아오는 시간이 얼마 걸리니 않으니…….”

장로들이 놀란 표정과는 상관없이 하린은 자신의 생각을 모두 이야기했다.

결국 이유에는 조금 차이가 있지만, 하린 혼자 흑산으로 보낸다는 의견에는 다를 것이 없었다.

"그래, 너의 이야기는 잘 들었다. 네가 오기에 앞서 우리 끼리 이야기를 나누어 보았다. 그리고 우리 역시 네가 혼자 흑산에 다녀오는 것이 가장 좋겠다는 의견을 모았다."

"그렇다면 제자가 신속하게 다녀오겠습니다."

하린이 고개를 숙이며 말했다.

"그래. 너에게 위험을 강요하는 것 같아 마음이 불편하지만, 한편으론 네가 나서 주니 마음이 든든하다. 하린아."

"옛!"

"흑산으로 가라. 만약 마교 놈들이 흑산에 모인다면 스스로 판단을 내려 적의 수를 줄일 수 있으면 그렇게 하라."

하린은 몸을 가늘게 떨었다.

"제자에게 모든 것을 맡겨 주시는 것입니까?"

"그렇다. 넌 누가 뭐라 해도 본 세가의 최고수가 아니더냐."

"감사합니다, 사부님! 무림맹의 정보대로 놈들이 흑산에 모인다면 제자가 확실하게 놈들의 수를 줄여 놓겠습니다."

"그렇다고 해서 처리하는 것이 능사는 아니다. 마교와의 싸움은 이번 한 번으로 끝낼 것이 아니니 말이다. 하린아."

"옛, 사부님!"

"흑산으로 가기 전에 나와 약조를 하나 해야 할 것이 있다."

"……?"

“너의 목숨을 아껴라. 십분 조심하고 또 조심하여야 한다. 결코 무리해서는 안 된다. 무사히 세가로 돌아오너라. 이건 가주로서의 명령이다.”

그 말에 하린은 그 자리에서 엎드려 절했다.

“제자, 결코 사부님의 걱정을 끼쳐 드릴 일은 하지 않을 것입니다. 그러니 심려 놓으십시오.”

하린이 사부인 모용진을 끔찍이 생각하는 건 세가전에 모인 모두가 알고 있었다.

그렇기에 방금 전 하린의 말에 다들 안심을 할 수 있었다. 모용진 역시 그런 제자의 모습에 더없이 기꺼운 마음이 드는 것이 당연했다.

‘고맙구나.’

◇　◇　◇

하린은 가주인 모용진의 명령을 받아 무장을 하고 홀로 세가를 떠나 흑산으로 향했다.

혹시 모를 마교인들과의 교전을 대비해서 모용진은 하린에게 세가의 기보인 천잠사로 짠 무복을 내어주었다.

천잠사로 짠 무복은 내공을 이용한 검기 아닌 이상 벨 수 없을 정도로 질긴 옷이었다.

천잠사로 짠 무복을 입은 하린은 몇 개의 여벌의 목숨을 얻었다고 해도 틀린 말이 아니었다.

196
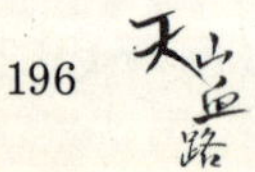

하린은 세가를 나와서 빠른 속도로 흑산을 향해 달려갔다.

마교가 언제 세가를 공격하러 올지 모르니 최대한 시간을 아끼기 위해서였다.

"흑산은 그리 높거나 넓지도 않으니 하루 이틀이면 전체를 다 살펴볼 수 있을 것이다."

흑산에 골짜기가 많다 해도 숨어 있는 사람들을 찾는 것은 하린에게 그리 어려운 일이 아니었다.

내공을 이용해 주위의 온도 변화를 살펴보면 근처에 있는 적들의 금방 찾아낼 수 있기 때문이었다.

하린은 세가를 나서자마자 힘껏 내달려 한 시진이 지나기도 전에 흑산 초입의 마을에 도착할 수 있었다.

작은 마을인 흑촌에는 허름한 객잔 하나가 있었는데, 이는 흑산을 넘어 심양으로 들어오는 보부상이나 상인들을 대상으로 장사를 하는 객잔이었다.

하린은 간단하게 배를 채울 요량으로 객잔 안으로 들어갔다.

허리에 검을 찬 하린이 객잔 안으로 들어오자 사람들의 시선이 하린에게로 향했다.

검을 찬 무인들을 종종 보는 상인들이었지만, 그들에게 있어 무인들이란 기피 대상이었다.

하린은 상인들의 그러한 시선에 익숙한지 발걸음을 옮겨 빈자리로 가서 앉았다.

"어서 오십시오. 바빠서 미처 마중을 하지 못했습니다.

손님, 뭘 드시겠습니까? 산골의 객잔이라 가능한 음식은 얼마 없습니다. 저희 객잔에서 가장 빨리 나오는 음식은 소면과 만두입니다."

점소이의 입장 역시 마찬가지였다.

상인들은 객잔에서 난동을 피워 봐야 욕설과 주먹다짐이 전부이지만 무인들은 난동을 피우면 기물 파손에 피바다를 만들어 버리기에 가능하면 빨리 먹고 갔으면 하는 바람이었다.

"소면과 만두 한 개. 그리고 나갈 때 가지고 갈 테니 만두 세 개를 싸 주시오."

자신이 원했던 음식들이 하린의 입에서 나오자 속으로 기뻐하며 점소이가 고개를 숙이며 말했다.

"알겠습니다. 잠시만 기다리십시오."

점소이가 주방을 향해 하린이 주문한 음식을 외쳤다.

작은 객잔이긴 해도 흑산을 넘어 심양으로 가는 길목에 있는 객잔이라 손님들이 끊임없이 들어왔다 나갔다를 반복했다.

"아이고, 어서 오십시오. 손님, 이쪽으로……."

점소이의 특유의 싹싹함으로 얼른 입구를 향해 달려가 손님들을 자리로 안내를 하는 점소이였다.

하린은 잠깐 그 모습을 보고 무언가 생각에 사로잡혔다.

'마교 놈들이 이곳으로 온다면 무림맹의 말대로 소수의 인원들이 시간 차를 두고 모일 것이 분명하다. 문제는…….'

고수들이 먼저 오느냐, 하수들이 먼저 오느냐였다.

기본적으로는 고수들이 먼저 올 거라 생각하겠지만, 실상은 그렇지 않았다.

고수들은 나름대로 자존심이 있기 때문에 하수들이 다 모인 후에야 모습을 드러내 존재감을 표출하려고 하는 경향이 있기 때문이다.

이런저런 생각을 하는 동안 음식이 나왔다.

하린은 음식을 천천히 먹었는데, 이는 오랜된 습관에서 비롯된 것이었다.

"요령 땅이 시끄럽구먼."

그때, 보부상인 듯한 사내 두 사람이 객잔으로 들어서며 대화를 나누는 것이 하린의 귀에 들려왔다.

"왜 아니겠는가. 이게 다 마교와 모용세가의 일 때문에 그런 것이 아니겠는가?"

두 사람은 자리에 앉아서도 마교와 모용세가의 일에 대해서 이야기를 나눴다.

"그래도 그렇지, 무림인들 간의 싸움으로 인해 우리가 피해를 입으니 그렇지. 이건 외란보다 더 심하니……."

상인들의 말이 틀린 것은 아니었다.

수년, 혹은 수십 년에 한 번 일어나는 외란보다 심심하면 벌어지는 무림인들 간의 싸움이 그들의 삶에 더 큰 피해를 주고 있으니 자연스레 불만이 가득할 수밖에 없었다.

"무림맹의 처사도 이해를 할 수가 없어."

“지들에게 도움이 안 되니까 버리는 거지. 말이 나왔으니 하는 말이지만, 무림맹에 붙은 상단을 보게. 무림맹의 힘을 믿고……."

“그나저나, 흑산을 넘어오다 먼발치에서 본 무사들은 모용세가와 관련은 없겠지?”

순간, 하린의 눈이 반짝였다.

무림맹에서는 마교인들이 흑산에 모일 것이라고 예상했다. 그리고 지금 상인들은 흑산에서 무인들을 보았다고 했다.

‘그렇다면 그들일 가능성이 높다. 놈들은 상인들이 자신들의 존재에 알았다면 결코 살려 두지 않았을 것이다. 그래, 먼발치에서 보았다고 했으니 고수보다는 하수일 가능성이 높다.’

만약 그들이 고수였다면 먼발치에서 보았다고 해도 상인들의 존재를 느끼지 못할 리가 없다는 생각이 들었다.

‘놈들의 수는 삼백에서 오백이라고 했다. 하수들이 끼었으니 아마 오백이 될 가능성이 높다.’

하린의 생각은 조금 깊어졌다.

“너의 판단에 적의 수를 줄일 수 있으면 그렇게 하라.”

문득, 사부님의 말이 떠올랐다.

‘놈들이 많이 모일수록 세가로서는 상대하기가 힘들어진

다. 얼마나 모였는지 모르겠지만, 그들 중에는 고수가 없
다.’

하린은 놈들의 죽여 최대한 수를 줄일 생각을 했다.

‘놈들은 먼 거리를 이동해 왔을 테니 지쳐 있을 것이 분
명하다. 그런 만큼 즉시 놈들을 제거하는 게 싸움을 유리하
게 이끌어 갈 수 있는 방법이다.’

하린은 생각을 정리하자마자 자리에서 일어났다.

식탁에 음식 값을 올려 둔 하린은 그 길로 곧장 흑산에
오를 생각을 한 것이다.

“손, 손님! 여기 만…… 두우우…….”

점소이가 부르기도 전에 하린의 모습은 이미 객잔에서 멀
어진 후였다.

“아씨, 내 이럴 줄 알았어. 하여간 무인이라는 놈들
은…….”

계산을 안 하고 간 줄 알고 욕지거리를 하는 점소이는 식
탁 위에 놓인 철전들을 보고 말을 바꾸었다.

“주문한 만두는 가지고 가지.”

흑산으로 올라간 하린은 상인들이 보았다는 무사들을 찾
아다녔다.

내공을 퍼뜨려 주위의 온도 변화를 비롯해 사람들의 기척
을 찾아내는 것에는 그다지 어려움이 없었다.

그렇게 상인들이 말한 무인들을 찾아 다닌 지 한 시진이

지나자 서른 명 정도의 무사들이 한곳에 모여 편히 쉬고 있
는 모습을 찾을 수가 있었다.

하린은 숨어서 놈들을 살펴보았다.

놈들에게서 마기가 아닌, 탁한 기운들이 느껴지는 걸로
봐서는 삼류 무사 아니면 이류 무사가 분명했다.

'탁한 기운이 마기로 변하기 직전이다. 놈들은 분명 마교
의 삼류 무사가 아니면 이류 무사들이다.'

하린은 깊이 심호흡을 하며 양손을 움직여 허리에 찬 검
과 도의 손잡이를 잡았다.

"속전속결!"

파앗!

결단도 빨랐지만, 행동은 더 빨랐다.

눈 깜짝할 사이에 마교인들 앞으로 쏘아져 나간 하린은
그들이 놀랄 틈도 없이 검과 도를 휘둘렀다.

이미 마교인이라 확신을 했고, 세가의 적이라 인식했기에
하린의 검에는 추호의 망설임도 없었다.

이는 아직 군역에서 제대한 지 얼마되지 않아 그 영향이
조금 남아 있어서였다.

군대란 본시 적이라고 판명되면 멸하는 것을 기본으로 하
는 집단이기 때문이었다.

"크아아악!"

편하게 쉬고 있던 마교인들의 입에서 비명이 터져 나왔
다.

갑작스러운 공격에 당황한 이들의 피해는 걷잡을 수 없이 커졌다.

정신을 차리고 적의 공격에 대응하기 위해서 검을 잡으려 했지만, 하린의 행동이 더 빨랐다.

"크아아악!"

절정고수의 검을 막기에 이들은 너무도 약했다. 서른 명의 무사였지만 하린의 기습에 순식간에 열 명의 무사가 당했고, 정신을 차리기 전에 또 열 명의 무사가 당했다.

남은 열 명의 무사가 대항하려고 검을 들었지만, 실력의 차이로 인해서 피를 뿌리며 속절없이 쓰러지는 마교의 무사들이었다.

채애애앵!

"네놈은 누구냐?"

한 무사가 하린을 향해 물었다.

"크아아악!"

하지만 무사에게 돌아온 것은 대답이 아니라 검이었다.

적과의 대화는 불필요하다는 것이 하린의 생각이었다.

어차피 죽이고 죽는 관계에서 만났기에 전장에서는 오직 칼만이 필요한 법이라 생각했기 때문이다.

남은 몇 명의 마교 무사가 하린을 향해 검을 휘둘렀지만, 옷깃조차 건들지 못했다.

하린은 그들의 검을 피하며 정확하게 빈틈을 노려 한 번에 한 명씩 목숨을 취했다.

그 결과, 채 일각도 흐르기 전에 서른 명의 무사가 피를
뿌리고 쓰러졌다.

하린은 마교의 무사들을 모두 쓰러뜨린 후에 주위를 둘러
보았다.

주변에 혹시 모를 다른 마교인들이 있을까 싶어서였다.
곧 아무도 없음을 확인한 하린은 내공을 일으켜 양손을 바
닥에 강하게 박아 넣었다.

푸우욱!

순식간에 땅속으로 팔꿈치까지 파고들어 갔다. 강하게 힘
을 준 것인지 두 팔이 부르르 떨렸고 얼굴이 붉어졌다.

크르르르릉!

모이기로 한 장소에 동료들이 죽어 있으면 분명 경계할
것이다.

그럼 자신의 일은 더욱 어려워지게 될 것이고, 세가 역시
위험을 겪게 될 테니 이들의 흔적을 지워야 했다.

쩌어어억!

이내 땅바닥에 균열이 가더니 일정한 크기의 땅이 파여졌
다.

순식간에 깊은 웅덩이가 생긴 셈이었다.

하린은 시체들을 발로 차서 모조리 웅덩이 속으로 넣어
버린 후에 그대로 흙을 덮어 버렸다.

그런 후에 위에 올라서 다리에 힘을 주자 지면보다 조금
높이 솟아 있던 땅이 아래로 조금씩 내려갔다.

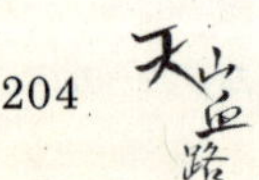

　그렇게 종전의 모습으로 되돌아온 땅을 보고 하린은 주위를 손질해서 최대한 흔적을 지운 후에 또다시 움직였다.

　마교인들이 흘린 핏자국들을 지우기 위해서였다. 물론 완벽하게 지울 수는 없겠지만, 대충 시간만 벌 수 있으면 된다는 생각으로 최대한 놈들이 흘린 피의 흔적들을 지워 나갔다.

　그렇게 흔적들을 지운 후에 하린은 조금 떨어진 곳으로 몸을 날렸다.

　나무가 우거진 곳으로 가서는 주위를 살피며 자신이 은신을 할 곳을 찾는 것이었다.

　하린은 문득 나무 위를 보더니 땅을 박차고 솟구쳐 올랐다. 그러더니 굵은 가지에 앉아 아래를 내려다보았다.

　나뭇가지들이 무성해서 아래서는 자신의 모습이 잘 보이지 않을 듯했다.

　자리를 잡은 하린은 지체없이 가부좌를 틀어 소모한 내공을 채우기 위해 운기에 들어갔다.

흑산 전투

빠르게 흑산을 오르는 이십여 명의 사내들.

적의를 입은 그들은 손에 한 자루의 검이 들려 있는 걸로 봐서 무인임이 분명했다.

선두에서 달리는 사람만이 흑의를 입고 있었는데, 그는 다른 이들에 비해 강해 보였다.

"이쯤에 표시가 되어 있을 것이다. 찾아보아라!"

"옛!"

흑산의 중턱에 다다른 이들은 나무들을 살폈다.

"여기 있습니다!"

한 무사가 외치자 이들을 인솔하던 사내가 그리로 가서는 나무를 살폈다.

앞서 올라간 이들이 남겨 둔 표시였다.

흑의를 입고 사내는 고개를 끄덕이며 나무에 표시된 방향으로 시선을 돌렸다.

"가자!"

"옛!"

무사들은 잠시도 지체하지 않고 다시 내달리기 시작했다.

하린은 나무 위에서 또 다른 마교 무사들이 다가오는 것을 지켜보고 있었다.

'마교 무사들이 몰려드는 시간 차이가 있다. 하지만 고수일수록 그 시간 차이는 줄어들 것이다.'

사방을 경계하는 마교인들을 보며 하린은 생각했다.

그때, 흑의를 입은 사내가 천천히 나무가 있는 곳으로 걸어가는 모습이 보였다.

하린은 눈을 좁혔다.

흑의를 입은 사내는 무엇인가를 발견한 듯 손으로 나무를 문질러 보는 것이었다.

"들킨 건가?"

흔적을 없앤다고 했지만, 완벽하게 지울 수는 없었다.

"사방을 경계하라!"

채애애앵!

흑의를 입은 사내의 외침에 무사들이 검을 빼 들고 사방을 경계했는데, 그 모습이 앞서 싸운 마교 무사들과는 비교할 수 없을 정도로 훈련이 잘되어 있는 듯 보였다.

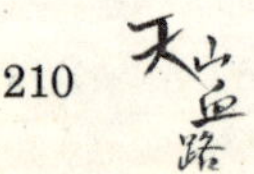

‘시간을 끌면 놈들이 계속해서 모여들 것이다. 저들의 수는 고작 스물! 흑의를 입고 있는 놈이 강해 보이지만 일류는 넘지 않을 것이다.’

하린은 그렇게 판단을 내리고는 천천히 양손을 허리로 가져갔다.

검과 도의 차가운 손잡이가 느껴졌다.

‘속전속결!’

출렁!

아래에서는 하린의 모습이 잘 보이지 않았지만, 나뭇가지가 출렁이는 소리에 마교 무사들의 시선이 위로 향했다.

쉐이이익!

하린은 나뭇가지의 반발력을 얻어 더욱 빠른 속도로 적들이 있는 곳을 향해 쏘아져 날아갔다.

“적이다!”

흑의인에 외침에 마교 무사들은 하린을 향해 몸을 돌려 검을 겨누었다.

하지만 하린은 그런 무사들의 모습에도 아랑곳하지 않았다.

운무질풍보를 밟으며 빠른 속도로 마교의 무사들을 향해 움직인 하린은 생각할 것도 없다는 듯이 검을 휘둘렀다.

채애애앵!

“흐윽!”

나뭇가지를 발판 삼아 체중을 실어 휘두른 검에는 내공을 사용치 않아도 막대한 힘이 실려 있어 이를 막는 마교의 무사들은 뒤로 물러날 수밖에 없었다.

하나 대비를 하고 있었기에 이들이라 먼젓번처럼 쉽게 목숨을 취할 수는 없었다.

"적이다! 쳐라!"

지휘자의 지시에 일사불란하게 움직이는 무사들이었다.

그 움직임을 보니 마교에 속한 문파에서 차출된 무사들임을 알 수 있었다.

팟팟팟!

말없이 작은 원진을 형성해 하린을 압박하는 이들이었다.

채애애애앵!

검과 검이 부딪치고, 검과 도가 부딪치며 불꽃이 일어났다.

지이이잉!

바로 그 순간, 하린의 검과 도 위로 무형의 기운이 피어올랐다.

츄츄츄츄!

그 상태로 하린이 검과 도를 휘두르자 무형의 기운이 사방으로 뻗어 나가며 마교인들을 압박했다.

검기와 도기였다.

검기와 도기를 사용하면 내공의 소모가 크다는 것을 알고 있지만 하린으로서는 선택의 여지가 없었다.

혈마전과 싸울 때와는 전혀 다른 싸움의 양상이었기 때문

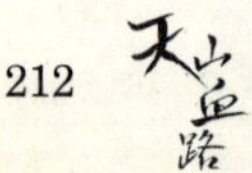

이다.

혈마전과의 싸움은 제한된 장소에서 한정된 인원을 상대하는 일이었고, 지금 흑산에서의 싸움은 한정된 인원이 아니라 시간이 흐를수록 늘어나는 인원을 상대로 해야 했기에 최대한 빨리 끝내고 자신도 휴식을 취해야 싸움을 유리하게 이끌어 갈 수 있었다.

자신이 이들보다 고수라고 해도 오랜 시간 동안 싸우게 된다면 인간인 이상 지치게 마련이고, 지치면 행동이 둔해진다.

그럼 결국 자신도 당할 수밖에 없는 것이다.

그렇기에 최대한 빨리 이들을 쓰러뜨린 후에 휴식을 취해야 했다.

"크아아악!"

무형의 기운이 사방으로 뻗어 나가며 마교 무사들을 쓰러뜨렸다.

일반적으로 검기는 같은 검기나 보검으로밖에 상대할 수 없기에 맹공을 하던 마교 무사들로서는 주춤거릴 수밖에 없었다.

그들이 능동적에서 수동적으로 변하자 그 기회를 틈타 하린이 마교 무사들의 생명을 빼앗았다.

"검을 부딪치지 말고 피해라!"

수하들이 쓰러지는 모습을 본 흑의사내가 소리쳤다.

"이미 늦었다!"

하지만 이미 수동적으로 변한 마교의 무사들은 하린의 검기와 도기에 저항 한 번 제대로 하지 못하고 그 자리에서 피를 뿌리고 쓰러져야 했다.

"빌어먹을!"

분명 자신에게 유리하게 싸움이 진행되고 있지만 하린의 입에서는 거친 욕지거리가 나왔다.

최대한 빨리 처리한다고 검기와 도기를 사용해 적들의 수를 줄였지만, 이들을 다 죽이기도 전에 다른 자들이 오고 있는 것을 느꼈기 때문이다.

'이것도 차륜전(車輪戰)이라면 차륜전인가?'

분명 자신이 선공을 했지만 흘러가는 모양새가 마교의 무사들이 자신을 죽이기 위해 차륜전법으로 계속해서 무사들을 보내는 것 같아 입에서는 자신도 모르게 실소가 흘러나왔다.

"상관없다. 세가를 노린 자는 그 누구도 살려 둘 수 없음이다."

잠시 후.

수십 명의 마교 무사들이 하린이 싸우고 있는 장소로 달려왔다.

그들은 동료들과 싸우고 있는 하린을 보자마자 검을 빼들어 싸움에 끼어들었다.

동료와 싸우는 상대이니 적이 분명했다. 일단 적이라고

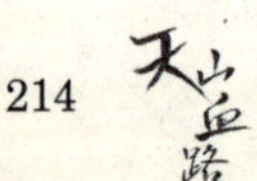

판단이 되었으니 먼저 쓰러뜨린 후에 그 이유를 알아봐도 상관이 없었기 때문이다.

유리하던 전투가 새로운 무사들의 개입으로 인해서 잠깐 주춤했지만, 이들 역시 그리 고수들은 아닌지라 곧 하린이 다시 승기를 잡을 수가 있었다.

'최소 삼백 명이다. 그들이 다 모일 때까지 검기와 도기를 유지할 수는 없다. 일단 검기와 도기의 사용을 자제하고 놈들을 유인해서 잡는다.'

판단과 함께 하린의 검과 도에서 무형의 기운이 사라졌다.

동시에 하린은 빠르게 뒤로 물러나며 놈들의 공격권에 멀어지더니 양손에 들고 있는 검과 도를 움직여 작은 나무들을 향해 휘둘렀다.

쩌어어억!

"피해라!"

나무들이 한 번에 잘려 나가며 쓰러졌는데, 그 방향은 마교 무사들이 있는 곳이었다.

파아아앗!

마교 무사들이 사방으로 흩어지며 쓰러지는 나무를 피하자, 하린은 그 기회를 놓치지 않고 놈들을 향해 움직였다.

"크아아악!"

모여서 합공을 하는 적들로부터 전투를 유리하게 이끌어 나가기 위해 주변의 환경을 적절하게 이용하는 하린이었다.

군역에 있을 당시, 은신과 침투, 암살을 목적으로 받은 훈련들이 많은 도움이 되었다.

하린은 다시 양손에 쥔 검과 도를 교차해 휘둘렀다.

휘리리리릭!

그러자 쌍룡선풍검의 위력이 여실히 드러났다. 쓰러지는 나무들을 피해 한데 모인 마교 무사들은 검풍으로 인해서 눈을 제대로 뜰 수가 없는지 빈틈을 보였다.

하린은 그 빈틈을 놓치지 않고 정확하게 그들의 목숨을 취했다.

“크아아악!”

팟팟팟!

놈들을 모두 베어 버린 하린은 지체없이 그 자리를 피해 다른 무사들의 공격을 피했다.

“쫓아라!”

하린은 운무질풍보를 사용해 그 자리를 피해 달아났다. 아니, 사실은 그들을 유인하는 것이었다.

무공이 다 같은 수준은 아닐 테니 경공술에 뛰어난 놈들이 먼저 앞으로 나올 것이란 계산에서였다.

하린의 계산대로 몇 명의 무사들이 앞으로 치고 달려 나왔다.

달려가던 하린의 검에 다시 무형의 기운이 감돌더니, 순간 몸을 돌려 앞서 나온 자들을 향해 횡으로 휘둘렀다.

슈아아아앙!

쫓아오는 이들은 본능으로 위험을 느끼고 흩어졌고, 하린

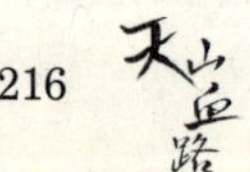

은 그런 놈들을 향해 다시 쇄도해 도와 검을 움직여 놈들의 생명을 취했다.

"크아아악!"

쉐이이이익!

그때, 몇 개의 비수가 하린의 전신 요혈을 노리고 날아왔다.

'다른 자들인가?'

하린은 날아오는 비수들을 보고 또 다른 마교의 무사들이 합류했다는 사실을 느낄 수 있었다.

채애애애앵!

검과 도를 교차에 비수들을 모두 쳐 낸 하린은 잠깐 동안 숨을 돌렸다.

"놈이 지쳤다! 잡아라!"

그 모습에 마교의 무사들은 파상공세를 펼쳤다.

하린은 최대한 힘을 아끼며 공격을 피하는 데 주력하며 적의 방심을 이끌어 내었다.

쉐이이이익!

다시 비수들이 날아들었다.

하린은 땅을 박차며 나무 위로 솟구쳐 올라 나뭇가지 위로 내려섰다.

스르르르륵!

하린의 몸무게에 이기지 못한 나뭇가지가 아래로 내려오며 휘어졌고, 살짝 힘을 빼자 나뭇가지가 튕겨져 위로 솟구쳤다.

　하린은 나무가 튕겨져 오를 때의 반발력을 얻어 쫓아오는 놈들의 너머에서 비수를 던지는 마교 무사들을 향해 단숨에 날아갔다.

　"놈을 견제하라!"

　쉐이이익!

　사방에서 각종 암기와 비수들이 하린을 향해 쏟아졌다.

　휘리리리리링!

　하지만 하린은 양팔을 벌린 체 그대로 몸을 회전시키며 자신을 향해 날아오는 암기와 비수들을 쳐 내었다.

　쉐이이이익!

　쌍용선풍검을 극성으로 펼친 하린의 검과 도에서 바람의 칼날들이 만들어져 비수와 암기를 던지는 자들을 향해 쇄도해 나갔다.

　"크아아악!"

　앞을 가로막는 그 무엇이든 베어 버리는 바람의 칼날은 암기를 던진 자들의 몸을 두 동강 내어 버렸다.

　팟팟!

　하린은 땅으로 내려선 후에도 곧장 달렸다.

　그의 신위에 놀라고 있는 상대를 향해 달려가 가차없이 검을 휘둘러 또다시 그들의 목숨을 취했다.

　"크아아악!"

　"죽어라!"

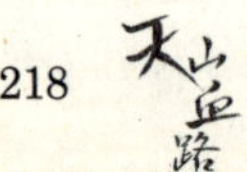

쫓아오는 자들 역시 하린에게 다가와 공격을 해 왔다.

그러나 하린은 그런 자들의 검을 막고 한 점의 망설임도 없이 도를 움직여 목을 단숨에 베어 버렸다.

"모여서 공격하라!"

"이미 늦었다."

하린은 마교인들이 모이지 못하게 나무들을 잘라 흩어 놓고 한 명씩 처리해 수를 줄여 나갔다.

마교 무사들과의 전투는 한 시진이 되어서야 끝이 났다. 계속해서 늘어나는 마교 무사들로 인해서 그 시간이 길어진 것이다.

"헉헉, 헉……!"

하린은 숨을 급하게 몰아쉬며 마음을 안정시켰다.

한자리에서 싸워도 한 시진이면 체력적으로 많이 지칠 시간인데 흑산 전체를 무대로 움직이면서 싸웠으니 그 피로함이 두 배, 아니, 세배 이상이었다.

하린은 바위 위에 앉아 휴식을 취했다. 내공의 소모는 심했지만 결과적으로는 나쁘지 않았다.

정확하지는 않겠지만, 이번 전투로 마교의 무사 일흔 정도는 족히 벤 것 같았다.

"이제 사백이 조금 더 남았군."

자신이 죽인 것보다 남은 수가 더 많았고, 앞으로 죽여야 할 적들이 더 많았지만, 하린은 상관치 않았다.

"오백이라고 해도 다수의 삼류와 이류의 구성 비율이 높을 것이다."

일류나 초일류 무사들의 수가 적을 것이라 판단을 내린 하린은 이런 식으로 싸워 적의 수를 줄인다면 자신이 당하는 일은 없을 것이라 생각했다.

문제는 소모한 내공을 얼마나 빨리 보충하고 휴식을 통해 체력적인 안배를 하느냐였다.

"군에서 인간의 한계를 넘나드는 훈련을 거친 덕분에 나도 모르게 큰 성장을 이루었어."

군에서는 육체적인 수련도 그렇지만 정신적인 수련도 중요시 여긴다.

특히 군 특무대라 할 수 있는 밀영단은 암습, 염탐, 인질 구조 등 다소 위험한 임무를 수행하여 언제든지 적에게 사로잡힐 수 있기에 군사 기밀 등의 중요한 정보들을 발설하지 않기 위해서 따로 정신력과 인내력 훈련을 받는다.

하린 역시 군에서 그러한 훈련을 받았는데, 그때의 경험이 지금에 와서는 너무도 큰 도움이 되었다.

하린은 지금 최대한 편안한 자세를 취해 육체적인 피로를 풀고 있는 중이었다.

"고수는 나중에 나타날 것이다. 문제는 이곳에서 일어나는 일이 그들의 귀에 들어가지 않아야 한다는 것이다."

산으로 들어선 자들은 모두 죽여야 했다. 그렇지 않으면 이곳에서 일어난 일이 그들의 귀에 들어갈 것이고, 그들은

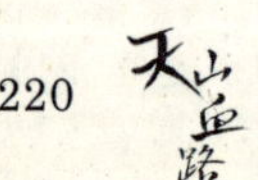

예정했던 것보다 더 빨리 흑산으로 올 것이다.

그렇게 되면 세가와 마교와의 결전은 불가피하게 된다.

"최대한 수를 줄인다. 오백이라고 해도 다 싸울 필요는 없다."

이렇게 수를 줄이다 보면 결국 마교 무사들은 천산에 있는 마교에 증원을 요청하거나 되돌아갈 수밖에 없을 것이라 생각했다.

다시 무사들을 모아서 오려면 그만큼 시간이 걸리므로 세가에서는 충분히 대비를 할 수 있을 것이다.

"혈마전이 삼백이었다. 삼류와 이류의 구성 비율이 높았지만, 지금 이곳으로 오는 자들 역시 마찬가지다."

혈마전의 무사가 삼백이었으니 흑산으로 들어오는 자들의 수를 삼백 이하로 떨어뜨리면 마교로서는 다시 생각하게 될 것이라 여겼다.

그렇게 생각을 하던 중 하린은 인상을 썼다.

또 다른 무리가 다가오는 것이 느껴진 것이었다.

"확실히 고수들은 늦게 온다."

생각한 것처럼 갈수록 고수들의 비중이 많아졌지만, 자신에게 비하면 아직은 턱없이 부족한 자들이었다.

하린은 자리에서 일어나 그들이 오는 방향을 향해 시선을 돌리고는 긴 호흡을 했다.

"휴우우우우우."

하수들이라고는 하지만 저들의 칼에 맞으면 자신 역시 부상을 당하기는 마찬가지다.

절정의 단계에 있는 자신이었지만 전투를 하기 전에는 언제나 이렇게 긴장이 되었다.

하린은 호흡으로 심신을 안정시킨 후에 왼손에 차고 있는 모용한옥선을 빼 다가오는 적들을 향해 던졌다.

좌라라라라락!

모용한옥선이 펼쳐지며 부채 특유의 회전을 하면서 날아갔는데, 앞을 가로막는 그 무엇이든 주저없이 베고 지나갔다.

“크아아악!”

곧이어 비명과 함께 웅성이는 소리가 들려왔다.

“막아라!”

눈에 보인다고 다 막을 수 있는 것이 아니듯 모용세가의 삼대기보 중 하나인 모용한옥선이 그러했다.

검과 도를 들어 막으면 그대로 병기를 갈라 버리고 몸을 베어 버리는 것이었다.

파앗!

적들이 혼란에 빠진 것을 느낀 하린은 곧장 땅을 박차고 쏟아져 날아갔다.

질풍노도!

하린은 직선으로 내달리며 좌우에 있는 적들을 향해서 검과 도를 휘둘렀는데, 그 모습이 마치 성난 파도와 같았다.

“크아아악!”

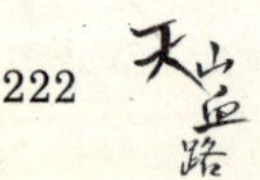

하린이 적들의 사이를 관통했을 땐 이미 이십여 명의 마교 무사들이 쓰러진 후였다.

모용한옥선의 위력이 여실히 드러난 셈이었다.

"웬 놈이냐!"

앞서 흑산에 도착한 동료들이 쓰러졌다는 상황을 모르는 이들이었기에 한 명이 나서서 하린을 향해 물었다.

하린은 아무런 대답도 없이 그저 검과 도를 교차해서 휘두를 뿐이었다. 대답할 시간에 한 명이라도 더 죽이는 것이 이익이기 때문이다.

쌍룡선풍검의 마지막 초식인 쌍룡회류비천검(雙龍回流飛天劍)이었다.

두 마리의 용이 서로 몸을 교차하며 하늘로 승천하는 모습을 떠올려 만든 초식.

하린의 검과 도가 교차하는 속도가 빨라질수록 검풍과 도풍이 강력해져 갔다.

휘리리리링!

마치 사막의 용권풍이 불어 닥치는 것처럼 주위의 나무들이 크게 흔들렸다.

작고 어린 나무들은 검과 도에서 일어나는 강력한 바람을 이기지 못하고 뿌리째 뽑혀져 날아갔다.

"뭐야!"

갑작스러운 강풍에 눈을 제대로 뜨지 못한 마교 무사들은 몸을 웅크리며 눈을 감았다.

그리고 그것이 이들의 가장 큰 실수였다.

휘리리리링!

하린은 눈을 재대로 뜨지 못하고 몸을 웅크리고 있는 마교 무사들을 향해 곧장 몸을 움직였다.

"크아아악!"

다시 한 번 하린의 학살이 시작되었다.

"하린이는 괜찮겠습니까?"

하린을 혼자 보내는 것이 가장 좋은 방법이라 생각하긴 했으나 걱정이 되는 것은 어쩔 수가 없었다.

그 혼자만을 사지로 보낸 듯해서였다.

"걱정할 것 없다. 내가 아는 하린은 자신이 한 말은 꼭 지키는 아이다. 그 녀석은 무모하게 적들과 싸우려 하지 않을 것이다."

모용진이 확신을 담아 말했지만, 총관과 총사를 비롯한 모용세가의 장로들은 여전히 불안한 마음이었다.

"하린에 대한 걱정은 그만두고 방계의 아이들과 직계의 아이들에게 무공을 가르치는 데 충실히 하라. 이번 기회에 방계와 직계의 구분을 없애고 저들에게 세가의 진산절예를 가르쳐라."

"하지만 형님……."

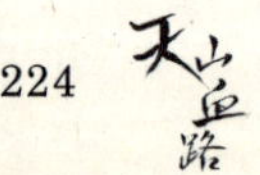

"그렇게 하라. 저들 역시 나름대로의 계산이 있으니 세가를 돕기 위해 왔겠지. 하지만 와 준 것만 해도 어디더냐. 저들에게 세가의 진산절예를 가르쳐 주고, 또 저들의 본 세가의 무사들로 영입하여라."

장로들는 모용진의 생각에 모두 동의하지는 않았지만 지금 당장은 그의 뜻에 따르기로 했다.

최소한 어려운 상황에 처한 세가를 외면하지 않은 저들에게는 그만한 보상을 주어야 마땅하다 생각해서였다.

"그리고 진철에게 방계의 아이들로 구성된 무력단을 하나 만들라 하고 대주의 자리를 주어라."

"진철이에게 말입니까?"

"그래. 그도 이제 한 단체를 이끌 나이가 되지 않았느냐. 그동안 수련도 게을리하지 않았으니 충분히 그 역량이 될 것이다."

"옛!"

"위기를 기회로 삼아 더욱 단결된 모습으로 우리 모용세가는 다시 태어날 것이다. 저들이 우리를 오랑캐라 하지만 우리의 피에는 위대한 왕조의 피가 흐르고 있음을 결코 잊지 말아야 할 것이다."

하린은 급하게 도망치고 있었다.

그리고 오십은 족히 넘어 보이는 이들이 그의 뒤를 쫓고 있었다.

계속되는 싸움으로 인해 쌓인 피로와 시간이 흐르면 흐를수록 늘어나는 고수들과의 싸움으로 인해서 지금 하린은 체력이 떨어진 상태였다.

쫓아오는 이들과 싸워 이길 수는 있겠지만, 눈앞에 보이는 이들이 전부가 아니었다.

아직 초일류 고수들과 절정고수들은 나타나지 않았지만, 이미 일류 고수 몇 명이 나타났고, 그로 인해서 피로를 느껴서였다.

무림 고수들은 등을 보이고 도망치는 것을 수치라고 여기지만, 하린은 그렇지 않았다.

살아남아야 복수도 할 수 있는 법이었다.

자신의 명예보다는 세가와 가족들이 우선이었다.

검에는 눈이 없다.

고수라고 해서 검에 상처를 입지 않는 것은 아니다.

아무리 초절정의 고수, 아니, 화경, 현경의 고수라 해도 검에 베이면 상처를 입는 것은 당연지사다.

자신 혼자라면 부상을 입어도 계속 싸우겠지만, 하린은 그렇지가 않았다.

혈마전과의 싸움과는 또 달랐다.

그때는 련 매와 혁 소제의 복수만을 생각했지만, 지금은 모용세가의 안전까지 생각해야 했다.

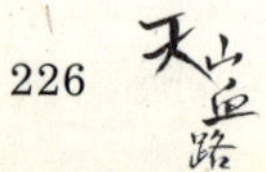

지금 자신은 세가에 모인 식구들의 목숨을 책임져야 했다.

그렇기에 목숨을 아껴야 했다.

마교의 입장에서 보면 열 번 싸워 아홉 번을 지고 한 번을 이기면 되는 싸움이지만, 모용세가의 입장에서는 열 번을 싸워 열 번을 다 이겨야 하는 싸움이었다.

물론 그렇다고 해서 하린은 지금처럼 무작정 도망칠 생각은 없었다.

숨을 한 번 돌릴 시간만 있으면 된다. 그리고 그 시간이 지나면 자신을 쫓아오는 이들은 흑산의 차가운 바닥에 쓰러져 있을 것이다.

"놈의 발을 묶어라!"

쉐이이이익!

활을 든 무사들이 달려가며 화살을 쏘았는데, 모두가 한 치의 빗나감도 없이 도망치는 하린을 목표물로 향해 날아갔다.

팟팟팟!

하린은 뒤에서 빠른 속도로 화살이 날아오는 것을 느끼고는 주위의 나무를 박차고 허공으로 솟구쳐 올랐다.

턱, 턱, 턱, 터어어어억!

화살들이 하린이 달려가던 바닥에 떨어져 박혔다.

하지만 나무 위로 솟구쳐 오른 하린은 나뭇가지를 밟고 다른 나무의 가지가 있는 곳까지 도약해 이동한 뒤였다.

팟팟팟!

마교의 무사들은 포기하지 않고 하린을 계속 쫓았다.

고수들은 하린과 같은 방법으로 나뭇가지를 밟아 뒤를 쫓았고, 하수들은 땅으로 달려 뒤를 쫓았다.

하린은 자신의 뒤를 쫓아오는 무사들을 보고 엷은 미소를 지었다.

그런 뒤 검을 살짝 늘어뜨려 나뭇가지를 베며 이동했다.

뿌지지직!

그와 같은 사실을 알지 못한 마교 무사는 나뭇가지를 밟는 순간, 그대로 추락했다.

팟팟팟!

무사는 떨어지면서도 임기응변으로 몸을 돌려 다른 나뭇가지를 밟고 다시 허공으로 솟구쳐 올랐지만, 그러는 사이 하린과의 거리는 조금 더 벌어졌다.

"쏘아라! 놈이 전진하지 못하도록 하라!"

쉐이이이이익!

화살들이 하늘로 치솟더니 곡선을 그리며 하린이 도망치는 곳의 앞쪽으로 떨어졌다.

그로 인해 하린은 결국 나아가던 방향을 바꿀 수밖에 없었다.

하린은 잠깐 당황한 듯 멈칫하다가 다시 곧장 속도를 내며 좌로 내달렸다.

그 모습에 마교의 무사들은 속도를 더욱 끌어 올렸다.

228 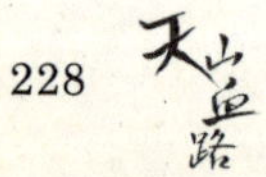

상대가 당황하고 있을 때 몰아붙이는 것은 병법에서 가장 기본이 되는 내용이었다.

"쫓아라!"

하린은 자신의 뒤를 빠르게 쫓아오는 마교 무사들을 느끼고는 양손의 검과 도를 힘껏 움켜쥐었다.

무공에서 내공은 상당히 중요한 부분을 차지한다. 무공이 엇비슷하더라도, 초식의 정교함을 가지고 있더라도 내공에서 차이가 나면 불리한 것은 당연지사!

절정고수와 일류 고수의 내공이 같을 수는 없는 법이다.

하린이 노린 것은 바로 그것이었다.

자신이 속도를 올리면 상대 역시 속도를 올릴 것이고, 그럼 그만큼 체력적인 소모와 내공의 소모를 가져오게 될 것이다. 이는 세 살배기 아이도 알 만한, 흔한 계략이었다.

그럼에도 마교의 무사들이 하린의 계략에 넘어간 것은 동료들의 죽음으로 인해서 이성을 잃은데다, 동료들의 원수를 갚을 수 있을 것이란 생각에서였다.

그들은 화살로 앞을 막으며 필사적으로 하린의 뒤를 쫓았다.

그에 따라 하린은 조금씩 속도를 줄였다. 상대가 보기에는 몹시 지친 듯한 모습이었다.

"놈의 내공이 바닥났다! 가서 놈을 찢어 죽여라!"

마교 무사들은 순간적으로 속도를 올려 하린의 뒤로 바짝 따라붙었다.

하린의 뒤에 바짝 붙은 자가 하린을 죽일 수 있다는 생각에 검을 휘둘렀다.

"크아아악!"

하지만 결과는 정반대로 드러났다.

"여기까지 쫓아오느라고 고생 많았다."

하린의 달라진 기운에 마교의 무사들은 흠칫 놀라 발걸음을 멈추었지만, 이미 늦어 버린 뒤였다.

갑가지 기세가 돌변한 하린은 마치 굶주린 호랑이가 양 떼 속으로 뛰어든 것과 흡사한 모습이었다.

"크아아악!"

하린은 특별한 검식이나 무공의 초식을 사용하지 않았다.

군역을 통해서 익힌 실전 경험에 따라 빈틈을 노려 검을 휘두르는 것만으로도 이들을 상대하기에 부족함이 없던 것이다.

하린은 어느새 한 마리의 혈호가 되었다.

한 마리의 혈호가 마교 무사라고 하는 양들 틈에서 그들을 유린하는 것이었다.

쉐이이이이이익!

마교 무사들은 비수와 암기를 던져 하린을 어떻게 해 보려고 했지만, 그것은 단지 그들의 바람이었을 뿐이다.

"와아아악!"

하린의 입에서 사자후와 흡사한 소리가 터져 나왔고, 그로 인해서 마교인들은 몸을 움츠렸다.

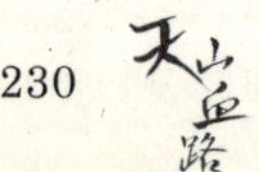

파아아앗!

하지만 하린은 한껏 도약해 몸을 움츠리고 있는 마교들의 머리와 어깨를 밟고 지나가며 지금껏 달려온 장소로 달려 나갔다.

“이…… 이…….”

불과 일각도 지나지 않았는데, 바닥에 쓰러진 마교 무사의 수가 삼십을 넘었다.

그들이 쓰러질 동안 손 한 번 써보지 못하고 당한 것에 남은 마교 무사들은 분노했다.

하린이 고수들을 피하면서 철저하게 하수들만 노려 살수를 사용했기에 그 피해가 더 컸다.

“쫓아라!”

팟팟팟!

또다시 시작되는 추격전이었다.

하린은 이번에도 도망을 치면서 주위에 자란 나무들을 걸리는 대로 베어 넘겨 자신을 쫓아오는 이들의 행동을 최대한 제약시켰다.

스르르륵— 쿠우우우웅!

나무들이 넘어지자 하린의 뒤를 쫓는 마교의 무사들은 속도가 줄어들 수밖에 없었다.

“빌어먹을!”

하린과의 거리가 점점 벌어지자 입에서 절로 욕지거리가 나오는 마교 무사들이었다.

하린은 마교 무사들의 욕지거리에도 전혀 신경 쓰지 않은
채 계속해서 나무들을 베어 넘기며 그들이 모이기로 한 장
소를 향해 달아났다.

목적지에 도착해 보니 십여 명의 마교 무인들이 있는 것
이 보였다.

말이 필요가 없었다.

하린은 모여 있는 그들을 향해 다짜고짜 검을 휘둘렀다.

푸른 기운을 머금은 유형의 기운들이 사방을 가득 메우며
모여 있는 십여 명의 마교 무사들을 향해 날아갔다.

콰아아아아앙!

거대한 굉음과 함께 사방으로 흩어지는 흙들과 작은 돌
덩이, 그리고 흙먼지가 자욱하게 피어올랐다.

하린은 주저없이 먼지들로 가득한 곳을 그대로 관통했다.

"크아아아악!"

처절한 비명이 울려 퍼진 후에 하린의 뒤를 쫓던 마교인
들이 자리에 도착했지만, 이미 하린의 종적을 놓쳐 버린 후
였다.

"이런……."

"빌어먹을……."

마교인들의 입에서는 또 한 번의 욕지거리가 쏟아졌다.

또 당했다.

그들로서는 이런 식으로 얼마나 당했는지 정확하게 알 수
가 없을 정도였다.

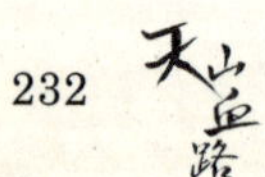

천산의 마교에서 오백의 무사가 모용세가로 향했지만, 과연 얼마나 무사히 이곳에 도착할지 아무도 모를 일이었다.

"이곳에서 기다린다."

"하지만 놈은……."

"놈도 지쳤을 것이다. 하지만 우리가 생각했던 것보다 더한 고수라면 우리는 놈의 계략에 끌려다니는 결과만 초래할 뿐이다."

모두는 말이 없었다.

"혈마전을 멸문시켰다는 그놈이 아니면 이런 대담한 짓을 벌이지는 못할 것이다. 그러니 우리는 이곳에서 혼세혈마님을 기다린다."

"옛!"

무리의 우두머리는 도착하는 동료들과 합류해서 놈을 기다리는 것이 더 바람직하다고 판단했다.

그로 인해서 아군의 피해를 줄이는 한편, 상대를 초조하게 만들 계획.

아군의 수가 늘어나면 늘어날수록 상대가 위축될 수밖에 없을 것이라 생각해서였다.

하린은 그 모든 것을 숨어 지켜보았다.

앞으로는 저들이 대비를 하며 자신을 기다릴 테니 섣불리 공격을 해서는 안 된다는 생각이 들었다.

"신중해야 한다. 이제는 이런 식의 공격으로 크게 효과를 볼 수 없다."

하린은 놈들의 생각을 읽었고, 이제 방법을 달리해야 한다고 생각했다.

"흑산에서 모용세가로 오는 길은 한 곳뿐이다."

하린은 놈들을 지켜보면서도 계속 생각했다. 어떻게 하면 놈들이 수를 최대한 줄일 수가 있을까 하는 생각을 하다 마침내 고개를 끄덕였다.

"함정을 판다!"

군인들이 즐겨 쓰는 함정을 만들기로 했다.

개인을 노린다면 별 효과를 얻지 못하지만, 단체를 노리기에는 군에서 쓰는 함정만큼 간단하고 편리한 것이 없었다.

비록 투박하지만 그 효율성은 최고였다.

"내가 앞서 소란을 일으킨다면 놈들은 주위에 큰 신경을 쓰지 못할 것이다."

첫
승리

첫
승리

“이게 어떻게 된 일이냐?”

혼세혈마는 당황해하며 물었다.

오백의 무사가 천산을 떠나 흑산으로 왔는데 모인 수는 고작 삼백 명이 조금 넘었다.

“그것이⋯⋯.”

혼세혈마가 마교 무사 중 우두머리에게 이야기를 듣고 있으려니 어이가 없었다.

“한 놈에게 이백에 가까운 무사들을 잃었단 말이더냐? 지금 그 말을 내가 믿으라고 하는 소리인가?”

“사실입니다.”

“아무리 이류, 삼류라고 해도 이백에 가까운 무사들이 한 사람에게 당했다면 너 같으면 믿겠느냐?”

혼세혈마는 한 사람에게 당했다는 말에 화가 나기보다는 어이가 없었다.

절정고수인 자신도 이백 명의 무사와 싸운다면 쉽게 이길 수 있다고 장담할 수 없다.

이는 실력으로 이기지 못하는 것이 아니라, 시간이 흐를수록 내공의 수발이 부자연스럽고 육체적인 한계로 인해서였다.

"사실입니다. 놈은 치고 빠지는 작전으로 우리가 모이기 전에 각개격파를 시도했습니다. 그자의 그러한 계략에 본교의 무사들이 모두 당했습니다."

"각개격파?"

"그렇습니다."

혼세혈마는 눈을 좁혔다.

"놈의 정체는?"

"확실치는 않지만, 모용세가의 쌍룡선풍검을 사용한 것 같습니다. 또한 실전 경험이 많은 놈인지 주변의 환경을 적절하게 이용함과 동시에 효과적으로 본 교의 무사들을 치고 빠지며 유인해 수를 조금씩 줄였습니다. 분명 놈은 모용세가의 사람임이 틀림없습니다."

혼세혈마의 표정이 더욱 일그러졌다.

상대하기 가장 까다로운 자는 무공이 뛰어난 자도, 내력이 강한 자도 아니었다.

실전 경험이 많은 놈이 상대하기 가장 까다로운 자였다.

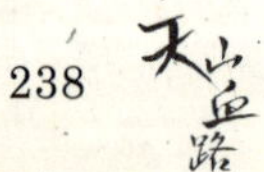

실전 경험이 많은 자는 검을 맞대 보기 전에는 실력을 알 수
없다.

비슷한 실력, 혹은 한 수 아래의 실력이라고 해서 섣불리
검을 빼었다가 실전 경험이 많은 상대라면 낭패를 당하기
십상이기 때문이다.

"실전 경험이 많은 놈이란 말이지? 그럼 이렇게 모인 이
후로는 공격해 오지 않았겠군?"

"그렇습니다. 놈은 큰 모험을 하지 않습니다. 몇 번이고
우리를 도발했지만, 확실한 기회가 아니면 노리지 않았습니
다. 그런 것을 보면 놈은 병법에도 제법 능한 듯했습니다."

혼세혈마는 상대하기 가장 까다로운 놈이라 생각하며 한
사람을 떠올렸다.

"그놈이겠군."

"네에?"

얼굴은 알지 못하지만 자신과 친한 혈마전의 전주 왕보악
과 그의 무사들을 벤 자일 것이라 확신했다.

"분명 혈마전을 멸문시킨 놈일 것이다. 네가 보기에는 놈
의 무공 수위는 어떻게 되어 보이더냐?"

"못해도 초일류는 되어 보였습니다. 하지만 혈마전주이신
왕보악 님을 해쳤다면 절정의 고수 중에서도 상급에 있는
자라고 봐야 할 것입니다."

절정이라는 말이 마음에 들지 않았지만 상대를 인정을 해
야 대처할 방법을 찾을 수가 있는 법이었다.

"그래. 절정이라고 다 같을 수는 없지."

절정의 단계에도 차이가 있었다.

입문의 단계이냐, 아니면 완숙의 단계이냐의 차이지만 그 차이는 상당히 큰 중요했다.

"그렇다면 최소한 나와 비슷한 수준이라고 생각하면 되겠군."

앞서 실전 경험이 풍부하다고 했으니 혼세혈마는 상대를 얕보지 않고 자신과 같은 수준에 놓고 생각했다.

"나와 같은 수준이라…… 그럼 이곳에서 시간을 오래 끌면 우리가 불리하겠군."

"하지만 막 도착한 무사들에게는 휴식이……."

"그래, 휴식이 필요할 것이다. 오늘 하루는 여기서 쉬고 내일 모용세가로 떠날 것이다. 저녁에 배를 든든히 채우고 최대한 편한 마음으로 휴식을 취하라. 그리고 너는 초일류 고수들을 편성해서 주변 경계를 서라."

"네에?"

흑의인은 이류, 삼류 무사들도 많은데 초일류 무사들이 경계를 선다고 하니 자신이 잘못 들은 것은 아닐까 하고 되물었다.

"경계를 철저히 서라. 놈은 오늘이 아니면 공격을 할 기회가 없다는 것을 알게 될 것이고, 그럼 무리수를 두어서라도 공격해 올 수도 있으니 말이야."

이미 이백 명에 가까운 무사들을 잃었다. 그러니 여기서

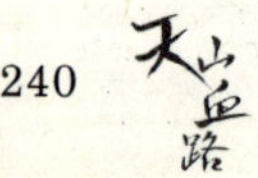

240

무사들을 더 잃게 되면 모용세가와의 싸움이 어떻게 될지
장담할 수 없게 된다.

"편하게 쉬어라."

하린은 숨소리조차 내지 않은 채 조금 떨어진 곳에서 이
를 지켜보고 있었다. 귀식대법을 펼쳐서인지, 아니면 거리
가 조금 떨어져 있어서인지 그 누구도 하린의 존재를 찾아
낸 이는 없었다.

"저 늙은이는 최소한 절정의 고수다. 혈마전주와 비슷한
수준이니 이기지 못할 정도 아니다."

이번에 합류한 늙은이를 제외하고는 그리 위협이 되는 자
들은 없어 보였다.

늙은이만 없다면 저들이 세가를 향해 쳐들어온다고 해도
세가의 담을 넘을 사람은 한 명도 없을 것이라는 생각이 들
었다.

"놈을 제거한다."

결심을 내린 하린은 혼세혈마를 이 자리에서 제거하기로
마음먹고는 하나의 도법을 떠올렸다.

참풍도!

바람을 가를 만큼 빠른 쾌도로, 모용세가의 건곤파섬검과
함께 무림에서도 일절로 알려진 도법이었다.

기회를 잡아 놈의 목을 치고 달아난다면 다른 이들은 충
분히 따돌릴 수 있을 것이라 생각했다.

또한 모용세가로 향하는 길에 여러 개의 함정을 만들어 놓았으니, 그곳에서도 많은 수를 줄일 수 있을 것이다.

"삼백이 조금 넘는다. 저들 중 백 명만 더 줄여도 놈들은 세가를 치러 오지 못할 것이다."

우두머리가 죽고 무사의 수가 줄어들면 놈들은 당황하게 될 것이라고 하린은 생각했다.

그럼 놈들은 세가를 치기보다는 마교에 연락을 취해서 원군을 요청하거나 혹은 다음 명령을 기다릴 것이라 여겼다.

하린은 집중력을 끌어 올려 혼세혈마를 죽이기 위해 모든 신경을 집중했다.

군부에서 적진 침투와 암살 등을 도맡아 하던 하린이었기에 기다리는 것에 익숙했고, 기회를 포착하는 데 능숙했다.

아무리 많은 사람들이 모여 있다고 해고 기회를 잡으면 단숨에 상대의 목숨을 취하는 것에 익숙하기도 했다.

하린은 호흡으로 자신의 마음을 다스린 후에 시선을 혼세혈마에게 고정시킨 다음 일거수일투족을 지켜보았다.

그러기를 얼마나 했을까?

혼세혈마의 주위에 있던 사람들이 하린의 시선에서 사라지기 시작했다.

물론 진짜로 그들이 사라진 것은 아니었다. 그만큼 집중을 하니 하린의 시선에 혼세혈마만 보일 뿐이었다.

하린은 이러한 현상을, 지금 자신의 눈으로 혼세혈마를 보고 있는 눈을 사안(死眼)이라고 불렀다.

하린의 시선엔 오직 혼세혈마와 하얀 공간만이 있을 뿐이었다.

그때부터는 혼세혈마가 점점 가까이 다가오는 것처럼 모습이 크게 보였다.

하린의 시선과 목표물인 혼세혈마의 거리가 일직선이 되었다는 뜻이기도 했다.

그렇게 조금씩 혼세혈마의 모습이 크게 보일 때!

파앗!

하린은 저도 모르게 혼세혈마를 향해 쏘아져 날아갔다.

어풍비행(於風飛行)이라 하는 최상승의 경공술을 사용해서 일직선으로 날아가던 하린은 혼세혈마를 향해 도를 휘둘렀다.

하린의 도에서 번쩍이며 빛이 터져 나왔지만, 주위로는 아무런 변화도 일어나지 않았다.

"놈이다!"

그때, 하린을 발견한 마교 무사들의 외침에 혼세혈마가 몸을 돌리며 경악스러운 표정을 지었다.

찰나였다.

무형의 기운이 손을 쓸 틈도 없이 자신의 목을 스치고 지나간 것이었다.

혼세혈마가 본 것이라고는 제법 먼 거리를 단숨에 줄여 날아오는 하린의 모습이 전부였다.

뚜욱, 데구루루루루루.

혼세혈마의 신형은 그 자리에서 서 있었지만, 머리는 어깨와 분리가 되어 바닥으로 떨어졌다.

뚜벅, 뚜벅.

그럼에도 머리가 떨어진 혼세혈마의 몸은 반응이 남아 하린이 날아오는 곳을 향해 완전히 돌아섰다.

한편, 하린은 목표물을 제거한 후에 더 생각할 것도 없다는 듯 옆의 나무를 박차며 방향을 바꾸어 달아났다.

"쫓아라!"

일부 마교 무사들이 하린의 뒤를 쫓았고, 남은 무사들은 지금 무슨 일이 벌어졌는지 분간을 할 수 없을 만큼 멍한 표정으로 서 있었다.

정말 눈 깜짝할 사이에 절정고수인 혼세혈마의 목이 떨어진 것이었다.

아니, 혼세혈마가 절정고수였다는 사실이 믿기지 않을 정도로 너무도 어이없게 목숨을 잃어버린 것이었다.

"크아아악!"

멀리서 메아리가 되어 들려오는 동료의 비명에 이들을 그제야 정신을 차렸다.

"혼세혈마 님!"

두 발로 굳건하게 대지를 밟고 있는 그였지만, 어깨 위에 있어야 할 머리는 바닥을 나뒹굴고 있었다.

마교 무사들이 그를 바닥에 눕히고 머리를 주워 와 원래 있던 곳에 가져다 놓았지만 이미 죽어버린 그가 살아 돌아

244

올 리 만무했다.

마교 무사들은 혼세혈마가 반항 한 번 하지 못하고 죽어버리자 두렵다는 생각마저 들었다.

"크아아악!"

끊이지 않고 메아리가 되어 들려오는 비명이 이들의 마음에 생긴 두려움을 더욱 부채질했다.

절정고수를 이토록 쉽게 죽일 능력을 가지고 있는 자를 상대해야 하는 일이었다. 그리고 모용세가 역시 상대해야 했다.

비록 모용세가가 오대세가에 들지 못하지만 그래도 요령성에서 가장 강한 문파였다.

그런 문파를 우두머리도 없이 자신들만이 공격하는 것은 볏짚을 지고 불속으로 뛰어드는 일이나 다름없었다.

"혼세혈마 님!"

밀려드는 두려움에 죽은 혼세혈마를 불러 보지만, 그는 여전히 대답이 없었다.

난전 속에서 우두머리가 죽으면 이런 두려움이 생기지 않겠지만, 제대로 싸워 보지도 못하고 이백에 가까운 무사가 죽고, 또 우두머리가 죽은 것이다.

"빌어먹을……. 쫓아간 녀석들은 왜 이렇게 안 오는 거지?"

놈을 쫓아간 초일류의 무인들이 꽤 시간이 흘렀음에도 돌아오지 않으니 불안은 더욱 가중되었다.

"크아아악!"

간간이 메아리로 들려오는 비명성은 남은 이들의 불안감
을 더욱 가중시켰다.

그렇게 한 시진이 지났을 때!

쉐이이익!

무엇인가가 바닥으로 떨어졌다.

"허억!"

그것은 다름 아닌 놈을 쫓아간 초일류의 무사들의 머리들
이었다.

더욱 경악스러운 점은 그들의 머리가 땅으로 떨어지면서
하나의 글귀를 만들어 낸다는 것이었다.

불귀(不歸).

아무도 돌아갈 수 없음을 뜻하는 말이었다.

마교의 하급 무사들은 내색하지는 않았지만 저마다 두려
운 기색이 만면에 가득했다.

그들이 동요하여 웅성이는 소리에 민감해진 조장들이 소
리를 쳤다.

"조용히 하라!"

"모여 있으면 놈이 공격해 오지 못할 것이니 안심하라!
사방으로 경계를 철저히 하라!"

동요하는 하급 무사들을 진정시킨 조장들은 한자리에 모
여 머리를 맞대었다.

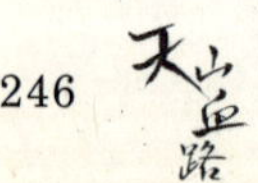

“어떻게 하면 좋겠소?”

책임자인 혼세혈마가 죽었고, 초일류의 고수인 각 조의 조장들 역시 십여 명이 당한 상태였다.

그리고 하급 무사들까지 치면 이백 명 가까이 목숨을 잃었다.

이미 기세가 꺾인 상태여서 이대로 모용세가로 쳐들어가기에는 문제가 많았다.

“우리들만으론 승산이 없소.”

“목숨이 두려운 것이오?”

“목숨이 두려운 것이 아니라, 이대로 가다간 개죽임당할 것이 빤한지라 그런 것이오.”

비록 시간 차를 두고 당하긴 했지만, 그래도 오백이나 되는 인원이 한 사람을 이기지 못하고 질질 끌려 다녔다.

그렇게 끌려 다니던 와중에 절정고수인 혼세혈마가 놈의 기습에 검조차 뽑아 들지 못하고 목이 잘리는 수모를 당했다.

한 사람도 제대로 이기지 못하는데 어떻게 모용세가를 상대하여 이길 수 있을까?

이건 불속으로 뛰어드는 부나방과 같은 어리석은 짓이나 다름없다고 생각해서였다.

“지부를 통해 천산에 보고를 한 다음 하북성으로 물러나 다음 명령을 기다리는 것이 좋을 것 같소.”

“나 역시 묵 조장의 생각에 전적으로 동의하오. 우리만으로는 절대 모용세가를 칠 수가 없소. 아니, 모용세가를 치기 전에 놈을 먼저 잡아야 하는데, 혼세혈마 님께서 당했으니 우리만으로 놈을 잡기란 불가능하오. 이대로 모용세가로 쳐들어가게 되면 우리는 양쪽에서 적을 맞이하게 될 것이오.”

“내 생각도 같소.”

몇몇 조장이 흑산에서 물러나 다음 명령을 기다리는 것이 좋겠다는 의견을 내놓았다.

“이대로 물러난다면 세인들의 웃음거리가 될 것이오. 보시오. 혼세혈마 님의 복수는 물론, 함께 죽어간 동료들의 복수를 해야 할 것이 아니오.”

그러나 다른 몇몇 조장은 이대로 물러날 수 없다는 의견을 내놓으며 자신들이 손으로 모용세가를 이 땅에서 지워야 한다고 주장했다.

두 의견이 대립하는 가운데, 많은 시간이 흘렀지만 딱히 좋은 방법은 나오지 않았다.

“하북으로 갔다가 언제 다시 이곳에 온단 말이오! 그리고 무림맹에서 우리를 가만히 놔두겠소?”

“하지만 저들을 보시오! 이미 바닥까지 사기가 떨어졌소! 두려움이 가득한 표정들이오! 저들을 데리고 모용세가로 갔다간 담도 제대로 넘어 보지 못하고 당할 것이오!”

“그럼 도대체 어떻게 하자는 말이오!”

“목소리를 낮추시오. 하급 무사들이 동요하고 있소.”

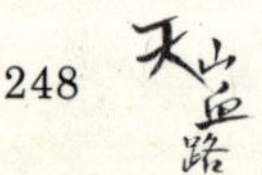

이런저런 이야기를 나누던 조장들은 결국 모용세가를 공격하기보다는 흑산에 머물면서 천산에 연락을 취하기로 결론을 맺었다.

자신들이 흑산에 있는 것만으로 모용세가에 크나큰 압박이 될 수 있을 것이라 생각하고 내린 결정이었다.

또한 흩어지면 틀림없이 놈이 공격해 올 것이니 이렇게 모여 있는 것이 한결 안전할 것이라 생각해서였다.

"준비가 되었으면 떠나도록 하시오."

혈마전이 온전했다면 그리로 가서 천산에 연락을 취하면 되겠지만, 이미 혈마전은 멸문당한 상태였다.

그밖에 요령성에서는 천산과 연락을 취할 수 있는 곳이 없기에 결국 하북성까지 내려가야 했다.

천산으로 연락을 취하기 위해서 몇 사람을 보낸다면 또다시 놈의 표적이 될 것이니 처음부터 놈이 쉽게 공격해 오지 못하게 많은 사람들을 보낼 생각이었다.

"다녀오겠소."

"그렇게 하시오."

하린은 마교의 무사들을 지켜보다 눈을 좁혔다. 많은 사람들이 한 번에 어디론가 이동을 하려고 해서였다.

"세가를 치려고 움직이는 것은 아니다."

백 명 정도가 움직였는데, 그 수로는 세가를 치기에는 절대 무리라는 것을 저들 역시 잘 알고 있을 것이다.

“그럼 마교에 연락을 취하기 위해서인가?”

세가가 있는 곳과 정반대 쪽으로 움직이는 것을 보니 그런 것 같기도 했다.

하린은 잠깐 동안 눈을 감고 생각에 잠겼다.

“마교에 소식이 늦게 전해질수록 세가에게 유리하다. 아니, 아예 전해지지 않는 것이 세가로서는 이득이다.”

생각을 정리한 하린은 감았던 눈을 떴다.

저들이 천산에 있는 마교로 연락을 하도록 내버려 둘 수는 없었다.

오백의 인원이 실패했다는 사실을 듣게 되면 마교에서는 더욱 고강한 고수들을 보내든지, 아니면 더 많은 숫자의 무사들을 보낼 것이다.

하린은 결심을 한 듯 두 주먹을 움켜쥐었다.

파앗!

그리고 순식간에 땅으로 꺼진 듯 사라지는 하린이었다.

하린은 어느새 흑산의 초입으로 내려와 있었다.

흑산의 초입은 다른 산과 달리 좁게 만들어져 있어 많은 사람들이 한 번에 다닐 수가 없었다.

마교의 무사들이 내려오기를 기다리며 하린은 깊은 호흡으로 마음을 다스렸다.

그럼에도 불구하고 긴장이 되는지 하린은 주먹을 쥐었다가 폈다를 반복했다.

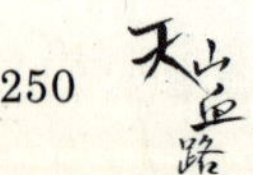

두두두두!

많은 인원이 움직이는 것이라 그런지, 땅의 울림이 전해져 왔다.

하린이 시선을 들어 흑산의 초입을 바라보자 마교 무사들의 모습이 보이기 시작했다.

"후우, 후우……."

스르르르릉!

양손에 검과 도를 빼 든 하린은 눈을 한 번 감았다가 떴다.

파앗!

그 순간, 산을 질주하는 한 마리의 호랑이가 된 하린이었다.

"크아아악!"

문답무용!

서로 적이라 인식하고 있으니 묻고 답할 필요가 없었다. 그저 서로를 죽이기 위한 칼부림만 있을 뿐이었다.

채애애앵!

마교 무사들 역시 하린을 향해 검을 빼 들고 공격을 해 왔다.

"빌어먹을!"

길이 좁은 터라 상대를 포위할 수 없음에 마교 무사들의 입에서는 욕지거리가 절로 나왔다.

하린은 지리적 이점을 살려 철저하게 앞선 적들만을 상대했다.

채애애애앵!

검과 검이 부딪치면서 불꽃이 일어났다.

"놈의 머리 위를 넘어가라!"

어떻게 해서든 하린의 뒤쪽으로 넘어가 포위를 하려고 했지만, 그걸 두고 보고만 있을 하린이 아니었다.

팟팟팟!

하린은 상대가 움직이는만큼 더 빠른 행동으로 뒤로 물러나 상대를 쓰러뜨린 후에 다시 앞으로 치고 나와서는 적들을 상대했다.

"크아아아악!"

마교 무사들의 수가 어느 정도 줄어들자 하린은 과감하게 적진으로 파고들었다.

어떻게 보면 자신을 보호하기 위한 행동이었다.

앞뒤로 움직이는 폭이 커지면 커질수록 체력 소모는 많아지기 마련이다.

그렇기에 체력의 소모를 최소화하기 위해서 행한 행동인 것이다.

적진으로 파고들어 간 바람에 포위는 되었지만, 그럼에도 좁은 흑산의 지형적 조건으로 인해서 자신을 공격할 수 있는 사람은 고작 네 사람에 불과했다.

채애애애앵!

카아아앙!

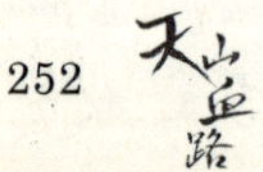

검신을 타고 흘러 내려가는 검이 상대의 손목을 잘라 버리고, 뒤이어진 도가 그대로 목을 날려 버렸다.

파아아앗!

사방으로 선혈이 흩뿌려지며 포위를 하고 있던 마교의 무사들의 얼굴에 쏟아졌다.

그로 인해 움찔하는 순간, 다시 하린의 검과 도가 움직였다.

"크아아아악!"

하린이 앞쪽에 있는 자들을 공격하자 뒤쪽에 있던 마교 무사들이 검을 찔러 왔다. 하지만 그 순간, 하린은 몸을 옆으로 비틀며 피하는 동시에 검을 휘둘렀다.

채애애앵!

휘리리리리릴!

자신의 목을 향해 횡으로 휘둘러지는 검을 보지도 않은 채 허리를 숙여 피한 하린은 앞에 있는 자의 심장에 검을 찔러 넣었다.

그런 뒤 도를 휘둘러 상대의 검을 쳐 내며 원심력을 이용해 발로 상대의 턱을 후려 차 버리고 다시금 뒤쪽의 적들을 상대했다.

"크아아악!"

피가 튀고 살점이 사방으로 흩어지는 치열한 싸움 속에서 마교 무사들의 수가 조금씩 줄어갔다.

하지만 그들의 수가 조금씩 줄어들수록 하린 역시 조금씩 지쳐 가고 있었다.

눈앞의 마교 무사들을 쓰러뜨려도 뒤쪽에서 계속해서 충원이 되었지만, 하린은 신경 쓰지 않았다.

어차피 이들을 다 죽이기 위해서 모습을 드러내었으니 말이다.

채애애앵!

퍼어억!

검을 막은 뒤 발로 힘껏 복부를 걷어차 버리자 마교 무사가 뒤로 날아가며 다른 자들과 부딪쳐 함께 넘어졌다.

"이…… 이이이……."

마교 무사들을 이끄는 조장의 이가 절로 갈려 왔다.

백 명이나 되는 인원이 고작 한 명을 이기지 못한다는 것에 화가 난 것이다.

"뭣들 하나! 놈은 혼자다! 한 번에 밀어붙여라!"

소리를 치며 수하들을 재촉했지만 결과는 변하지 않았다.

"크아아악!"

"이노옴!"

또 한 명의 무사가 쓰러지자 조장은 노성과 함께 하린을 향해 검을 앞으로 뻗으며 공격해 나갔다.

하린은 그런 조장의 검을 스치듯 흘려낸 뒤, 보지도 않은 채 오른손에 들고 있는 검을 휘둘렀다.

스걱!

조장의 목이 어깨에서 분리되어 허공으로 솟구쳐 올랐다.

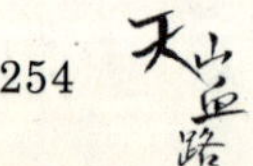

하지만 하린은 그런 것에 신경 쓰지 않고 계속해서 적을
향해 검과 도를 휘둘렀다.

"으윽!"

하수의 검이라도 베이면 상처를 입기 마련이고, 여차하면
죽을 수도 있는 것이다.

다행히 천잠사로 짠 옷을 입고 있어 부상을 당하지는 않
았지만, 검이 몸을 때리는 충격은 여실히 전해졌다.

"이때다!"

이류, 삼류라 해도 무인은 무인이었다.

빈틈을 노리고 공격해 오는 이들의 모습은 마치 무리를
지어 사냥감을 노리는 늑대와 흡사했다.

하린은 검과 도를 교차해서 강력하게 휘둘렀다.

휘리리리링!

순간, 강력한 검풍이 일어나며 공격해 오는 적들을 밀어
내었다.

쌍룡선풍검의 위력이 여실히 드러난 것이다.

강력한 검풍으로 인해서 가까이에 있는 마교인들은 눈조
차 제대로 뜨지 못했다.

파아앗!

그런 기회를 놓칠 하린이 아니었다.

"크아아악!"

한차례의 위험은 있었지만, 잘 극복해 낸 하린은 전투의
분위기를 다시 자신이 주도할 수 있게 되었다.

주춤거리는 마교의 하급 무사들을 보며 하린의 입가에 엷은 미소가 지어졌다.

그 미소가 너무도 싸늘하게 느껴져 마교의 하급 무사들은 움찔하며 검을 세워 들어 경계를 했다.

하린은 왼손을 빠르게 앞으로 휘둘렀다.

차라라라락!

그러자 왼손에 차고 있던 모용한옥선이 펼쳐지며 마교의 하급 무사들을 향해 날아갔다.

모용한옥선은 마치 살아 있는 생명체처럼 회전을 하며 상대의 목숨을 취했다.

"크아아악!"

검으로 막으려 해도 소용이 없었다.

순식간에 십여 명의 생명을 빼앗고 하린에게 돌아오는 모용한옥선.

하지만 하린은 손으로 잡기보다는 몸을 돌리며 발을 들어 뒤쪽으로 차 버렸다.

그러자 날아오는 속도보다 더욱 빠르게 뒤쪽에 있는 적들을 향해 날아간 모용한옥선은 다시 한 번 마교 하급 무사들의 목숨을 취했다.

팡팡팡팡!

하린은 모용한옥선으로 인해 주춤거리는 하급 무사들을 향해 뛰어 들어가 검을 휘둘렀다.

채애애애애앵!

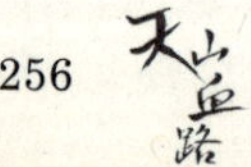

상대가 검을 막자 발로 가슴을 후려 차고 다시금 앞으로 움직이며 도약해 검을 강하게 내려찍었다.

머리에서 사타구니까지 일직선으로 검상이 생기면서 피가 사방으로 흩어졌다.

좁은 입구로 인해 행동의 제약을 받는 마교의 하급 무사들은 하린의 공격에 속수무책으로 당해야 했다.

이들은 몇 번이고 하린의 몸을 향해 검을 찌르고 휘둘러 베었지만, 철 갑옷을 입은 듯 부상조차 입지 않는 하린의 모습에 기가 질려 버렸다.

"헉헉헉헉!"

어느새 하린도 숨이 조금씩 차오르기 시작했다.

내공을 사용하면 보다 쉽게 이들을 처리할 수 있지만, 하린은 최대한 절제하며 이들을 상대했다.

내공을 소모가 크면 클수록 쉬어야 하는 시간이 길어질 뿐만 아니라 운기를 통해서 소모한 내공을 보충해야 하는데, 자신에게는 그럴 시간적 여유가 없었기에 최소한의 내공을 사용해 이들을 상대하는 중이었다.

아직 흑산에는 이백여 명의 마교 무사들이 남아 있기 때문에 그들을 감시하고 처리하기 위해서는 내공을 아껴야 했다.

절정고수가 이류, 삼류의 무사들을 상대하는 데 있어 내공을 사용치 않는다고 해서 큰 어려움이 있는 것은 아니었다.

다만 체력적으로 부담이 생길 뿐이지만, 이미 군역을 통해 수도 없이도 겪었기에 충분히 참을 수가 있었다.

팟팟팟팟!

하린은 허공으로 솟구쳐 오르며 상대의 어깨를 밟고 다시 한 번 더 도약해 흑산의 초입으로 내려섰다.

마교의 하급 무사들은 한순간에 포위망을 완전히 빠져나간 하린을 보고 더 이상 싸울 엄두가 나지 않았다.

실력이 어느 정도 비슷해야 싸울 의욕도 생기는 법이다.

하지만 하린과 자신들의 차이는 비교를 불허했다.

그런 점을 느낀 마교 무사들은 서로 눈치를 보다 누가 먼저라 할 것도 없이 다시 동료들이 모여 있는 곳으로 달아났다.

더 싸워 봐야 개죽음이라는 생각에서였다.

흑산 초입의 전투로 인해서 하린은 마교의 무사 육십을 저승으로 보내 버릴 수 있었다.

하지만 하린은 달아나는 적들을 쫓아가지 않고 지켜만 보았다.

"다음에는 전부가 움직일 것이다."

다음에 벌어질 싸움을 떠올리며 하린은 입술을 깨물며 읊조렸다.

"놈들을 함정으로 유인한다. 그리고 내공을 사용해 한 번에 몰살시킨다."

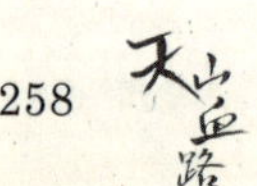

소무

　모용세가를 치기 위해서 천산에서 요령성으로 몰려온 마교의 무사들은 흑산을 벗어나기도 전에 모두 싸늘한 시체가 되었다.

　그들은 흑산을 오가는 상인들에 의해 곳곳에서 발견되었다.

　상인들은 마교와 모용세가 간의 싸움이 있을 것이라고는 예상했지만, 막상 흑산에서 처절한 전투가 벌어지리라고는 미처 생각지 못했는지 싸늘히 식어 버린 마교 무인들의 시체를 보고는 곧바로 관아에 신고를 했다.

　신고를 받은 관아에서는 포졸들을 흑산으로 보내 조사를 하게 했지만, 하는 둥 마는 둥의 요식행위에 불과했다.

　포졸들 역시 흑산에서 싸늘하게 식어 버린 시체가 누구인지를 잘 알고 있어서였다.

"에이, 개새끼들. 죽으려면 천산에서 죽지, 왜 여기까지 처 와서 죽어."

포졸들의 짜증 섞인 목소리가 여기저기서 터져 나왔다.

무림 세력 간의 싸움에 끼어드는 것은 여간 피곤한 일이 아니었다.

힘만 센 무식한 무법자들에게는 법이라는 것은 무용지물이라 법을 적용해 처리하기에는 너무도 위험한 존재들이었다.

그렇기에 무림인들 간에 싸움이 벌어지면 관아에서는 웬만해서는 끼어들지 않고 한발 물러나 사태를 지켜보는 경우가 많았다.

이번의 경우 역시 마찬가지였다.

신고가 들어왔으니 조사는 하지만, 관여치 않기 위해서 대충 사건을 종결시킬 생각뿐이었다.

"더럽게 많이 처 올라왔네. 올해는 단풍이 일찍 들겠네. 아이씨, 사람이나 더 보내 줄 것이지."

포졸들은 시체를 치우면서 죽은 마교의 무사들을 욕하며 짜증을 냈다.

"왕 포졸님!"

"왜,"

"이제는 마교와 모용세가 중 하나가 사라져야 끝나는 싸움이 되어 버린 것 같습니다."

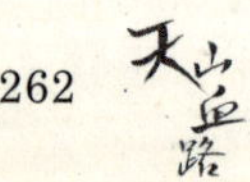

　"음, 천 년의 영화가 오늘날에 이르러 사라지는구나."

❖　❖　❖

　"하린은 좀 어떠하냐?"

　"아직 깨어나지 못하고 있습니다. 얼마나 격렬한 싸움을 치렀는지 알 수는 없지만, 내공이 완전히 바닥났습니다. 그런 상태로 세가를 찾아온 것조차 신기한 일입니다. 아무래도 의식을 찾는 데 시일이 조금 더 걸릴 듯합니다."

　모용진은 어젯밤 늦게 세가로 돌아온 하린을 떠올렸다.

　피투성이가 된 채 세가로 돌아온 하린은 자신에게 시간을 벌었다는 말을 하고는 그대로 의식을 잃고 그 자리에 쓰러졌다.

　온몸이 피에 흠뻑 젖어 있었지만 몸에 별다른 상처가 없음을 알고 안심을 할 수 있었다. 하지만 단전이 모두 비어 버렸음을 알고는 흑산의 전투가 얼마나 치열했는지를 익히 짐작할 수 있었다.

　그리고 날이 밝아 오면서 들려오는 소식에 모용진뿐만 아니라 세가에 있는 모든 사람들이 놀랐다.

　흑산에 모인 마교의 무사들이 모두 죽었다는 소식이 상인들을 통해서 세가로 들어온 것이었다.

　마교의 오백 무사가 모두 죽었다는 말을 들었을 때, 기쁨이나 희망보다는 두려움이 더 앞섰다.

과연 얼마나 많은 사람을 죽이면 개세마두라는 호칭을 얻게 될까?

천 명? 이천 명?

아닐 것이다. 그들이 사람을 죽인 수는 그리 많지는 않을 것이다.

백 명에서 많으면 이백 명 정도 되지 않을까?

한데 하린은 혈마전의 무사 삼백 명과 마교인의 무사 오백 명, 도합 팔백 명을 죽인 것이었다.

이는 능히 개세마두라고 칭해도 될 만큼 많은 수였다. 다만 상대가 마교의 무사들이라 달리 불릴 뿐, 사람을 죽였다는 것에는 변함이 없었다.

게다가 팔백 명이라는 숫자는 자신들이 알고 있는 숫자에 불과했다.

오 년 동안의 군역을 통해서 하린이 얼마나 많은 적들을 죽였는지는 알 수 없는 일이었다.

수백 명을 죽이는 데 있어 주저함없이 단호하게 행하는 걸로 봐서는 더하면 더했지, 덜하지는 않을 것이라 예상할 뿐이었다.

"천아는 하린을 잘 보살피거라."

"심려 놓으십시오. 하린이는 강한 아이입니다."

"많은 수의 사람을 죽였다. 그로 인해서 하린이 정신적으로 붕괴가 될 수 있다. 정말 하린의 정신이 붕괴된다면 살인마로 몰려 사람들에게 지탄을 받을 수도 있다. 무슨 일이 있어도 그것만은 막아야 할 것이다.”

모용천 역시 고개를 끄덕였다.

하린이 정신적으로 무너지지 않게 잡아 주는 것이 바로 세가에서 해야 할 일이었다.

“이제 하린이를 좀 쉬게 하고 우리가 나서야 할 것 같구나. 마교 무사들이 천산에서 이곳까지 다시 오는 데는 시간이 걸릴 것이니 수에게 무사들 수련에 박차를 가하도록 하고 최대한 정보를 끌어모아 대비하도록 하라.”

“걱정 마십시오. 세가에서도 만반의 준비를 하고 있습니다. 그럼 전 나가서 한 번 돌아보겠습니다.”

“그렇게 하게.”

모용천은 세가전을 나와 연무장으로 걸어갔다. 연무장에는 세가의 무사들이 구슬땀을 흘리며 수련에 매진하고 있었다.

직계의 인원들이 방계 무사들의 사부가 되어 한 명씩 맡아 집중적으로 가르치고 있었다.

“타앗!”

“지금 배워서 언제 써먹을 수 있을까 하는 생각 따위는 버려라. 실전을 거치면서 자연스럽게 몸에 익히게 될 것이다.”

이들을 가르쳐 주는 직계의 무사들 역시 가르침에 있어 소홀임이 없었다.

"손목을 움직여라. 직선으로 움직이는 것처럼 보이지만 실은 그 안에 무수한 변화가 담겨 있는 것이 바로 섬광부운 검의 특징이다."

무공을 가르치는 직계 무사들의 목소리가 연무장을 가득 메웠다.

"타앗!"

새로이 무공을 배우는 모용세가의 방계의 사람들 역시 열심이었다.

구슬땀을 흘린 후에 일각 동안 주어지는 시간 동안 이들이 나눈 이야기는 하린에 대한 것이 주된 내용들이었다.

"혼자서 그 많은 마교의 무사들을 몰살시키다니, 정말 믿기지 않아. 우리가 들은 것보다 더 강한 것 같아."

"맞아. 그가 본 가에서 가장 강하다고 하잖아."

"강해도 정도가 있지. 무림맹의 맹주가 그렇게 할 수 있을까, 마교의 교주가 그렇게 할 수 있을까? 생각을 해 봐. 일백, 이백도 아닌, 무려 오백 명이라고 하잖아."

오백 명의 마교 무사 중 살아서 흑산을 내려간 사람은 아무도 없다는 것은 이미 요령 땅에 널리 퍼진 이야기였다.

단 한 번의 승리!

그 승리가 가져다주는 희망은 엄청났다.

한 사람이 오백 명을 죽였는데 열 사람이면 얼마나 많은 수의 사람을 죽일 수가 있을까?

심지어 잘하면 마교와의 싸움에서 모용세가가 이길 수도

266 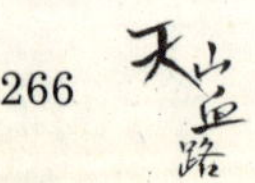

있다는 생각마저 떠올리는 사람조차 있을 정도였다.

"충분히 싸워 볼 만하지. 마교라 해서 미리 겁먹을 필요는 없어."

"맞아 우리도 진산절기를 배우면 충분히 그처럼 싸울 수가 있어."

모용천은 조금 떨어진 곳에서 이들의 이야기를 들으며 미소를 지었다.

'자네들이 아는 하린은 실제와는 너무나도 다른 사람이라네.'

◈　◈　◈

요령성을 오가는 상인들의 입을 통해서 흑산에서 일어난 일들이 중원 대륙으로 조금씩 퍼져 갔다.

상인들이 입을 통해서 번지기 시작한 소문은 조금씩 부풀려져 중원에 알려졌는데, 모용세가에 화경의 고수가 있어 그들을 흑산에서 한 번에 몰살시켰다는 소문을 비롯해서, 마교의 고수들이·천 명이 넘었다는 소문까지 있었다.

호북성 무한에 자리를 잡고 있는 무림맹의 장로전에는 장로들이 모여 이야기를 나누고 있었는데, 하나같이 놀란 표정들이었다.

"믿을 수가 없습니다. 제가 알고 있는 모용세가는 그리 강한 세가가 아닙니다. 그들은……."

"팽 장로님의 말씀이 맞습니다. 무려 오백 명의 마교 무사들이 흑산에서 단 한 사람에게 몰살당했다는 말은 신빙성이 없습니다. 그리고 틀림없이 모용세가도 큰 타격을 입었을 것입니다."

모용세가에 대해서 자세히 알지는 못하지만, 무려 마교 무사 오백을 상대하는 일이었다.

한 가문에서 그 많은 인원을 상대하는 일이 그리 쉬운 일이 아니라는 건 이들이 더 잘 알고 있었다.

"그들이 어떤 방법을 썼는지 몰라도 분명한 것은 마교의 무사들이 흑산에서 몰살당했다는 것이 아니겠소. 이제는 마교에서 어떻게 나올지가 기대가 됩니다."

자신들이 겪는 일이 아니라는 생각에 장로들은 마치 재미있는 유희거리가 생겼다는 표정을 지으며 마교와 모용세가에 대해서 이야기를 나누었다.

"오백이 죽었으니 일천을 보내겠지요."

"하하하! 변방의 오랑캐 가문에게 당할 정도라면 마교도 옛날과 많이 달라졌나 봅니다."

"만마존 악수비가 똥줄 좀 타겠습니다. 오랑캐의 가문에 오백의 무사를 잃었으니 말입니다. 하하하하!"

이들에게 있어 마교와 모용세가는 좋은 안주거리로 전락한 듯했다.

"그나저나 맹주님께서는 이번 일을 어떻게 생각하고 계신지 모르겠습니다. 장강 이남을 차지하기 위해서는 지금이 좋은 기회인데 말입니다.”

“총사와 이야기를 나누고 있으니 어떻게든 결정을 내릴 것입니다. 이번 기회에 놈들을 완전히 소탕하려고 할지도 모를 일입니다.”

무림맹주인 검선 학선은 총사인 제갈민과 심각한 표정으로 침묵하고 있었다.

이전에 무슨 말들이 오갔는지 몰라도 두 사람의 침묵은 오랫동안 지속되었다.

“최악의 경우겠지?”

침묵을 먼저 깬 사람은 다름 아닌 맹주인 학선이었다.

“그럴 것입니다. 오백이 죽었으니 그보다 많은 수를 보내거나, 아니면 최정예의 고수들을 보낼 것입니다. 피해를 줄이고 이번 일로 인해서 실추된 자존심을 회복하기 위해서 일백마인들을 보낼 수도 있을 것입니다.”

학선은 고개를 끄덕였다.

마교의 인물들은 자존심이 강했다. 그런 만큼 오백이나 되는 무사를 잃었으니 그냥 있지는 않을 것이다.

그렇기에 일백마인이 움직인다면 일방적으로 모용세가가 당할 것이라 둘은 생각했다.

“혈마전의 마인 삼백과 이번에 오백, 도합 팔백이군. 그런데 말이야, 모용세가의 인원이 모두 얼마지?”

“오십 명입니다. 이번에 방계의 사람들과 그들을 도와주기 위해서 온 사람들까지 합치면 이백오십 명 정도 됩니다.”

학선은 기가 찬다는 표정으로 제갈민에게 물었다.

“모용세가가 그렇게 강했나? 두 배나 많은 수를 몰살 시킬 정도로?”

“한 사람으로 인해서 다른 무사들이 힘을 낸 듯합니다. 밀야부에서 파악하기로는 모용세가는 그리 강한 세가 아닙니다.”

학선은 고개를 끄덕이며 한 사람을 떠올렸다. 한 번도 만나 보지 못한 사람이었지만 이번 문제를 일으킨 장본인이 아니면 모용세가가 그렇게 힘을 낼 수가 없었을 것이라 생각했다.

“그자의 행적은?”

“죄송합니다.”

제갈민은 고개를 숙였다.

오랑캐라 여기며 외면하던 모용세가였다. 그러한 세가에 인력을 투입하는 것은 낭비라 생각하고 있었고, 조금은 등한시하고 있던 터라 이번 사건을 일으킨 장본인에 대해서, 아니, 모용세가에 대해서 깊숙하게 알고 있지 못했다.

하지만 이들이 알고 있는 모용세가는 단지 겉모습에 불과했다.

“놈에 대해서 알아봐.”

“옛!”

“팔백이라…… 이번에도 마교가 깨졌으면 좋겠군.”

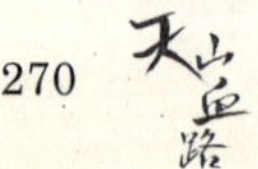

팔백 명의 무사를 잃은 마교는 분명 큰 타격을 입었다.

그럼에도 불구하고 무림맹에서 직접 칠 생각을 하지 못하는 것은 그만큼 마교가 강해서였다.

결코 인정하고 싶지 않은 사실이지만, 인정을 해야 했다.

그럼에도 불구하고 마교와 무림맹이 무림에서 공존할 수 있는 이유는 무림맹의 뒤에 구파일방이 있었기 때문이다.

마교가 구파일방을 두려워하는 것은 아니었지만 무림맹과 힘을 합해 자신들을 공격해 온다면 승부는 어떻게 될지 예측할 수가 없기 때문에 무림맹과 공존하며 무림의 한 축을 담당하고 있는 중이었다.

그런 작금의 상황에서 모용세가가 전면에 나선 것이다.

모용세가와의 싸움에서 많은 인원이 죽게 된다면 마교의 힘은 축소될 수밖에 없고, 그렇게 되면 무림맹의 힘만으로도 마교와 싸워 이길 수 있다는 계산이 섰다.

자신들의 힘으로 마교를 이기게 되면 구파일방의 그늘에서 벗어나는 것은 물론이고, 자원이 풍부한 장강 이남의 땅으로 영역을 확장시켜 더욱 강성한 세력을 형성할 수 있게 되기 때문이다.

"모용세가가 쉽게 무너지지 않도록 총력을 다해 마교가 어떻게 나오는지 알아내어 모용세가에 알려 주게. 모용세가가 오래 견디면 견딜수록 우리에게는 유리하게 될 테니 말이야."

"밀야부와 개방, 하오문을 동원해 마교의 움직임을 빠르리지 않고 점검하고 있습니다."

"마교가 쉽게 움직이지 못하게 우리도 약간의 행동을 보여 줄 필요가 있을 것 같네."

"그래서 사천에 있는 당가에 도움을 청했습니다. 사천무림의 무사들이 천산을 향해 조금 전진하며 그들의 행동에 제약을 걸 생각입니다."

"그래?"

"그렇습니다. 또한 청해와 감숙 역시 사천 지부를 지원하기 위해서 움직였으니 마교 역시 쉽게 움직이지 못할 것입니다."

"음……."

◇　◇　◇

전멸!

모용세가를 멸문시키기 위해 보낸 무사들이 전멸했다는 소식이 마교의 성지인 천산까지 전해지는 데는 채 한 달이라는 시간도 걸리지 않았다.

상인들과 표국의 표사들로 인해서 소식이 더욱 빨리 전해진 것이다.

그로 인해서 마교 내의 분위기는 심상치 않았다.

마교의 교주인 만마존 악수비 대전의 상석에 앉아 있고, 좌우로 장로들이 앉아 있었다.

그들의 표정은 하나같이 어두웠다.

말 같지도 않은 소식으로 인해서였다.

“흑산에서 전멸이라…….”

만마존 악수비의 목소리는 분노를 넘어 조금은 허탈한 목소리였다.

아니, 중원 대륙의 동쪽 끝에서 들려온 이 황당한 소식을 믿어야 할지 말아야 할지도 모를 정도였다.

“흑산에서 전멸이라…….”

허탈한 목소리가 또 한 번 들려왔다. 그럼에도 좌우로 길게 앉아 있는 장로들은 아무런 말도 하지 못했다.

목소리는 허탈하게 들리지만 그가 무척이나 분노하고 있다는 것을 알고 있어서였다.

“흑산에서 전멸했다면 모용세가의 근처에도 가 보지 못했다는 말인데…… 혼세 아우가 그렇게 약했단 말인가?”

절정고수인 혼세혈마는 마교에서 서열로 따져도 백 위 안에 드는 고수였다. 그런 고수가 오백 명이라는 인원을 이끌고 모용세가를 치러 가서 근처에도 가 보지 못하고 전멸했다니, 그로서는 중원에서 들려온 소문이 믿기지가 않았다.

“모용세가가 이토록 강했나? 일개 가문에 팔백 명이라는 본 교의 무인들이 당할 정도로 말이야.”

모두는 대답할 수가 없었다.

이유는 어찌 되었든 간에 당한 건 사실이기 때문이다.

“총사!”

교주의 부름에 사마헌은 고개를 숙였다. 이번 일에서 자신의 실수로 인해서 모두가 죽은 것이나 다름없었기 때문이다.

"이번 패배의 원인이 무엇이라고 생각하나?"

"우리가 모용세가를 너무 몰랐던 것입니다. 그리고 가장 큰 패배의 원인은 저의 안일함으로 인해서입니다."

"몰랐다, 안일함으로 인해서다. 참으로 무책임한 말이군."

차가운 악수비의 말에 식은땀을 흘리는 사마헌이었다.

중원 땅이라 해도 요령은 변방이었다. 그리고 요령 땅의 모용세가는 무림보다는 군부와 더 관계가 깊은 세가였다.

사실 혈마전이 요령 땅에 있다고는 하지만, 정확하게 따지면 요녕과 하북성의 경계에 있었다.

요녕성의 전초기지와 하북성의 소림사를 견제하기 위한 목적으로 세워진 문파인 것이다.

"죄송합니다."

"죄송하다라……. 그들이 전멸한 것이 단지 그 이유뿐인가?"

한 단체의 총사라는 직함은 일인지하만인지상의 자리이다.

그런 사람이 용서를 구하는데 그걸 계속해서 짚고 넘어가는 모습은 보기 안 좋기에 일단 넘어가고 나중에 따로 그에 대한 문책을 할 생각이었다.

“몇 가지가 더 있습니다. 무림맹을 의식해서 인원을 나누어 보낸 것이 실수였습니다.”

만마존 악수비는 고개를 끄덕였다.

한 번에 오백 명을 보내었다면 정반대의 결과가 나타났을 것이다.

“그래, 자네가 안일했다고는 하지만 만약 그들을 한 번에 보내었다면 지금쯤 모용세가는 주춧돌 하나 남지 않았겠지.”

“무림맹의 개입 역시 우리가 패하는 데 큰 작용을 했습니다.”

무슨 소리냐는 듯 악수비가 눈을 좁혔다.

“만약 무림맹에서 모용세가에 정보를 알려 주지 않았다면 저들은 우리가 흑산에서 집결한다는 것을 알지 못했을 것입니다.”

“왜 그렇게 생각하나?”

“일개 세가의 정보력으론 한계가 있기 때문입니다. 지금도 무림맹의 첩자들이 우리의 일거수일투족을 빠뜨림없이 감시하고 있을 것입니다.”

악수비는 마음에 들지 않는다는 듯 인상을 썼다.

“성가신 놈들이군.”

자신들의 입장에서는 짜증나는 일이기도 했다. 악수비의 생각에 무림맹 놈들은 자신의 힘으로는 아무것도 하지 못하는 놈들이었다.

그렇기에 여러 세가가 뭉쳐서 하나의 단체를 만들어 행동하고, 자신들이 최고인 양 나서는 모습이 꼴사납기도 했다.

생각 같아서는 그들을 먼저 쓸어버리고 싶지만 구파일방 때문에 선뜻 나설 수가 없었다.

세상에 알려진 구파일방의 힘은 전부가 아니었다. 오랜 세월을 거쳐 오면서 축적된 힘은 상상치도 못할 정도였다.

물론 구파일방과 싸워서 질 것이라고는 생각하지 않지만, 그래도 큰 타격을 입을 것이 분명하고, 무림맹은 그 기회를 틈타 자신들을 공격해 올 것이다.

"더 이상 피해를 입는다면 우리에게도 큰 손실이 아닐 수 없습니다."

"그래서?"

"일백마인을 모두 보내 한 번에 쓸어버리는 것이 어떻겠습니까?"

마교의 제일장로인 혈마독 군성익이 말했다.

마교의 최고의 힘이라고 할 수 있는 일백마인을 보낸다면 틀림없이 모용세가는 멸문할 것이다.

"닭을 잡는 데 소를 잡는 칼을 쓰자는 말입니까, 일장로!"

하지만 사장로인 음마 지세민이 마음에 들지 않는다는 듯 말을 끊고 들어왔다.

"그들을 보내어 한 번에 쓸어버린다?"

군성익의 제안에 만마존의 입가에 엷은 미소가 생겼는데,

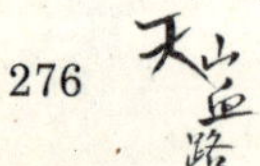

그 미소는 조소였다.

사실 다른 희생을 줄이기 위해서는 가장 좋은 방법이었다. 하지만 그렇게 한다면 무림은 마교를 보고 비웃을 것이다.

무림에서 힘이 강하다고 살아남을 수 있는 것은 아니다. 그에 못지않게 체면과 명예도 중요했다.

또한 자존심을 지키면서 명분을 세우는 것도 중요했다.

"지나가는 개가 웃을 노릇이군."

분노가 섞인 악수비의 목소리에 좌우로 있는 사람들은 고개를 숙였다.

"무림맹 역시 가만히 있지는 않겠지?"

"그렇습니다. 지금 사천무림이 움직였습니다."

"사천무림이?"

"아무래도 우리들의 움직임을 제약하기 위해 수를 쓰는 것이 아닐까 생각합니다. 사천무림뿐만 아니라, 청해와 감숙까지 움직여 천산을 향해 전진해 있는 상태입니다."

"버러지 같은 놈들!"

마음에 들지 않는다는 표현이었다.

"총사!"

"옛!"

"사흘 동안 시간을 준다. 계획을 세워라. 단순한 계획도 좋고, 복잡한 계획도 좋다. 우리의 자존심을 지킬 수 있는 방법으로 모용세가를 멸문시킬 계획과 버러지 같은 무림맹에게 더 이상 본 교와 모용세가의 일에 관여를 한다면 그에 상응하는 대가를 치를 것이라 전하라.”

◆　◆　◆

호북성 무한에는 장강이 지나는 곳에 동호라는 큰 호수가 있는데, 이는 항주 서호의 다섯 배나 되는 크기였다.

또한 그 절경이 아름다워 많은 이들이 즐겨 찾아 뱃놀이를 하는 곳으로 유명하기도 했다.

이곳 동호에는 또 하나 유명한 것이 있는데, 그것은 바로 청학루(靑鶴樓)라는 기루였다.

청학루는 강남삼대기루 중 하나로, 이곳을 운영하는 루주에 대해서는 모든 것이 비밀에 싸여져 있는 곳이기도 했다.

사람들은 청학루의 루주에 대해서 많은 말들을 했지만, 그는 사람들에게 단 한 번도 모습을 드러내지 않았다.

청학루의 루주에 대한 궁금증으로 인해 이제까지 많은 무인들이 행패를 부리거나 기녀들을 회유해 봤지만 루주에 대해서는 아무것도 알 수가 없었다.

그렇게 오랜 시간이 지나면서 사람들은 청학루의 루주에 대해서 궁금증을 가지고 있었지만 더 이상 그가 누구인지 알려고 하지 않았다.

청학루는 모두 오층으로 이루어져 있었는데 일층과 이층은 식사와 요리를 즐길 수 있는 곳이었고, 삼층부터는 기녀

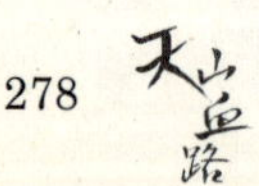

들과 함께 음주가무를 즐길 수 있는 곳으로 이루어져 있었
다.

청학루의 이층.

창가 쪽의 널따란 식탁에는 진기한 요리들이 가득 채워져
있고, 식탁을 따라 일곱 명의 젊은이가 자리를 채우고 있었
다.

네 명은 사내였고, 세 명은 여자였는데 모두가 비슷한 나
이로, 약관은 넘기지 않은 듯했다.

"정말 대단하지 않아?"

지금 이들은 마교의 오백 무사를 전멸시킨 모용세가에 대
해서 이야기를 나누고 있는 중이었다.

"그러게. 오백의 마교 무사를 전멸시키다니 말이야. 듣기
로는 모용세가에 큰 피해도 없었다면서?"

모용세가와 마교의 싸움이 무림에 전해지면서 많은 무인
들이 모용세가에 관심을 가졌다.

"모용세가에 신병이기들이 있어 마교가 그것을 빼앗으려
고 수를 썼다는 말도 있습니다."

소문이 소문을 만드는 법이었다.

상식적으로 모용세가가 아무런 피해를 입지 않고 마교 무
사 오백을 전멸시켰다는 이야기는 쉽게 납득이 되지 않았다.

그랬기에 많은 무인들은 정말로 모용세가에 신병이기가
있어 마교인들을 전멸시켰다고 믿는 이들까지 생겨났고, 그
소문은 또 꼬리에 꼬리를 물고 더 크게 부풀려졌다.

“우리 한 번 모용세가로 가 보는 것이 어떻습니까? 혈마전을 멸문시킨 영웅도 만나보고, 또 모용세가의 신병이기가 어떤 것인지 구경도 할 겸 말입니다.”

이들은 다름 아닌 무림오대세가의 후기지수들과 대국상단의 남매였다.

대국상단(大國商團)은 중원의 십대상단에 속한 대상단으로, 무림맹을 지원하고 있는 상단이기도 했다.

“오라버니, 정말 모용세가에 가 보실 생각인가요?”

대국상단의 상단주인 방추렴에게는 두 명의 자식이 있었는데, 한 명은 아들이었고, 다른 한 명은 딸이었다.

“어떻소? 우리 한 번 모용세가로 가 보는 것이 말이오?”

대국상단의 방민이 흥미가 돋는 듯 나서서 말했다.

“하지만 지금 맹의 분위기가 심상치 않은데, 자리를 비우게 되면 경을 치게 될 것입니다.”

현재 무림맹의 상황도 그리 좋은 건 아니었다.

마교를 견제하기 위해서 사천무림을 비롯한 청해와 감숙의 무인들이 천산을 향해 조금 전진한 상태였고, 밀야부를 비롯해서 개방과 하오문을 동원해 마교의 움직임을 파악하기 위해서 백방으로 뛰어다니고 있는 중인 것이다.

수뇌부의 계획을 모르는 대다수의 하급 무사들은 이런 분주한 움직임으로 인해 마교와 무림맹의 전쟁이 일어나지 않을까 하는 생각을 하고 있는 이들마저도 있었다.

그런 분위기를 의식한 사천당가의 당철군은 자중하는 것

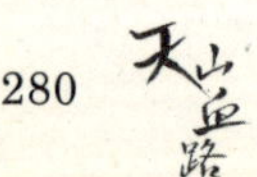

이 어떠냐는 의견을 내었다.

"그렇습니다. 괜히 분위기도 어수선한데 밉보일 이유는 없지 않습니까?"

제갈세가의 제갈중걸 역시 때가 아니라는 생각에 당철군의 말에 동조를 했다.

"조금 아쉽군요."

하지만 황보세가의 황보보옥은 아쉽다는 표정을 지으며 남궁진을 보았다.

모용세가로 가고 싶은데 두 사람이 반대를 하니 어떻게 해 보란 뜻이기도 했다.

"아쉽지만 이번에는 두 사람의 말을 따르는 것이 좋을 것 같소이다. 방 형, 조금 섭섭하시더라도 다음에 함께 가 보도록 합시다."

남궁진 역시 맹의 분위기로 인해서 조심하는 것이 좋다는 생각에 두 사람의 말에 동조했다.

"아니오, 남궁 형. 저에게 그런 말씀을 하실 이유는 없습니다."

방민으로서도 세 사람이 반대를 하는데 자신이 나서서 우길 수는 없는 일이었다.

사실 이들은 무림맹 소속이라 계율에 자유로울 수 없으니 충분히 이해할 수 있었다.

방민으로서는 꼭 이들과 함께 모용세가로 가란 법은 없었다. 다만 나이도 비슷하고 뜻도 잘 맞아 함께하고자 했을 뿐, 굳이 이들이 아니라도 자신은 상단을 통해서 얼마든지 모용세가로 갈 수 있었다.

"저는 어차피 상단을 통해서 요령으로 갈 일이 있을 때, 시간을 내 가 보면 됩니다."

"그럼 그때 저도 함께 가 볼 수 있을까요?"

황보보옥이 말하고 나서자 남궁진은 눈을 좁혔다.

"물론이오, 보옥 소저!"

"오라버니, 저도 가보고 싶어요."

방지엽 역시 함께 가고자 하니 오대세가의 세 사내는 볼을 씰룩였다.

"아버님께 한 번 여쭈어 보자꾸나."

"방 소저, 지금 모용세가는 풍전등화같이 위험한 상태입니다."

당철군은 방지엽을 말리려 했지만, 그녀의 뜻을 굽힐 수는 없었다.

'빌어먹을······.'

결국 당철민은 속으로 욕지거리를 내뱉었다.

세상일을 하는 데 있어 돈이라는 요물이 차지하는 비중은 상당히 높다.

아니, 전부라고 해도 틀린 말이 아닐 정도로 꼭 필요한 존재였다.

오대세가!

남궁진과 제갈중걸, 당철군은 유사시 이들을 통해서 자금

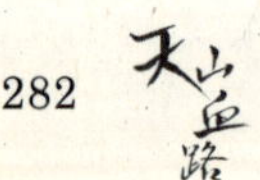

을 확보할 수 있도록 친분을 쌓으라는 가주의 명령에 의해
서 방민과 방지엽 남매를 만나며 친분을 나누는 것이었다.

비단 세 사람뿐만 아니라 황보보옥이나 팽군려 역시 비슷
한 목적을 가지고 두 사람에게 접근을 하는 중이었다.

팽군려는 뭔가 마음에 들지 않는다는 듯한 표정을 지으며
말했다.

"저도 가고 싶지만 다음으로 미루어야겠어요."

그녀 역시 모용세가에 가 보고 싶긴 했지만, 무림맹에 얽
혀 있는 몸이다 보니 다음을 기약할 수밖에 없었다.

"팽 소저, 이번이 아니면 기회가 없을지도 모를 일입니
다."

하지만 방민은 팽군려의 마음을 돌리려는 듯 상단을 운용
하면서 얻은 정보를 바탕으로 지금 모용세가와 마교가 처한
상황을 이야기해 주었다.

"그래요? 그럼 오히려 더 위험한 것 아닌가요?"

"그래서 일찍 다녀와야 하지 않을까 합니다."

남궁민은 눈을 좁혔다.

아버지의 명령으로 만나고는 있지만, 방민이라는 사내는
정말 마음에 들지 않았다.

"그게 무슨 말이오, 방 형?"

하지만 마음에 들지 않는다고 해서 가문의 명령을 거부할
수 없었다.

"마교에서 사람들을 보내려면 아직 시간이 남아 있습니

다. 하지만 이후엔 마교의 무사들이 모용세가를 공격하게
될 것입니다. 만약 모용세가가 마교의 공격을 막아 내지 못
하면……."
　방민이 말을 멈추자 모두의 시선이 그의 입을 향했다. 그
는 이들의 시선을 느끼며 입가에 엷은 미소를 지어 보였다.
　"모용세가는 이 땅에서 사라지게 될 테니 말입니다."

희
생

달마저도 모습을 감추어 버린 어두운 밤.

휘리리릭!

야음을 틈타 내달리는 사람이 있었다. 그는 한참을 달려가다 신형을 멈추었는데, 어두운 밤이라 자세히 보지 않으면 그의 모습을 발견할 수 없을 정도로 짙은 검은색 무복과 복면을 쓰고 있었다.

그는 안휘성에서 제법 이름을 날리고 있는 하오문도로, 사람들에게는 환영각(換影脚) 군소라 불리는 사내였다.

그가 바라보고 있는 곳은 커다란 장원으로, 사람들이 모용세가라 부르는 곳이었다.

군소는 주위를 살피다 천천히 모용세가의 장원으로 다가갔다.

"지금이 기회야. 천산에서 모용세가까지 오는 데 걸리는 시간이 있으니 지금쯤은 방심하고 있을 것이다."

군소는 조심스럽게 장원의 담에 붙어 손을 슬쩍 뻗었다.

곧 천천히 그의 몸이 위로 올라갔고, 고개를 담장 너머로 빼 안의 상황을 살폈다.

모두가 잠을 자는지 모용세가의 연무장을 비롯한 뜰에서는 아무런 기척도 느껴지지 않았다.

팔에 힘을 주며 힘껏 잡아당기자 그의 신형이 담장 위로 올라갔다.

파앗!

순식간에 담장을 넘은 그는 벽에 붙어 한동안 움직이지 않았다. 검은색 무복으로 인해서 어둠에 완전히 동화되어 그의 모습은 보이지도 않았다.

그렇게 군소는 한동안 자리를 지키고 있었다.

모용세가에는 오백 명의 마교 무사와 싸운 고수가 있다는 소문이 났기에 더욱 조심하는 중이었다.

군소가 그런 모용세가에 목숨을 걸고 침입을 한 이유는 하나였다.

마교 무사들을 베었다는 모용세가의 신병이기를 훔치기 위해서였다.

"신병이기를 손에 넣고 그 속에 담긴 무공을 익힌다면 나 역시 초절정고수가 되어 무림을 호령할 수 있을 것이다."

소문이 꼬리에 꼬리를 물고 이어져 모용세가에 가진 신병

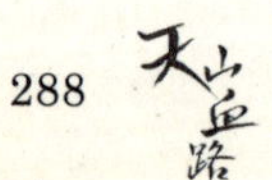

288

이기에 절학들이 새겨져 있고, 그 절학을 익히면 능히 초절 정고수가 될 수 있다고 소문이 난 것이었다.

워낙 소문이 부풀려져 전해지는 무렵이다 보니 그 소문을 곧이곧대로 믿는 사람은 적었지만, 그래도 소문을 믿는 이들이 있었다.

한동안 움직이지 않던 군소는 좌우를 살피고는 담벼락을 따라 천천히 이동했다. 그가 찾아가는 곳은 모용세가의 세가전이었다.

팟팟팟!

빠르고 경쾌한 발걸음으로 건물과 건물 사이를 지나쳐 세가전으로 향하던 군소는 누군가를 발견하고 몸을 얼른 숨겼다.

상대 역시 자신과 같은 검은색 무복에 복면을 쓴 자였다.

보아하니 자신과 같은 목적으로 모용세가에 들어온 자인 듯했다.

"여기서 기다렸다가 놈이 훔쳐 나오면 뒤를 쳐 내가 빼앗아 달아나면 되겠어."

군소는 세가전이 보이는 작은 전각의 툇마루 아래의 작은 공간으로 들어가 몸을 웅크리고 숨겼다.

어두운 밤이라 은신하고 기다리기에는 딱 좋은 장소였다.

쿠다다당!

얼마 지나지 않아 세가전으로 들어간 인영이 강력한 충격에 의해 뒤로 튕겨져 바닥을 나뒹굴었다.

"벌써 몇 번째야!"

모용세가의 사람인 듯 뒤이어 세가전에서 나온 이의 입에서는 짜증 섞인 소리가 터져 나왔다.

그로 인해 군소는 신병을 훔치기 위해서 많은 도둑들이 다녀갔음을 알 수 있었다.

"후후, 멍청한 놈들. 모용세가가 일반 세가와 같다고 생각하면 큰 오산이지."

군소는 바닥을 구른 도둑을 비웃었다.

"그런 넌 무슨 좋은 수가 있느냐?"

"허엇!"

순간, 군소는 소스라치게 놀라 몸을 돌렸다.

자신보다 먼저 몸을 웅크리고 숨어 있는 사람이 있었던 것이다.

"네놈은……."

군소는 품에서 작은 단검을 빼 위협을 하려고 했지만, 먼저 숨어 든 선객의 검이 더 빨랐다.

"저들에게 걸려 죽고 싶지 않으면 조용히 하는 것이 좋을 것이다."

선객의 말에 군소는 입을 닫았다.

"내가 이곳에 있은 지 보름째다."

군소는 흠칫했다.

"보름 동안 족히 쉰 명은 되는 자들이 저 세가전을 들어갔다가 저놈처럼 되었다."

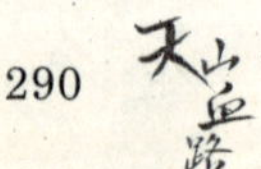

“그렇게나 많습니까?”

군소는 자신의 목에 검을 겨누고 있는 상대의 목소리에서 연륜이 묻어 나오자 절로 말을 높였다.

“그렇다. 모용세가의 신병을 훔쳐 나오는 자는 아무도 없었다.”

“그런데 당신은 어떻게 보름 동안 이곳에서…….”

“완벽한 기회를 잡기 위해 기회를 볼 요량으로 비상 식량을 가지고 와서는 이곳에서 기다리고 있는 중이다.”

그는 선객의 말에 눈을 찌푸렸다.

“좀도둑들만 왔나 보군.”

선객은 자신감이 충만한 군소의 말에 비웃음을 띠었다.

“내가 이곳에서 지켜보는 동안 저렇게 된 놈들 중에는 제법 이름을 날리는 자들도 포함이 되어 있었다.”

“그렇소?”

이어진 선객의 말에서는 한 성에서 손가락 안에 들 정도로 유명한 도둑들의 이름이 흘러나왔다.

“요령성의 요령신투를 비롯해서 하북, 하남, 산동, 강소, 산서 지방의 신투들은 죄다 모용세가로 왔고, 그들은 예외 없이 모두 저 꼴이 되었다.”

“크아아악!”

그 순간, 비명 소리가 들렸다.

투우욱!

그와 동시에 세가전으로 들어섰던 자의 다리 한쪽이 자신들이 숨어 있는 전각이 있는 곳으로 날아와 떨어졌다.

모용세가의 담을 넘은 죄를 물어 다리 하나를 자르는 벌을 내린 것이었다.

두두두두!

곧 사람들이 몰려와 도둑을 끌고 나갔다.

뚜벅뚜벅.

이어 검을 든 자가 걸어와 잘려진 다리를 집어 들었다.

순간, 툇마루 밑 공간에 숨어든 두 사람은 일제히 숨을 죽였다.

들키는 날에는 자신들 역시 다리 한쪽을 잃게 될 것이니 숨소리조차 낼 수 없었다.

잠깐 동안 서 있던 사내가 다시 세가전이 있는 곳으로 걸어가는 것이 보였다.

잠시 후, 그의 모습이 완전히 사라진 다음에야 두 사람은 참았던 숨을 내쉬었다.

순간적인 긴장감으로 인해서 등과 손에는 식은땀이 가득 맺혀 있었다.

그제야 군소는 조심스럽게 선객에게 물음을 건넬 수 있었다.

"그럼 당신도 저곳으로 들어가 보지 못했습니까?"

"그렇다. 들어가는 건 고사하고, 근처에도 가 보지 못했다. 세가전에는 무서운 고수가 있어 그의 이목을 속일 수 없다면 신병을 훔쳐 나오기란 불가능하다는 것이 나의 결론이다."

선객의 말에 군소는 침을 삼켰다. 그제야 자신이 생각한 것보다 더 어려운 일이라는 걸 깨닫게 된 것이다.

"그런데 조심성으로 보아 당신 역시 무명은 아닌 것 같은데……."

"후후, 무명이라……. 그러는 네놈의 이름은 무엇이더냐?"

자신을 무시하는 듯한 선객의 말투에 군소는 눈을 찌푸렸다.

"나는 안휘성의 군소라고 하오. 무림의 동도들은 날 환영각이라 부르오."

선객이 자신의 이름을 들으면 놀랄 것이라 생각하고 말했지만 돌아오는 반응은 더없이 차가웠다.

"그렇군. 자네의 이야기는 좀 들었지. 하지만 자네의 실력으론 저 세가전 안으로 들어가지 못할 것이다."

자신을 무시하는 선객의 말에 군소는 발끈해서 물었다.

"그러는 당신은……."

"사람들은 날 무영신투라 부른다."

"허엇!"

순간, 군소는 놀라 헛바람을 들이켰다.

무림에서 무영신투라 불리는 사람은 단 한 사람뿐이기 때문이었다.

"문주님을 뵙습니다."

　모용세가의 세가전에는 깊은 밤임에도 불구하고 불이 밝혀져 있었다.

"세가를 비우시겠다는 말씀입니까?"

가주인 모용진의 말에 장로인 모용우가 되물었다.

"그렇다네."

"하지만……."

이렇게 세가를 비우려면 애당초 방계의 사람들을 불러들일 필요도 없을뿐더러 아이들을 따로 압록으로 피신시킬 이유가 없었다.

"총관과 총사와 함께 이야기를 나누어 결정을 한 것이네."

마교의 공격을 한차례 막았다고는 하지만, 그건 마교에서 자신들을 잘 알지 못했기에 가능한 일이었다.

하지만 이번에 올 마교 무사들은 무너진 자존심을 일으켜 세우기 위해 못해도 일백마인 중 다수가 오거나 전부가 올 수도 있었다.

아니면 마교 집마전의 마인들이 올 수도 있는 문제였다.

만약 그들이 온다면 아무리 세가가 강해졌다고 해도 멸문하는 것은 당연지사였다.

자신의 욕심과 자존심을 내세워 모여든 사람들의 목숨을 모두 잃게 만드는 일은 옳지 않다는 모용진의 생각에 모용천과 모용수가 찬성을 하고 새로운 계획을 세운 것이었다.

“알겠습니다. 그럼 세가를 비우며 압록으로 가시겠다는 말씀입니까?”

하지만 모용진은 고개를 좌우로 흔들었다.

“이제부터는 제가 말씀을 드리겠습니다.”

모용진을 대신해 총사인 모용수가 나서며 말하자 모두의 시선이 그에게 향했다.

“지금 무림에 우리 모용세가의 소문이 나기를…….”

지금 모용수가 하는 말은 모인 이들 모두가 익히 알고 있는 내용이었다.

그 소문으로 인해서 좀도둑들이 벌써 몇 명이나 다녀갔는지 헤아릴 수 없을 정도였다.

“……그래서 우리는 그 소문을 이용할 생각입니다.”

“소문을 이용한다니? 그게 무슨 말인가? 속 시원하게 말해 보게.”

모용백이 물었다.

“세가를 비우고 우리는 중원으로 들어갈 것입니다.”

“중원으로?”

“우리가 중원으로 들어가게 되면 많은 무림인들의 관심을 받을 것이고, 또 습격을 받게 될 것입니다.”

무림인들은 금은보화보다 무공 비급이나 기진이보와 같은 신병에 더욱 욕심을 가진다는 것은 모두가 알고 있는 사실이다.

그렇기에 모용수의 말은 스스로 목숨을 버리겠다는 것과

같았다.

"그런 와중에 분명 죽는 이들도 생길 것입니다."

장로들 모두는 말이 없었다.

"하지만…… 죽는 사람도 있겠지만, 분명 살아남는 사람도 있을 것입니다."

"살아남는 사람도 있을 것이라니?"

모용백의 눈에 생기가 돌았다.

"그것이 바로 우리가 중원으로 가는 이유입니다."

"이유?"

"우리가 가진 신병으로 무림맹과 구파일방의 도움을 얻기 위해서라는 이유 때문입니다."

"음…….."

"만약 무림맹에서 우리의 청을 거절한다면 어떻게 하실 것입니까?"

장로들 중 막내인 모용우가 물었다.

"그래서 우리가 중원으로 들어가는 것이네."

"도대체 무슨 말을 하는지 모르겠습니다."

모용우는 속시원하게 말을 해달라고 말했다.

"아주 간단하네. 우리는 신병을 가지고 중원으로 들어가 무림맹과 구파일방에게 신병들을 전해 주는 것이네."

모용진이 그런 모용우를 보며 웃으며 말했다.

사람들이 신병, 신병하지만 실제로 이렇다 할 신병은 세 가에 없었다.

가주의 신분을 나타내는 모용묵철도와 소가주의 신분을 나타내 주는 모용현철검, 그리고 세가의 최고수를 나타내 주는 모용한옥선이 있다고는 하지만, 그것들을 신병이라고 하기에는 손색이 있었다.

천잠사로 짠 무복 역시 신병이라고 하기에는 조금 그랬다.

"하지만 저들은 우리에게 신병이……."

"필요없네. 우리는 사람의 마음을 이용할 뿐이니 말일세."

"사람의 마음을요?"

여전히 답답한 표정을 짓고 있는 모용우였다.

모용진 잔잔한 미소를 지으며 입을 열었다.

"본시 무공 비급과 장보고, 기진이보는 신외지물이라 입 밖으로 흘러내지 않는 법이라네."

그제야 모용진이 무슨 말을 하려고 하는지 알 것 같았다.

"차도살인을 노리시는 것입니까?"

모용우가 다시 물었다.

"차도살인이라기보다는 무림맹과 마교 간에 싸움을 붙일 생각이네. 우리만 죽으면 너무 억울하지 않겠나?"

"음……."

무척이나 위험한 생각이지만, 한편으로는 자신들의 죽음을 외면한 무림맹에 통쾌한 복수를 할 수 있다는 생각이 들었다.

“그럼 우리 아이들은 어떻게 되는 것입니까?”

이래저래 걱정이 되는 것은 어쩔 수가 없었다.

“중원으로 들어가 몸을 숨길 것이네.”

모용우가 고개를 끄덕였다.

“음······.”

“그런데 여기에 큰 문제가 있습니다.”

다시금 끼어들며 말하는 모용수에게 장로들의 시선이 모였다.

“문제라니?”

“녹슨 철검이든 도가 되었든 간에 무림맹으로 가져다주기 위해서는 목숨을 걸 사람이 필요합니다.”

목숨을 걸 사람이 필요하다는 말에 장로들은 다시금 눈을 좁혔다.

모용수는 입을 열지 못했다. 이들에게 죽어 달라고 말을 하려니 차마 입이 떨어지지 않는 것이었다.

그의 마음을 헤아린 모용진이 대신 장로들에게 말했다.

“자네들에게는 미안하네. 염치없지만 이 자리에 있는 사람들의 목숨이 필요하네.”

“우리들의 목숨이 말입니까?”

“나를 비롯한 여기에 앉아 있는 모두의 목숨이 필요하네.”

장로들은 흠칫했다.

“세가의 사람들이 수많은 무인들의 위협을 뚫고 무림맹이

나 구파일방으로 가기는 무리라 생각이 드네."

"음……."

"그러니 최소한 어느 정도의 무력을 가진 사람이 필요하네. 또 그렇게 전해 주었다 하더라도……."

모용진은 이번 계획에 자신을 비롯한 총관, 총사, 그리고 이 자리에 모인 네 장로의 목숨이 필요한 이유를 차근차근 설명했다.

"차라리 저희들이 가겠습니다."

가주가 죽는다는 말은 세가가 무너지는 것이나 다름이 없다는 생각에 모용우가 자신들 네 명만이 나서겠다고 말했다.

"말은 고마우나, 나와 아우들이 죽지 않으면 마교는 계속해서 우리를 추적할 것이고, 그렇게 되면 숨어든 세가의 사람들을 찾아내 위협할 것이네."

"그들은 무림맹과 싸워……."

"무림맹이 마교의 적수가 될 것이라고 생각하나?"

구파일방이 함께한다면 몰라도 무림맹만으로 마교의 적수가 못 되었다.

"하지만 무림맹과 마교와 싸운다면 구파일방이 나서게 될 것이 아닙니까?"

"결국엔 그렇게 되겠지. 하지만 말일세, 마교가 구파일방을 먼저 공격하게 되면 과연 무림맹이 나서겠나?"

순간, 장로들은 말을 하지 못했다.

무림맹의 수뇌부들은 구파일방을 탐탁지 않게 여기고 있

었다.

그 이유는 언제나 오대세가 위에 구파일방이 존재한다는 그늘에서 벗어나지 못했기 때문이다.

그렇기에 그들로서는 구파일방의 그늘을 벗어나기 위해서 온갖 애를 쓰는 중이었다.

"내가 생각하기로는 구파일방 중 하나의 문파가 멸문당할 만큼의 피해를 입지 않는 이상 무림맹은 움직이지 않을 것이네."

"음……."

"그럼 앞으로 세가는 어떻게?"

"현룡이 돌아와 세가의 사람들을 부를 때까지 비워 둘 생각이네."

"저기, 가주님. 하린이가 이 사실을 알게 되면……."

"그래, 그 녀석이 문제이지. 그래서 잠시 압록으로 심부름을 보낼 생각이네."

하린이 아무리 빨리 다녀와도 세가에서 압록까지 다녀오는 데 닷새는 걸릴 터였다.

그러니 그사이에 무림으로 출발하면 될 것이라 생각하는 모용진이었다.

"그럼 우리가 떠난다는 소문은 어떻게?"

모용우의 질문에 모용진은 빙그레 웃으며 말을 이었다.

"안가의 툇마루 밑에 숨어 있는 자가 있지 않은가?"

◈　　◈　　◈

사천무림의 무인들은 당가를 중심으로 뭉쳐 천산의 마교가 쉽게 움직이지 못하도록 압박하는 중이었다.

사천뿐만 아니라 청해와 감숙성에 무림맹에 가입이 된 문파들까지 사천무림을 지원하고 나섰다.

그렇게 모인 무인들의 수가 무려 오천이 넘었고, 그중 오백 명의 인원이 사천과 운남의 경계 지역인 용성이라는 곳에 모여 있었다.

마교를 압박하기 위해 움직인 사천무림의 야영지.

어두운 야영장에는 수많은 막사들이 세워져 있었고, 막사 사이사이에 불이 밝혀져 있었다.

쉰 명은 족히 되어 보이는 인원들이 막사 사이사이를 다니며 경계를 섰고, 막사 외각 역시 많은 인원들이 경계를 서고 있었다.

야영지 가운데 커다란 막사 안에는 불이 밝혀져 있었는데, 십여 명의 중년 남녀가 원탁을 가운데 두고 둘러 앉아 이야기를 나누고 있었다.

"굳이 천산으로 쳐들어가지 않는데 이렇게까지 할 필요가 있습니까?"

사천 사자문의 외당 당주인 철자검(鐵刺劍) 송우가 이해되지 않는다는 듯 질문을 꺼냈다.

사자문은 당가에 비해 손색이 있지만 사천에서 제법 명망이 높은 문파로, 문주인 철송은 초일류의 고수라 알려져 있었다.

막사를 치고 경계를 서고…… 많은 인원이 움직이는 일이다 보니 막대한 비용이 드는 것은 당연지사였다.

이 인원이 하루에 소요되는 경비만 해도 수백 냥은 족히 들어갔다.

한데 무림맹에서 지원을 해 주는 것이 아니라 자신들의 문파에서 부담을 해야 하니 그는 약간의 불만을 가지고 말했다.

"어쩔 수 없지 않소이까? 위에서 시키면 해야지요. 이런 분위기에서 잘못 보여 좋을 것이 뭐가 있겠습니까? 모용세가의 꼴이 나지 않으면 알아서 눈치를 봐야겠지요."

송학문의 외당 당주인 유엽검(柳葉劍) 군엽 역시 불만이 가득한 목소리였다.

무림맹의 눈치를 봐야 하는 것이 마음에 들지 않지만, 무림에서 살아남기 위해서는 어쩔 수 없었다.

"그나저나, 모용세가에 신병이 있다는데, 그 이야기를 들어 보셨소이까?"

"나 역시 소문은 들었소."

"그렇다면 위에서 어떻게 한다고 이야기 들은 것이 있습니까? 신병에 새겨진 무공을 익히면 절정을 넘어 초절정고수로 탈바꿈할 수 있다고 하는데 말입니다."

무림맹의 행사에 대한 불만을 이야기하던 이들은 곧 모용세가의 신병에 관한 이야기로 화제를 전환했다.

신병, 무공!

무인에게 있어 꿈에도 얻고 싶어 하는 욕망과도 같은 것이었기에 이들 역시 별반 다를 것이 없었다.

"잘은 모르겠지만, 아마 움직이지 않았겠소? 오랑캐 가문에서 신병을 가지고 있다가 마교에 빼앗기면 큰일이지 않소이까?"

정파라 자처하는 자들이라 빼앗는다는 말을 할 수 없으니 이렇게 돌려 말하지만, 실제로는 강탈하기 위해서 무림맹이 움직일 것이란 걸 이들도 잘 알고 있었다.

"그렇지요. 그럼 신병들은 무림맹에서 관리를 하는 것입니까, 아니면 구파일방에서?"

순간, 정적이 감돌았다.

무림맹과 구파일방은 같은 정파라고는 하지만 실제로 하나의 단체가 아닌 두 개의 단체이기 때문이 자주 의견이 엇갈릴 때가 많았고, 무림맹의 수뇌부들은 구파일방을 탐탁지 여기지 않는다는 걸 이들도 알고 있어 각자의 생각을 해 보는 것이었다.

"커허허엄!"

철자검 송우가 헛기침을 하더니 말했다.

"그래도 무림맹에서 관리를 하지 않겠소? 구파일방이 강하다고는 하지만 하나의 공동체가 아닌 이상 신병을 보관하기에는 역부족일 테니 말입니다."

"그렇지요. 구파일방보다는 무림맹에서 관리를 하겠지
요."

바로 그때였다.

"크아아악!"

막사 밖에서 커다란 비명 소리가 울렸다.

"이게 무슨 소리입니까?"

갑작스런 비명 소리에 놀라 자리에서 벌떡 일어나 막사
밖으로 달려 나가는 유엽검 군엽.

그 뒤를 따라 막사 안에 있는 이들이 모두 걸음을 옮겼다.

채애애앵!

"크아아악!"

막사 밖에서는 병장기 부딪치는 소리와 비명이 허공을 가
득 메우고 있었다.

"도대체 어떤 놈이!"

파앗!

군엽이 자리를 박차고 교전이 일어나는 곳으로 파고들어
가 검을 휘둘렀다.

"네놈은 누구냐?"

그러자 전장에서나 볼 수 있는 갑주와 붉은색 장포를 걸
친 사내가 어이가 없다는 표정을 지었다.

"방금 네놈이라고 했느냐?"

그의 눈에서 섬뜩한 살기가 피어오르자 군엽은 순간적으
로 등줄기에 식은땀이 흘러내렸다.

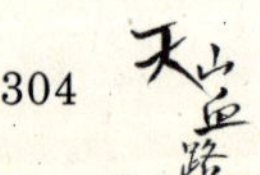

'문주님과 비견되는 고수다.'

이러한 자들이 족히 백여 명은 되어 보였다. 그들의 무차별 살수에 수하들이 피를 뿌리고 쓰러지고 있었다.

"물었으니 대답을 해 주지. 저승에 가서 누가 보내었냐고 묻거든 견살마검이 보내었다고 이르거라!"

"허억!"

견살마검(遣殺魔劍)이라는 이름에 군엽의 눈이 크게 떠졌다.

"들어 본 모양이군."

군엽은 눈을 아래로 내려 자신의 배를 보았다. 언제 움직였는지 자신의 복부를 관통하고 있는 그의 검이었다.

"그럼 저들은……."

군엽은 힘없이 무릎을 꿇었다.

견살마검은 마교의 일백마인 중 한 명으로, 이미 무림에서는 악명이 자자했다.

"그렇지. 나의 동료들이지. 더 놀아 주고 싶지만 내기를 해서 말이야."

쉐이이익!

바람을 가르는 소리가 너무도 선명하게 귓가에 들려왔다. 그리곤 곧 눈앞에 깜깜해졌다.

이들은 마교의 일백마인이었다.

마교 총사인 사마헌은 마교주인 만마존 악수비의 명령에 따라 무림맹의 행사에 확실하게 대응하기 위해 잔인한 결정을 내렸다.

자신들을 압박하려고 움직인 사천무림의 무림인 중 일부를 죽여 모용세가에게 입은 자존심을 회복하는 한편, 자신들의 건재함을 보여 주어 쓸데없는 짓을 하지 말라는 경고를 해 줄 생각으로 일백마인을 직접 움직인 것이다.

"크아아악!"

"이놈들!"

철자검 송우는 문도들이 피를 뿌리고 쓰러지자 눈이 뒤집혀 검을 들고 일백마인 중 한 명인 마군자를 향해 달려들었다.

채애애앵!

"사내자식이 수하 몇 놈 잃었다고 눈깔이 벌게져 똥인지 된장인지 구별도 못하고 썩은 칼이나 휘두르고……. 쯧쯧쯧!"

마군자는 마인은 마인인데 항상 바른 소리만 한다고 해서 붙은 별호였다.

하지만 살수를 펼치는 일에는 그 어떤 마인보다 잔인하고 과감했다.

"내세에 태어나거든 생각 좀 하는 놈으로 태어나라."

"커어억!"

송우 역시 그 자리에서 힘없이 허물어졌다.

"이것들아, 벌써 일각이 지났다! 서두르지 못해!"

일백마인의 수좌인 초마검(超魔劍) 학고의 잔소리에 일백마인들의 손속이 더 빨라졌다.

"크아아악!"

순식간에 오백 명의 무림맹의 무사가 일백마인의 잔인한 손속에 일각을 견디지 못하고 용성의 야영지의 차디찬 바닥에 피를 뿌리고 쓰러졌다.

"모두 태워라."

학고의 한마디에 일백마인들은 시체를 한곳에 모아 태우는 한편, 막사에도 불을 붙였다.

화르르륵!

"다음은 어디지?"

"아미산(峨眉山)의 아미파(峨眉派)입니다."

"아미파라…… 장문인이 누구지?"

"멸절 사태입니다. 몇 안 되는 초절정고수이기도 합니다."

"그래, 멸절 사태가 있었지. 일단 만나 봐야겠지. 가자!"

파아앗!

초마검 학고가 먼저 움직이자 그 뒤를 따라 일백마인들이 아미산으로 향했다.

◈　◈　◈

"세가의 무사들을 가르치느라 고생이 많구나."

하린은 흑산의 전투에서 돌아와 세가의 전력을 조금이라

도 더 끌어올리기 위해서 세가의 직계 무사들을 다그치고
있었다.

군역을 마치고 돌아온 지 얼마 되지 않은 하린은 군의 무
식하고 단순한 훈련법으로 세가의 직계 무사들을 육체적,
정신적 한계 상황까지 몰아붙이며 단련시켰기에 그 기세만
큼은 대단했다.

모용진을 비롯한 세가의 장로들 역시 하린의 수련을 견뎌
낸 세가의 무사들이 자랑스러울 정도였다.

"제자가 당연히 해야 할 일입니다."

"그리 말해 주니 고맙구나. 바쁜 너를 부른 이유는 네가
해 주었으면 하는 일이 있어서이다."

"제자가 말입니까?"

"그렇다."

모용진은 하린의 앞에 모용묵철도와 한 장의 서찰을 내밀
었다.

"이걸 압록에 있는 현룡에게 전해 주었으면 하는구나."

순간, 하린은 흠칫했다.

모용묵철도는 모용세가의 가주를 나타내는 신물이었다.
모용현룡에게 모용묵철도를 준다는 말은 곧 가주의 자리를
내준다는 말이었다.

"사부님!"

"네가 다녀왔으면 하구나."

"사부님께서는 아직 정정하십니다."

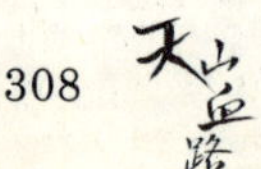

"허허! 이놈아, 이제 현룡이가 세가를 이끌 나이가 되지 않았느냐. 그리고 우현도 소가주의 신분으로 행동을 할 나이가 되었고 말이다."

하린은 자신의 앞에 놓인 모용묵철도와 한 장의 서찰을 내려다보았다.

"내가 현룡이에게 당부시킨 내용들이 적혀 있다. 그러니 누구의 손도 거치지 않고 현룡에게 곧장 전해 줘야 할 것이다."

"하오나 마교에서 세가를 노리고 있는 지금 제가 압록에 다녀온다면……."

하린은 자신이 압록에 다녀오는 사이에 마교의 무사들이 세가를 공격해 온다면 많은 피해를 입을 것이란 걱정이 들었다.

"천산에서 이곳까지 거리가 하루 이틀이면 오가는 거리더냐? 못해도 한 달하고 보름이 걸리는 거리이다. 이제 겨우 천산에 소식이 전했을 터이니 걱정하지 말고 다녀오도록 하여라."

하린은 모용진의 말에 잠깐 생각했다.

자신이 전력으로 달리면 천산까지 스물하고 닷새면 갈 수 있었다.

흑산의 전투가 끝난 지 한 달 보름 정도가 되었으니 소식들이 천산의 마교에 전해지고, 다시 무사들을 구성해서 보내려 해도 석 달은 걸릴 것이란 생각이 들었다.

아직 여유가 있다 싶어 모용진의 말에 따르기로 했다.

"제자, 속히 다녀오겠습니다."

"고맙구나. 오늘 하루 쉬고 내일 아침 출발하도록 하여라."

"옛!"

아침 일찍 하린이 압록으로 떠나자, 모용세가의 사람들이 부산히 움직였다.

안가의 툇마루에 숨어 있던 무영신투와 환영각 군소는 갑작스러운 움직임을 보이는 모용세가의 사람들의 모습에 의아해했다.

"무슨 일이지?"

"저도 잘 모르겠습니다. 어제까지 아무런 움직임이 없었는데 말입니다."

"뭣들 하나? 어서들 떠날 채비를 해!"

들려오는 모용진의 고함 소리에 두 사람은 얼굴을 마주 보았다.

"문주님, 분명 떠난다는 말이었습니다. 아무래도 마교를 피해서 세가를 비울 생각인가 봅니다."

"음······."

오시가 되자 모용세가의 무사들이 모두 뜰에 모였다.

모용세가의 무력 부대는 백룡대, 청룡대와 방계의 자식들로 급히 구성이 된 웅천대(雄天隊)가 있었다.

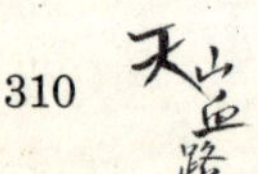

한데 지금 이들은 완전무장을 한 채 서 있었다.

모용진과 장로들 역시 완전무장을 하고 이들의 앞에 나와
섰다.

"모두 다 알고 있다시피 본 세가의 어려움은 이번이 처음
이 아니다. 천 년의 긴 세월 동안 이보다 더한 어려움도 있
었다. 하지만 본 세가의 선조들은 지혜롭게 어려움들을 극
복하고 요령 땅을 굳건히 지켜 왔다."

모용진은 무사들 앞에서 마지막이 될지도 모를 연설을 시
작했다.

연설을 듣는 세가의 무사들의 표정에서는 비통함마저 느
껴질 정도였다.

"무림인들은 본 세가의 어려움을 외면한 채, 우리가 가지
고 있는 신병들을 빼앗기 위해서 혈안이 되어 세가의 주위
를 맴돌고 있다."

모용진의 말이 끝나자 장로 세 사람이 손에 든 무기를 들
어 올렸다.

황금으로 만들었는지, 한눈에도 예사 무기가 아님을 알
수 있을 정도였다.

"저것이 모용세가의 신병들인가 봅니다. 신병에서 흘러나
오는 예기가 여기까지 느껴집니다."

안가의 툇마루 밑에서 번쩍이는 무기를 보고 환영각 군소
가 말했다.

무영신투는 눈을 좁혔다.

자고로 빛나는 물건 중에 제대로 된 물건이 없다는 옛말이 떠올라서였다.

보기에는 괜찮아 보이지만 뭔가 조금은 과장스럽다는 느낌이 강하게 들었다.

"문주님! 저 무기에 개세신공이 적혀 있다는 것이 사실일까요?"

"확인을 해 봐야지. 아무래도 저 신병들을 다른 곳으로 옮길 모양이야."

무영신투는 마음에 들지 않았지만, 그래도 확인을 해 볼 요량이었다.

모여 있는 모용세가 무사들 중에는 그동안 세가전을 지키던 괴물 같은 자는 없는 듯했다.

'그가 먼저 움직였나? 아침 일찍 나간 세가 밖으로 나간 자가 세가전을 지켰던 자였나? 가만…… 그도 뭔가를 들고 나갔는데, 그게 진짜가 아닐까?'

무영신투가 아침에 나간 자를 생각하고 있을 때, 그의 귀에 들리는 소리에 눈이 번쩍 떠였다.

"무림은 본 세가를 버렸지만 우리는 무림을 버릴 수가 없다. 이 신병들이 마교로 넘어가게 되면 분명 무림은 피에 잠기게 될 것이다."

'도대체 무슨 생각을 하고 있는 거지?'

무영신투는 말을 이어 나가는 모용진을 보고 눈을 좁혔다.

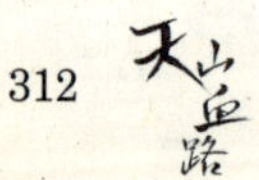

"본 세가의 신병을 무림맹에 맡기로 했으니 실수없이 전해야 할 것이다. 알겠느냐!"

"옛!"

모용세가의 무사들이 큰 소리로 대답했다.

"문주님, 무림맹에 맡긴다고 합니다. 중간에서 낚아채야 하지 않겠습니까?"

군소가 의아해하며 무영신투에게 묻는 그때!

"크크크크!"

허공에서 큰 웃음소리가 들려왔다.

모두의 시선이 웃음소리가 들리는 곳으로 향했는데, 그곳에서는 검은 갑주를 입고 검은 장포를 걸친 채 칠 척 장도를 든 사내가 허공을 밟고 천천히 내려오고 있었다.

"허엇!"

모용진과 총사인 모용수의 입에서는 동시에 헛바람이 흘러나왔다.

"광마도 혁민!"

모용진의 입에서 광마도 혁민이라는 이름이 나오는 순간, 무영신투와 군소는 본능적으로 귀식대법을 펼쳤다.

무림에 알려진 바로는 화경의 고수가 두 명이 있다.

마교 교주인 만마존 악수비와 소림의 전대 방장인 혜운 성승이 바로 그 주인공이었다.

지금 모용세가에 나타난 광마도 혁민은 알려진 바로는 초절정의 고수이지만 실제로는 초절정과 화경의 경계에 서 있

는 무인으로, 무림에서 열 손가락 안에 들어가는 초강자였
다.

'광마도가 직접 올 줄이야.'

무영신투는 내심 크게 놀라고 있는 중이었다. 광마도가
나섰다는 얘기는 그만큼 마교가 자존심이 상해 있었다는 말
과 같았다.

'피바람이 불겠구나.'

"광마도 혁민 선배께서 직접 본 세가를 방문해 주실 것이
라곤 생각지도 못했습니다."

모용진이 나서서 그에게 무림의 인사법으로 허리를 숙여
인사를 했다.

"탐탁치는 않지만 명령이니까. 그리고 본 교의 무사 팔백
을 벤 놈의 얼굴을 한 번 보기 위해서 겸사해서 왔네. 그런
데 이 자리에는 없는 것 같군."

모용진은 광마도 혁민이 하린을 언급하자 내심 놀라는 한
편, 안심이 되었다.

최소한 그는 안전할 테니 말이다.

"나와 아우들이 그 일을 했다면 믿겠습니까?"

"후후, 날 바보로 아나? 그놈을 어디에 숨겼나?"

"상대가 안 되면 우리에게 영웅이 있어야 하는 법이지요.
그래야 힘을 낼 테니 말입니다."

사사사삭!

모용천과 모용수가 모용진의 좌우로 나와 섰다.

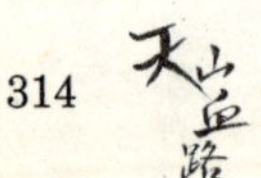

314

"너희들은 이것을 받아라."

장로들은 자신들이 들고 있는 신병들을 백룡대와 청룡대, 그리고 멸마대의 대주들에게 건넸다.

"장로님!"

"부탁한다. 계획을 성공시켜 다오. 그리고 꼭 살아남아 다오."

장로들의 낮은 목소리에 무력 부대의 대주들은 목이 메었다.

"부탁한다."

팟팟팟!

말을 마친 장로들 역시 모용천과 모용수의 좌우로 늘어섰다.

"급하게 오시느라 선배 혼자 오셨나 봅니다."

"나 혼자면 충분하지 않겠나? 그대의 세가에서도 혼자서 본 교의 무사 팔백을 베었으니 말이야."

혼자 왔다는 혁민의 말에 모용진의 눈이 반짝였다. 장로들은 서로 눈빛을 교환하고는 모용진을 중심으로 부채 모양으로 늘어서서 검을 빼 들었다.

모용학선진(慕容鶴旋陣)!

모용세가의 검진으로, 다수의 인원이 고수 한 명을 상대하기 위해서 만들어진 검진이었다.

"가라! 부디 마도의 손에 넘어가게 해서는 안 될 것이다! 이곳은 우리에게 맡겨라!"

모용진이 소리를 쳤다.

"가주님!"

"세가를 떠나는 즉시 곧장 무림맹에 신병들을 전해 줘야 할 것이다. 속히 떠나라!"

"가주님!"

"어서!"

모용진의 외침에 망설이던 대주들이 허리 숙여 인사를 하고 그 자리를 벗어나자, 그 뒤를 따르는 무사들 역시 동시에 몸을 날렸다.

"어디를 가려느냐!"

그 순간, 놓치지 않겠다는 듯 광마도 혁민이 장도를 움직였다.

쉐이이이익! 콰아아아아앙!

혁민의 장도에서 붉은 도강이 쏟아지자 그의 앞을 막고 있던 모용진을 비롯한 장로들과 모용천, 모용수가 전력을 쏟아부어 도강의 방향을 바꾸었다.

비껴 나간 도강이 세가의 전각을 강타했는데, 전각은 그 자리에서 허물어져 내렸다.

그 여파로 사방으로 흙이 튕겨 나가고 자욱한 먼지가 일었다.

"음……."

광마도 혁민이 강하다는 것은 알고 있었지만 도강으로 전각을 허물어뜨려 버릴 정도일 것이라고 생각지도 못했다.

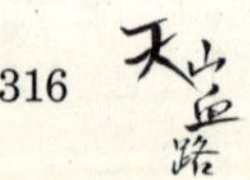

이는 혁민의 내공이 인간의 범주에서 벗어났다는 말과 같았다.

"이놈들!"

자신의 공격이 막히자 광마도 혁민은 다시 한 번 도를 휘둘렸다.

콰아아아아앙!

붉은 도강이 다시 한 번 쏟아졌고, 모용진을 비롯한 장로들이 힘을 쏟아부어 다시 한 번 방향을 바꾸었다.

"혁민 선배께서는 세상을 속이고 계셨군요."

초절정이라고 알려진 혁민이 화경의 고수라는 걸 확신하고 말하는 모용진이었다.

"어차피 알려질 사실이지만 숨길 수 있으면 숨길 생각이었다."

혁민이 순순히 시인하자 사람들의의 표정이 일그러졌다. 초절정의 고수라면 어느 정도 시간을 벌 수 있겠지만, 화경의 고수를 상대로 얼마나 시간을 벌 수 있을까 하는 의문이 들어서였다.

"네놈들을 처리한 후에 쫓아가도 늦지 않겠지."

[아이들을 위해서 아무래도 선천기지까지 끌어 올려야겠구나.]

모용진이 모두에게 전음을 보내사 장로들 역시 굳은 표정으로 고개를 끄덕였다.

선천지기(先天之氣)는 생명의 원천으로 하는 것으로, 내공보다는 더욱 정순하고 큰 힘을 가지고 있었다.

다만 선천지기는 영약의 도움을 얻지 않는 이상 회복할 수 없고, 사용하면 사용할수록 수명이 줄어든다는 단점이 있었다.

"비록 선배의 일초지적조차 되지 않겠지만, 그래도 여기는 모용세가이고, 우리는 모용세가의 사람들이오. 우리 모용세가의 피에는 천 년을 이어 온 무사의 피가 흐르고 있소."

파아아앗!

모용진의 전신에서 강력한 투기가 뻗어 나왔다. 그와 동시에 장로들에게서도 투기가 뻗어 나왔다.

그들의 어깨 위로 무형의 아지랑이가 피어올랐는데, 광마도 혁민은 그 모습을 보고 눈을 좁혔다.

선천지기를 끌어 올렸다는 것을 한눈에 파악했기 때문이다.

광마도 혁민은 기다란 장도를 모용진을 향해 뻗으며 겨누었다.

"무림맹을 보면 마음에 들지 않는 구석들이 참 많아. 정파라는 자들이 하는 짓을 보면 꼭 하오잡배와 같거든. 그런데 최소한 자네들은 정파라는 소리를 들을 만해."

광마도 혁민은 도를 거두며 정중하게 포권을 취했다.

"비록 서로의 뜻이 맞지 않아 검을 겨누었지만 그대들과는 큰 원한이 없음이오. 하나, 이 또한 은원의 출발이니 죽

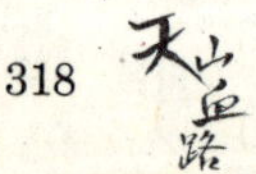

는 그날까지 모용세가의 은원을 기억할 것이오.”

광마도 혁민은 스스로 제어를 하고 있던 내공을 풀었다. 목숨을 걸고 싸우려고 하는 이들에 대한 예의였다.

광마멸절수라파천도법(狂魔滅絕修羅破天刀法)!

오늘날 광마도 혁민이 있게 만들어 준 도법이었다.

“본 세가를 인정해 주시니 고맙소, 선배. 하나 우리 또한 그리 만만치 않음이니 선배께서도 조심하는 것이 좋을 것이오!”

파앗!

모용진이 광마도 혁민을 향해 달려가며 검을 뻗었다.

콰아아아아앙!

이들의 기운들이 허공에서 충돌하며 큰 파장을 일으켰다. 그 파장의 힘을 이기지 못한 모용세가의 전각들이 그 자리에서 허물어져 버리는 것이었다.

모용진은 눈앞이 새하얗게 변하는 것을 느낄 수가 있었다.

순간 머릿속에서는 많은 기억들이 스쳐 지나갔다.

자신의 아들인 모용현룡과의 기억보다는 하린과 함께 했던 기억들이 더 많이 떠올랐다.

‘녀석이 많이 슬퍼하겠구나.’

〈『천산혈로』 제2권에서 계속〉

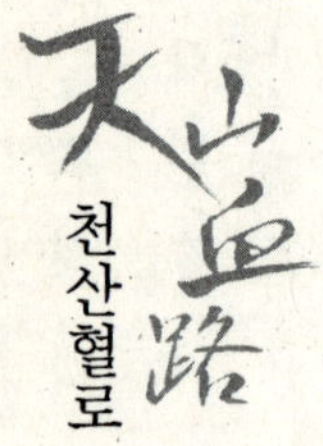

1판 1쇄 찍음 2012년 1월 26일
1판 1쇄 펴냄 2012년 1월 30일

지은이 | 수(銖)
펴낸이 | 정 필
펴낸곳 | 도서출판 **뿔미디어**

편집장 | 이재권
기획 · 편집 | 문정흠
편집디자인 | 이진선
관리, 영업 | 김기환, 임순옥

출판등록 | 2002년 9월 11일 (제1081-1-132호)
주소 | 부천시 원미구 상3동 533-3 아트프라자 503호 (우)420-861
전화 | 032)651-6513 / 팩스 032)651-6094
E-mail | BBULMEDIA@paran.com
홈페이지 | www.bbulmedia.com

값 8,000원

ISBN 978-89-6639-517-0 04810
ISBN 978-89-6639-516-3 04810 (세트)

※파본은 구입하신 서점에서 교환하여 드립니다.

※이 책은 (도)뿔미디어를 통해 독점 계약되었습니다.
저작권법에 의해 보호를 받는 저작물이므로 무단 전재와 무단 복제를 엄금합니다.

http://www.bbulmedia.com

http://www.bbulmedia.com